天下第一奇書

寒蚿・唳魔

紫青雙劍錄 7

倪匡 新著

還珠樓主 原著

目錄

本冊簡介……4

上卷提要……6

第一回　貝葉禪經　天殘地缺……9

第二回　魔女情深　屍毗老人……43

第三回　穿行地心　南極光明……73

第四回　天外神山　萬載寒蚿……103

第五回　力戰妖蚿　極光太火……133
第六回　柔絲情網　大動嗔火……165
第七回　以身啖魔　天龍禪唱……197
第八回　群邪奪寶　天心雙環……229
第九回　巧收三小　老怪龍姬……265
第十回　五雲神圭　收服火精……293

【本冊簡介】

翻了翻這一冊的逾十萬字，又不禁掩卷長歎，本卷故事進展之快，各種怪異莫名的情節之多，每一宗只說一兩句，簡介便要幾千字了。

開始時，在佛法化解了天殘地缺和乙休夫婦的怨仇之後——本書中佛法始終佔至高無上的地位——又引出雲南火雲嶺神斂峰，魔宮主人屍毗老人來。這個老魔頭，在所有魔教人物之中，氣派最大，簡直如同天神，出場時氣勢懾人，具有通天徹地之能！和峨嵋派鬥法，在本書中大放異采。

本卷中，干神蛛首次現身，這個人在全書眾多人物之中，並不重要，可是在他身上，卻有一段全書最動人的愛情故事，儘管沒有明寫，可是字

裏行間，也可以覺出極其淒婉動人。干神蛛的愛妻，不知中了什麼邪法，變成了一隻蜘蛛，而又住在干神蛛的胸口中——詭異而不可思議，至於極點！接下來大段情節，由地心至北極到南極，在南極小光明境遇見了萬載寒蚿——在本書中，各種各樣的怪物之多，匪夷所思，層出不窮，每一個怪物都不同，各有其不同的外形和不同的妖性，而萬載寒蚿，是所有妖物之中最可怕的，直教人瞠目結舌。

剪除萬載寒蚿之後，得益最大的是那隻蜘蛛，安排佳妙之至，令人心曠神怡，浮一大白。神劍嶺魔宮鬥法，也是本書許多場重要鬥法中的一場，驚險刺激，兼而有之，結果麗山七老出場，再一次表現佛法高深，叫入魔者脫出苦厄，含有極深哲理。

魔宮鬥法的寫法極奇，一波未平，一波又起，女仙余媧來生事不算，魔教另一重要人物鳩盤婆，也首次出場——以後有大段情節在她的身上開展。

——倪匡

【上卷提要】

天癡上人依約往門「神駝」乙休，乙休夫婦攜手共迎敵，天癡上人險為埋伏所算，最後為小神僧阿童所救；乙休允到銅椰島再決雌雄，天癡上人發動元磁大陣，乙休被困於死戶，唯有勾動地火，燒毀磁峰以脫困，險釀滔天大禍。眾仙插手替雙方斡旋，二人終冰釋前嫌。惟乙休身中陰毒，須以盧嫗吸星神簪吸去毒質。

易靜、癩姑、李英瓊遵師命往依還嶺修煉，遇一生就遍體綠毛少女上官紅，拜在易靜門下，眾人遂闢靜瓊谷修煉。

三人攜師長書信往苗疆向紅髮老祖謝罪，為其留難，發生衝突，得

方瑛、元皓相助解困，以禁制暫阻妖人攻勢。英瓊又以紫郢劍誤傷紅髮老祖，妖人一怒之下，以五雲桃花瘴猛下殺手，幸而癩姑早把解藥盜到手，眾人有驚無險。

及後三人再往北極陷空島智取萬年斷續救治寒萼、向芳淑後，回轉靜瓊谷，聞知豔屍崔盈已復體還元，佔住幻波池，且招來一干妖人預備與正派為敵，更和毒手摩什連成一氣。三人欲誅滅妖人，惜崔盈利用幻波池中奧妙禁制，三人不但無功，險些更為埋伏所算。最後謝瓔、謝琳趕來以七寶金幢剋制妖人，李寧再以佛火神光把妖人元神煉化。

第一回 貝葉禪經 天殘地缺

李寧微笑不語，逕向前洞走去。來到前洞，忽見祥光一閃，一人飛來，來人是個身穿黃葛衫，身材粗矮，看去並不甚起眼的大頭少年，恭恭敬敬立在洞門內。一見李寧，先自上前禮拜，又朝易靜等舉手為禮，口稱「師妹」。

癩姑忽然想起此人相貌，正是眇姑所說的本門先進，不等招呼便先笑道：「這位大概是申屠宏師兄，我們都未見過！」

那大頭少年，名叫申屠宏，本是峨嵋門下，妙一真人的首徒，後因犯戒，被逐在外，眾人也時有所聞，知道他被逐出門牆之後，曾歷盡艱險。都好生高興，紛紛上前禮見。李寧在英瓊再三懇請之下，也暫且留下，一行人同到中洞別室之中，聽申屠宏敘說來意經過。

原來申屠宏、阮徵，前幾生已在妙一真人門下。後因誤殺了兩位男女散仙，犯了本門妄殺重條，逐出師門八十一年。二人離開師門，受盡辛苦凶危，仗著平日為人，被逐出時諸葛警我和齊霞兒姊妹代他二人跪求了兩日夜，未將法寶飛劍全數追去。

申屠宏最是和易，又最機智，平日苦憶師門，到了峨嵋開府，益發嚮往。一算時限還有兩年，心想冤孽已消，或能容恕，提前重返師門。便乘乙休韓仙子與天癡上人白犀潭鬥法之便，苦求乙休說情。妙一真人憐他向道心誠，也已原諒，在仙府上賜以函柬一封，命他去辦一件事。這些經過，前文皆曾交代過。

卻說申屠宏得了函柬，大喜拜師，開柬一看，見妙一真人命他在兩年內往甘肅平浮西崆峒附近，裝著尋常人，借一民家居住，等一姓花的女子到來。那是昔年芬陀大師逐出門牆的記名弟子。由見面即日起，便須隨時暗中相助。那姓花女子是來當地珠靈峽附近取一件亙古至寶，本來無甚大難，但其地恰是天殘、地缺兩老怪物所居之處，兩老怪物性情怪僻，旁門法力神通廣大，是以必須小心行事。而且到時，另外有兩個番僧，煉成一種能揭山掀嶽的「大力金剛、有相神魔」，也同樣覬覦那靈石神洞內的藏珍，至於那亙古至寶則是一部禪經云云。

申屠宏看完，便依言前往，在山麓一民家住下，後又藉口在此教館，租了兩間空房，收了幾個村童教起蒙館來。就這樣和常人一般，住了年餘，平日仔細留意附近地形，特別注意天殘、地缺兩老怪物所住珠靈峽附近的形勢。

一年有餘，一日在山中閒眺，見一青衣少女，帶起一片銀光，自天而降，申屠宏知所等之人已到，便先開口道：「我名申屠宏，乃妙一真人弟子，因犯規被逐，帶罪修行已八十年。不久重返師門，現奉師命助道友取那珠靈澗玉壁下所藏禪經。」

那少女喜道：「我名花無邪，前在恩師芬陀門下與凌雪鴻師姊一同帶髮修行，也因犯規被逐。還有大劫未了，須在遇劫以前將西崆峒珠靈澗大雄神僧所留兩部禪經得到一部，雖仍不免兵解受十四年苦孽，難滿仍有成就。但珠靈澗千年靈秘現已洩漏，知道底細的並不止我一個，其中青海西崑崙二惡番僧『麻頭鬼王』呼加卓圖與師弟『金獅神佛』赤隆兒瓜也想取經，正嫌勢孤，有道兄相助，幸何如之！」

申屠宏謙遜了幾句，花無邪又道：「那藏寶的山崖，是大雄神僧由西天竺移來，通體都有法力禁制，堅逾精鋼，如今兩番僧煉成『有相神魔』，準備攻山。我已得芬陀恩師指點，崖壁之上共有六道禁制，須分六日六次，方能破去，道友若能替我在旁守護，助我取出禪經，別的珍藏全由道友作主便了。」

申屠宏見她生得長身玉立、美豔如仙，雖然穿得極為破舊，但是通體清潔，容光照人，不可逼視。知她功力甚深，聽完便笑答道：「道友智珠在握，胸有成竹，再好沒有！何時下手，只請示下！」

花無邪道：「時機稍縱即逝，這就前去如何？」申屠宏點頭答應。兩人各縱遁光飛起，來到珠靈峽藏珍的崖前。只見十數道黃、紅邪光交錯，看來已有妖人聞訊趕到，妄想取寶。

申、花二人在崖前落下，暫不向前，正待看清在崖前的妖邪是何方人等，忽見一個妖婦，帶著厲嘯，自空飛下。眾人紛紛喝罵間，有妖人叫道：「此是烏老前輩，不可妄動！」

中屠宏見多識廣，首先認出來人是邪派中厲害人物烏頭婆。只見她面容慘厲，怪聲道：「我有一獨子，為小雪山神尼門下兩賤婢謝瓔、謝琳所殺，僅僅收得幾縷殘魂。費盡心力才訪問出珠靈澗玉壁乃西天竺二塊靈石，千餘年前大雄禪師將它移來此地，內中藏有兩部禪經和好幾件靈丹法寶，於我獨子復生有用。只是內外兩層均有佛家禁制，埋伏重重。除非得到禁圖，才能開啟，現禁圖被一個名叫『花無邪』的女子得去，不如雙方成全我老婆子，由我向她討圖，破門入內，事成後，我只取一部禪經，九粒靈丹、一件法寶，餘下由你們平分，可稱三全其美！」

眾妖人知她「七煞形音攝魂大法」，道力稍差的人聲音形貌一被聽見，立被將魂攝去，一雙鬼手更是在場諸人誰也禁不起她一抓。正未及答話，妖婦說完也不再理睬眾妖人，逕向對崖說：「花姑娘，我也知你志行堅苦，理應得此禪經，無如我為復仇與救我兒子，非此不可！如聽我話將圖交出，以後不論何人與你作對，都有我烏頭婆代你出場，你看如何？」

申、花二人見自己形跡已被烏頭婆發現，也頗心驚，正在尋思對策，忽聽一個小孩的口音道：「花道友，由我對付這老妖婦！」

妖婦聞言，怒喝：「誰家無知小鬼，敢與老娘作梗？通名領死！」

小孩接口罵道：「無恥老妖婦，你母子積惡如山，在我生前便想為世除害，今日便天殘、地缺兩老容你猖狂，少爺也容你不得，別人怕你呼音攝魂，小爺不怕！有什麼邪法，只管使吧！」

妖婦聞言並不發火，冷笑道：「我老婆子一生怕過誰來，殺你易如反掌，你在我手下，休想活命。無知稚童，如此膽大，倒也合我脾胃，我只捉去當兒子便了！」

小孩接口怒喝：「放你狗屁，小爺便是峨嵋教祖妙一真人之子李洪，前諸生均在天蒙恩師門下虔修佛法，今生又拜『寒月大師』謝山為師，你兩個殺子仇人便是我兩位師姊，休看我轉劫才只三歲，似你這類妖婦卻不在小爺眼下！你不用怪眉怪眼，小爺現形！看你那鬼手到底能使出什麼花樣，只管來吧！」話未說完，人已現身。

申屠宏已聽說過峨嵋開府時，李洪轉世重修，得了曉月禪師的法寶並拜謝山為師一事，一見到他來到，心中大喜，向前看去。只見一片禪霞，擁著一個背插雙鉤，腰懸如意金環，胸掛玉辟邪，各煥奇光，短衣赤足的童子。年紀看上去雖不似三歲，至多也只七八歲光景。生得粉妝玉琢，俊美非常，加上那一身裝束佩飾，一身仙風道氣，分明天上金童下降凡世。

烏頭婆厲聲喝道：「無知乳臭，真要我下手麼！」隨著便有一團灰色暗光朝李洪打去。這是妖婦將自煉陰煞奇穢「天垢珠」發出，此寶除能污穢敵人飛劍法寶外，並還發出一種極穢奇腥之氣，聞到便即暈倒。

李洪一見「天垢珠」冉冉飛來，笑罵道：「我本心想見識你那『形音攝神』邪法和那雙鬼手，你偏使出這等下作玩意，有甚用處？」說時那團灰暗的光氣已是飛近身側。李洪若無其事，只說著話，手往胸前玉辟邪上一按，立有萬道毫光暴雨也似朝前射出，妖光立被撞成無數煙縷，四下飛射。

烏頭婆一見，又驚又怒，突然飛起，撲向花無邪、申屠宏藏身之所，雙手揚起十股黑影，口中喚道：「花無邪你跟我來呀！」

花無邪只覺怪聲一入耳，便心旌搖搖，真神欲飛，知道不妙，忙運玄功安定心神，立時縱起遁光要逃，不料妖婦飛行更快，人還未到，那雙鬼手黑影已追近。花無邪眼看要糟，幸得那旁李洪見妖婦鬼手捨了自己去追花無邪，心中一急，把日前路遇「女神童」朱文時要來的「乾天一元霹靂子」由側面照準妖婦便打！同時李洪左肩一搖，「斷玉鉤」立化兩道金紅光華交尾電掣而出，朝那黑手影剪去！

雙方都快。恰巧迎個正著。李洪這主意早就打好，不過提前先發，滿擬妖婦必受重傷，甚或震成粉碎。

妖婦在百多年前吃過此寶苦頭，頗為內行，一見豆大一點紫色晶光迎面斜飛而來，知道此寶乃昔年幻波池威震群魔的「乾天一元霹靂子」，不禁大驚，只聽震天價一個霹雷過處，紫色星光已化為萬道紫光奇焰，横飛爆散。

這一震之威，數十丈方圓以內的山林樹木全都粉碎，眾妖人雖聞聲立縱遁光逃避，也已紛紛受傷，逃遁不迭！

妖婦鬼手前半似乎掃中了些，逃遁極速，晃眼無蹤。方想妖婦也許知難而退，不料去得快回得也快，遠遠一聲極為淒厲的怒嘯，人隨聲到！妖人雖然吃了虧，並不向李洪報復，逕由斜刺裡往花無邪追去，那一雙數十丈的鬼手黑影重又發出！

李洪立縱遁光橫截上去，手中暗藏一粒霹靂子，準備迎頭再發。這一面申屠宏見狀也著了急，也是隱身飛起，二人不約而同正往前追截，忽見前面天殘、地缺二老所居的烏牙洞那一面飛來一片天幕也似的黃雲，放過花無邪，將妖婦阻住。

那雲直似一片橫亙天半的屏障，上面現出兩個死眉死眼、一般高矮的黃衣怪人。這兩個怪人不特容貌身材相同，連神情動作也都一樣，乍看直似雲屏上畫著兩個孿生兄弟，不似生人。各睜一雙呆暗無光的怪眼，望著妖婦，一言不發。申屠宏一見忙用本門傳聲，招呼李洪退到自己身邊。

申、李二人見面，不及發言，只見妖婦鬼手已收回，由一團「陰雷」慘霧環身凌空而立，望著兩怪人也不動手，口、眼、鼻不住亂動，面容悲憤不已。

雙方沉默相持約有半盞茶時，妖婦忽然厲聲說道：「我並未到你烏牙洞禁地，何故逞強作對！」兩怪人始終呆視如死，並不理睬。

妖婦連問兩次，對方連眼皮都未眨一下，也不前進，也不放妖婦過去。花無邪早逃得沒有影子！妖婦凶睛閃閃望著兩怪人，神情憤怒已極，倏地眉髮倒豎，厲聲喝道：「我知你師父一向不撿人現成便宜，大雄禪師玉壁藏珍，他毫不知情，一見有人來取，便生貪心劫奪，我想他決不會作此老臉丟人！」

妖婦看出那兩怪人是兩個元神附在「五雲鎖仙屏」上飛來。有此雲屏護身，先立不敗之地。此寶用無數人獸精魂戾魄與乾天罡煞之氣合煉而成，雖是旁門左道，但天殘、地缺法力甚高，平生恩怨分明，事前先遣門下怪徒四出，用他靈符拘上萬千人獸魂魄，再經選擇，自願服役，與尋常左道常拘攝生魂不同。

妖婦雖知此屏來歷，還想施展玄功變化衝入雲屏，用抓魂手將怪徒元神抓裂，就此遁回，約好能人相助，再以全力來拼，非將禪經藏珍得到不可！妖婦也是大劫將臨，自信太甚，不知天殘、地缺當晚默運玄機推算，得知有一件關係畢生榮辱危安的事就在不久發生，心中憂急，此舉別有用意！竟自破例由那一坐三百餘年不曾離開的危崖石凹之中隱形飛出，也同時附在雲屏之上，那兩怪徒實是真身！

烏頭婆主意打定，一聲極慘厲的怒嘯，身一搖，立被一團極濃密的黑煙包滿。同時髮邊兩掛紙錢飛起，化為兩道慘白色的光華環繞身上。兩道妖光環繞一團黑影箭也似急往屏上衝去。

烏頭婆這一衝，並未將雲屏衝破。一到上面，也和兩怪人神氣差不多，附身雲屏之上，只是動靜不同。怪人仍舊呆立相看，烏頭婆卻是眉髮怒張，黑煙和慘白妖光環繞之下，在雲屏上往來飛舞，其疾如電，晃眼之間黑煙白光之外忽然附上一層黃雲。

漸漸雲越附越厚，妖婦便和凍蠅鑽窗一般此突彼竄，似想掙脫，末了簡直周身被黃雲束緊，成了一個大黃團，妖光黑氣全被包沒，不見痕影。

申、李二人也覺天殘、地缺二老怪果是名不虛傳，連門下怪徒也有這高神通。李洪想起花無邪往烏牙洞逃走，此時未歸，也頗可慮，意欲隱形往探。申屠宏力言老怪更為厲害，一入禁地，立被警覺，等烏頭婆敗後再作計較。李洪方始中止。

此時，雲屏上忽然光色閃變，由黃而白，轉眼又變成紅色，同時起了無數小漩渦。妖婦身外所包雲光也隨同變幻，不論飛到何處均被漩渦裹住，掙脫一個又遇一個，飛舞衝突之勢越緩，不時發兩聲慘嘯。申、李二人只覺聽去刺耳難聞。方料妖婦烏頭婆情急，正以全力「呼音攝神」與敵拼命，猛又瞥見屏上火雲電旋中碧光亂閃，一串連珠霹靂大震，烏頭婆身外光雲立即被震散了些。

緊跟著一溜黑煙比電還疾沖霄射去，煙中帶有一種刺耳的厲嘯，由近而遠，晃眼餘音猶曳遙空，烏頭婆蹤跡已杳，端的神速已極！跟著雲屏忽隱，兩黃衣怪人也自不見，申屠宏忙叫李洪留在原地，自己去接引花無邪，李洪一定不肯，申屠宏連勸帶嚇，李洪才算答應，申屠宏說聲「小心」，便往烏牙洞飛去。

花無邪當時為逃避烏頭婆的鬼手抓魂，向前飛去，轉眼到烏牙洞上空，除來路外，三面均有禁制不能衝過，只得硬著頭皮下降。見危崖內陷，地並不廣，也無陳設用具。只當中有一五尺高二尺多寬的石凹，並肩擠坐著兩個黃衣怪人，一缺左腳，一缺右腳，似是孿生兄弟。雖未見過，料是天殘、地缺。知他性情乖謬，狂傲固執，與眾不同，便以禮相見。

兩怪冷冷道：「我二人恩怨分明，助人須有酬報，大雄禪師寶藏之中有一件佛門至寶，非你不能到手，如肯借我一用，到時你便可安心下手，不論有多厲害的對頭與你作梗，均由我們應付，你看如何？」

花無邪知道對方乃當今旁門散仙中有數人物，脾氣古怪，行輩甚高，一向自大。入門並未跪拜，他竟毫無忤色，反允相助。只借所得寶物一用，按說承他師徒解圍，藉此酬報原是應該，不過兩老行事莫測，以其神通廣大，怎會自貶身價向一後輩借寶？還是問過申屠宏再行回答，略一尋思，天殘、地缺已閉目入定。

接著，一個怪徒走出，將花無邪帶往一個山洞之中。申屠宏隱形相見，兩人一商議，決定來個不了了之，一起飛出，逕赴藏寶崖前。其時妖人盡退，李洪迎了上來，花無邪道了聲「謝」，便開始攻門。申、李在一旁協助，申屠宏先在門前將旗門布好，以作戒備。李洪又由外面加上一層佛門禁制，然後「斷玉鉤」連同靈嶠三寶與花無邪法寶、飛劍合成一片精光衝上前去，將門上混元真氣衝散了十之八九，待要就勢加功施為，猛瞥見酒杯大一團灰白色的妖光打向門上，「波」的一聲，門便打開。緊跟著箭也似急一道暗赤光華由身側飛過，往門裡衝進，來勢神速，事出意外！

就在這妖光電射，不容一瞬的當兒，猛又瞥見門前現出一道金光往門內射去，也是電射而出，兩下裡撞在一起，只聽「哇」的一聲慘叫，妖光散處，飛起幾條黑影。同時那道金光已往門內射去，耳聽哈哈大笑道：「狗妖孽你上當了，想逃如何能夠！」

申屠宏一聽喝聲，就聽出是師門至交「怪叫化」凌渾之聲，心中大喜，大叫：「凌前輩——」

叫聲未畢，凌渾已然走出，手中托了一件祥輝閃閃的法寶，見面便指花無邪道：「我來此相助，今門已開，還不快些進去！」

花無邪連忙禮謝，飛身而入。申屠宏也飛過來拜見，凌渾隨對李洪道：「你這娃兒也不安分，還不到你下山時期呢，便來多事，還不快走！」

凌渾隨說，隨手將手中法寶交給李洪，道：「便宜了你，小寒山二女等著這件寶物去對付毒手摩什，這裡沒你的事！」

李洪接過一看，形如一朵蓮花，非金非玉，入手甚輕，料知不是尋常之物。因和謝瓔、謝琳最為投契，知道關係至大。惟恐誤事，匆匆拜謝，作別飛去。

此時那乘隙欲破門而入的妖人已死在旗門陣中，只是妖人法力甚高，元神竟能分合，先被旗門困住，吃他接連幾竄，已將衝出重圍，快要合成一體。凌渾手一揚，一道數十丈金光上去一兜，成了一面光網，將黑影包緊，電閃了兩閃，便已消滅。

凌渾轉身對申屠宏道：「這裡熱鬧得很，姜雪君和『采薇僧』朱由穆，已和天殘、地缺在鬥法，駝子夫妻也要前來，我前往觀戰，你快進洞去，如有甚事，我們俱在烏牙洞，立可應援，放心好了！」

申屠宏方拜謝，凌渾已飛去。申屠宏忙飛進門去，見花無邪正收那第二層埋伏的一件法寶，法寶是一金環，大約丈許，乍看彷彿畫在門上一圈黃印。

花無邪一施法，眼前金環倏地奇亮，門上黃印忽變作一圈金霞，生出無量吸力，吸上身來。花無邪慌不迭運用玄功奮身縱退，百忙中回手咬破中指，施展「滴血化身」之法朝前彈去，化為一片血光飛上前去，只見血光投入金圈之中，一閃不見。

那一圈黃印忽化一個金環，晃眼由大而小，只有茶杯粗細，向洞外一面飛去。申屠宏正面迎立，一眼看出是件奇珍異寶，立用「分光捉影」伸手捉住遞過。

無邪道：「此係佛門至寶，我不知來歷用法，定數應為道友所有，否則我早已收取到手了，即請收下，無須推讓。」

申屠宏謝了收下，二人合力去攻第二層玉門，行法將門打開，門內立有千萬點金星潮湧激射而來。申屠宏把手中「二相環」脫下往外一甩，環中所收「天璇神沙」化為千萬朵五色星光激射而出，將門內星光衝了回去，隨喝：「花道友，此是佛家八功德池中神泥所化金沙，被我用『二相環』擋住，速隨我入門！」

花無邪見他用一枚鐵指環，發出五色星光，竟將西方神泥擋了回去，益發欽佩，聞言立即應諾。申屠宏已當先飛入，這時門內星光金霞吃「天璇神沙」強力一擋，威勢更盛，互相衝激排蕩，發出極強烈的「轟轟」之聲，宛如山崩海嘯，震耳欲聾。轉眼之間神泥星光竟吃阻住，不能再進！

申屠宏覺著神泥不特威力逐漸加增，並與「天璇神沙」相互吸引膠著，生出一種極微妙的變化。其實二寶各具吸力妙用，只一方勢絀，便可化合為一，增長出無邊威力！申屠宏勉力施為，猛覺前面千萬斤的阻力倏地一鬆，神泥也未消滅，只吃「天璇神沙」分化，雜入五色星光之內隨同飛舞向前衝去，上下四外更無別的阻礙。

申屠宏始而愕然，斷而大悟，不禁大喜。那「二相環」本是他向阮徵借來之寶，環內收有「天璇神沙」，本就威力極大，如今再和西方神泥相合，自然更增妙用！正思量如何收取，忽聽花無邪道：「前面已是神碑，道友快收法寶，容我過去。」

申屠宏見神泥所化金星與五色星光勻合，彷彿原有，忙往回一收，神光一閃即隱，與平時收寶一樣。只鐵指環隱隱多出一圈極細的金點，知道神泥到手，並與神沙相合，融會一體，不禁喜出望外！

花無邪朝前飛去，跟蹤趕到盡頭處一看，那神碑乃是一片平整玉壁，當中有一片尺許長樹葉形的金影深入玉裡，隱隱放光，好似天然生就，又似一片真樹葉藏在裡面。這便是那「貝葉禪經」，忙同下拜通誠，祝告起立。知道此經密藏玉裡，金光外映，看去隔紙一般薄的玉皮，實則相隔還有尺多深厚。並且外壁所刻禪經與此關聯，非將這貝葉禪經取出，外壁經文不能出現。玉質更堅如百煉精鋼，非精習佛法的人不能取出，並非容易！到手以前，奪經仇敵也必趕到，實是大意不得！

當下由花無邪施展前師神尼芬陀所傳佛法上前取經，中屠宏在側戒備。花無邪面壁而立，手掐訣印，由中指放出一道毫光射向壁上，朝樹葉四邊徐徐轉動，跟著便聽壁內禪唱之聲隱隱傳出。

此是神僧所留音文經解，只此一遍，當時如若記憶不全，便須再多費多年功夫始能通解！禪唱一完，禪經也自取到手內。

申屠宏一見花無邪到手，正在高興，忽聽隔洞上面驚天動地一片大震，緊跟著四外風火之聲「轟轟」交作，頂上巨震更響個不住，聲勢猛惡，自來罕見！知道青海二惡正用「有相神魔」攻洞，再看花無邪，正自運用法力虔心默記，直如無聞。

這時，外面風雷攻勢愈急，待不一會，中間忽雜著一種從未聽到過的極淒厲的顫聲悲鳴隱隱傳來，才一入耳，便是心搖神蕩，再看花無邪，聞聲面上立帶惶急不安之狀。同時壁中禪唱也是終止，一陣旃檀香風過處，眼前倏地奇亮，耀目難睜，由內而外，滿洞風雷大作，焰火交織，上下四外洞壁一齊震撼，勢欲崩塌！不禁大驚，忙把「二相環」往上一甩，那神泥神沙合化的五色金星，立即潮湧而出，先將內層神碑室入口封住。

申屠宏法寶才一出手，花無邪急呼道：「道友快收法寶，我禪經已到手，並蒙佛光照體，頓悟玄機。前得伏魔金環乃昔年禪師降魔之寶，用法簡單，只將前洞六字靈符記住，再以本身真靈主持，即能由心運用了。我已無礙，請習此環訣印，即速離洞罷！」

申屠宏收寶回身，見到花無邪滿面驚喜之容，暗讚佛法神奇，不可思議，就這轉眼之間，此女竟能悟徹玄機，極代忻慰！

申屠宏舉手作別。說聲：「道友珍重，行再相見！」隨將先得金環取出如法一試，立有一環金光套向身上，看去只將腰間圍住，但是佛光遠射，全身均有祥輝籠護，轉眼之間，到了洞外，珠靈對面平地之上設有一座法臺，上面各色幡旛林立。另有十八個身高丈六貌相獰惡的神將，手持各種奇怪兵刃法器按九宮方位立定。當中兩個身材高大貌相凶惡，手持戒刀、金鐘、火輪、法牌等法器的紅衣番僧，坐在兩朵丈許大小血也似紅的千葉蓮花之上。花瓣上面各有一股血色焰光朝上激射，高起丈許，合成兩幢血光，將兩番僧全身一起籠罩在內，法臺周圍也有一層血光環護。

上首手持火輪令牌的麻面番僧由牌上發出一道金碧光華，長約百丈，直射後崖壁頂上，神態甚是緊張。臺前不遠一片愁雲慘霧籠罩著妖婦烏頭婆和一個形似鬼怪的妖人，頭上短髮稀疏，根根倒立，臉作暗綠色，碧瞳閃閃，直射凶光，高顴削鼻，尖嘴縮腮。上穿綠色短衣，下穿短褲，赤露出黑瘦如鐵的腿足。胸前掛著一個拳頭般大的死人骷髏，背插三叉，腰繫葫蘆，懸空而立。

雙方似在爭論，下手妖僧喝道：「侯道友，你我彼此聞名，井河不犯，暫請回去，我弟兄回到青海恭候光臨如何？」

那形如鬼怪的妖人似要變臉，一隻雞爪般的怪手已然揚起，忽然面有驚色，厲聲答道：「此時大哥三弟催我回去，無暇與你兩個不知死活好歹的番狗糾纏！」連末句話都未及說完，便化作一條綠氣，刺空激射而去，其疾如電，餘音尚自搖曳，人已飛向遙空雲層之中不見。

妖婦見幫手一走，神情更轉獰厲，口眼耳鼻似抽風一般不住亂動，厲聲喝道：「我向不服人，只為我子殘魂不能重聚，來此拼命。早知你們必來犯險作梗，此事合則兩利，分則難成，休看侯道友已走，照樣能壞你們的事！」

麻面番僧本來目注前面晶球，全未理睬，忽然一聲詭笑道：「我弟兄向不與外人聯手行事，你既吹大氣，我且將攻山神魔暫止，讓你先往下手！你如不行，我們再下手如何？」

妖婦立即被激怒，厲聲喝道：「我已將蚩尤三友吸取真神之寶『白骨吹』借來，你們先前如非預坐小金剛禪，心魂早被攝去。何況洞中女子微末道行，我只一吹，她必由我擺弄，自將禪經獻出！」

申屠宏仗著隱形神妙，便往側面繞出，看出妖婦胸前掛著一個白骨哨子，先聽飛去妖人姓侯，本就疑是蚩尤墓中三怪之一，再聽妖婦說是「白骨吹」，益發驚異。先前異聲悲嘯必是此物無疑，怪不得連自己也幾乎支持不住！

只聽番僧喝道：「無恥妖婦，讓你先下手，盡說廢話作甚！想挨到神魔攻破山頂撿便宜嗎？」先前在崖頂之上焰光騰湧中，另有十八神將，與臺上所立相同，正用手中法器發出百丈風雷，在麻面番僧右手權杖妖光指揮之下猛力攻山，這時忽然一閃不見。

妖婦怒喝：「番狗休狂，此時無暇多言，早晚必取你命！」末句帶著哭音，甚是刺耳。二番僧好似早有成竹，任她叫罵，只把目光注定妖婦動作，全不答理。

妖婦說完回身，兩臂一振，身上邪氣立即暴漲，滿頭灰髮連同鬢腳兩掛紙錢一同倒豎飛舞起來。跟著飛身而起，將那兩隻雞爪般的怪手往外一伸一揚，立有十條黑影由指爪尖上飛出，各長數十百丈，將對崖連頂帶洞交叉罩住，大片愁雲慘霧便疾如奔馬朝前湧去！

申屠宏行事謹細，上來便恐番僧妖婦設有禁網，為防觸動，特意由側繞去。及見妖婦動作神速無比，知那妖雲邪霧只一近身，妖婦心靈立有警兆，便不等湧近，突然現身大喝：「無知妖孽，你劫數到了！」說時遲，那時快，「二相環」一脫，「天璇神沙」早化作無量星濤，金芒電舞，狂湧而出。

當申屠宏現身時，妖婦也自猛然回身，揚手抓到，兩下迎湊在一起。等妖婦瞥見對方是個大頭麻衣，身有佛家金光祥輝環繞的少年時，那山海一般的五色星濤已當頭罩下！心方一驚，猛覺身外壓力絕大，行動不得，才知不妙！怒嘯一聲，便要化身遁走。

哪知此寶威力無上，專戮妖邪，不動死得還慢一些，這一行法強掙，星濤受了激動，內中神泥所化金星，各具絕大吸力，首將妖婦通身繞住，吸了個緊！中屠宏再伸手一指，與金星雜在一起的五色星光跟著往上一擁一裹，互相激撞，紛紛爆裂，火花如雨散，妖婦只慘號兩聲，便形神皆滅！

申屠宏因知妖婦身帶法寶甚多，均極污穢狠毒，惟恐消滅不盡。側顧二番僧目注自己，面有驚容，守在臺上一意戒備，並未出手。為防萬一，便將飛劍放出防身，連新得伏魔金環也放將出去。

金光方離身而起，果有幾聲極難聽的鬼哭悲嘯之聲由神沙星濤中發出，金光還未飛到，已自消滅。申屠宏終不放心，仍指定金光祥霞罩上前去，使神沙由佛光照過，方始縮小收回。正想此寶如此神妙，索性一不作，二不休，將二番僧「有相神魔」破了再走！

申屠宏正打主意，忽聽麻面番僧喝道：「道友後山還有事，我們各用『小金剛不壞身法』防身，道友法力雖高，仍是無奈我何！」申屠宏心想魔教中不壞身法委實難破。仍想略施威力，方自尋思如何下手，猛聽後方烏牙洞雷聲大作，精光寶氣上沖霄漢。只得大喝道：「大雄禪經，留贈有緣，各憑法力，善取無妨，如被花道友先得了去，你們只敢傷她一根毫髮，妖婦便是榜樣！」

申屠宏話一說完，立時往烏牙洞飛去。烏牙洞那邊發生何事，申屠宏也不甚了了，只是曾聽「怪叫化」凌渾說起，並曾提及，乙休夫婦、姜雪君、朱由穆和天殘、地缺鬥法，到時要由他佛門至寶解圍。申屠宏趕到烏牙洞時，只見佛光祥輝，連同各色光華，映得滿天暮雲俱成異彩。立即走上峰頂處，覓好藏身往下一看。崖對面兩座危崖頂上分立著兩人，一個是面如冠玉，身著黃葛衣的小和尚，一個是美豔如天仙的青衣少女，看年紀不過十多歲，都是氣度高華，神儀朗秀，一見便認出是師門至交朱、姜二位師叔。知道「神駝」乙休、韓仙子，還有先在珠靈澗所遇「窮神」凌渾也必在此，細一尋視，卻是並無蹤影。

這時天殘、地缺也未現身出門，只黃色雲屏放了出來，也不似那日飛高橫向天半，只將烏牙洞護住。雲屏上面立著五個怪徒，一律黃色短衣，形貌醜怪。朱、姜二人一個由手指上發出五道佛光，朝屏上五怪徒射去；一個左手指定一青一紅兩道長虹也似的精光，分射開來，將雲屏兩頭罩住，另一手掐了一個法訣，目注前面，蓄勢待發。

五怪徒立身屏上，不言不動，態甚沉穩，各有一幢白光護身。另外一道五色精光寶氣由屏中心激射出來，分佈成一片光牆擋向怪徒前面，將佛光敵住。有時勢子稍絀，吃佛光往前一壓，縮回屏上，五怪徒立現不支之狀。可是彩光也頗強烈，略為縮退，晃眼強行衝起，將佛光敵住，怪徒神色又復自若。朱由穆見狀將手一指，佛光重盛，五彩光牆又復後退。雙方進退不已，似此相持到了天黑，精光祥霞照耀之下，四外峰巒齊幻異彩，更是奇觀。

中屠宏知道天殘、地缺尚未出現，便耐心靜候下去。中間姜雪君幾次想要揚手施為，均吃朱由穆止住。到了後來，光牆似知不是對手，已不再往前衝起，卻擋向雲屏前面，這一次改攻為守，看似勢衰，佛光反倒不能再進，成了相持不下。

姜雪君意似不耐，叱道：「老怪物，你以為將元神附在孽徒身上，人不出面，只憑這萬千遊魂所結的擋箭牌就可免難麼？除照我們先前所說，將兩孽徒獻出，當面責罰，念你二人雖是左道旁門，除喜護短任性夜郎自大外，惡跡無多，只肯認錯服低便可無事，否則我不似朱道友仁慈，一發『無音神雷』，你這千萬游魂煉成的保命牌和你這老巢，便齊化劫灰了！」

隨聽洞中有兩人怪聲怪氣一同答道：「你當我弟兄怕你們麼？不過正趕有事，暫時無暇罷了。是好的，少時我弟兄自會出來見過高下。你要不怕造孽，『無音神雷』只管發放，看看可能傷我分毫！」話未說完，忽聽當空有人喝道：「老怪物少要說嘴！你明知姜道友是可憐這些遊魂，不肯下此殺手，得了便宜便賣乖！我夫妻也不與你動手，只將你這龜殼揭開，省得你無法出頭，你看如何？」

中屠宏早看見「神駝」乙休同了韓仙子在烏牙洞上空現身，相隔洞頂危崖不過數丈高下。可是說話聲音卻在朱、姜二人身後列峰之上，正與相反，再一回頭注視，果然又見另有一個「神駝」乙休在崖對面相去里許的小峰之上立定，戟指喝罵，韓仙子卻未在側。知是「身外化身」，難得是兩下均能一樣言動施為，各行其是，心中好生讚佩。

乙休還未說完，朱由穆自插口大喝：「駝兄住手，我不撿人便宜！老殘廢可速出現，免得駝子用『身外化身』、『五丁神掌』將你牢洞抓去，被人逼出平白現世！」

烏牙洞上空的乙休聽朱由穆發話阻止，早不等說完，手伸處，立發出五股長虹也似的金光，飛射下來，將烏牙洞崖頂一起搭緊。乙休隨縱遁光飛向空際，口喝得一個「疾」字，那高廣約十多丈的一座危崖，連同當中凹進的烏牙洞立似齊地面鏟去，一片裂石之音過處，齊整整與地脫離，吃乙休手上五道金光抓起懸向空中！先是青濛濛一息淡煙閃過，猛聽天崩地裂一聲大震，那座危崖忽然自行炸裂，爆音宛如千百巨雷同時爆發，那石崖已化為百千丈一團烈火，聲勢猛惡，從來罕見！

小峰上面乙休原身哈哈笑道：「老殘廢，平白將你牢洞自行炸裂，鬧得少時無家可歸，你那多年煉就的『靈石真火』可曾傷我分毫？白便宜山妻煉一純陽之寶！」說時韓仙子也在峰上現身，腰間掛著一個黑葫蘆，揚手一招，崖石爆發所化火團立時電掣飛去。

申屠宏先還奇怪雷火怎會聚而不散，這才看出火外還包著極薄一層光網，淡如輕煙。韓仙子見火團飛到，將手一指，火團便裂了一口，自向葫蘆中鑽進，晃眼全消。籠在火外的青色淡煙，也往韓仙子袖中投入。

對面雲屏之上，五徒忽然一閃不見，跟著雲屏斂處，先飛起一團黃氣、兩道青光，將朱、姜二人的佛光、劍光接住，同時現出兩個一缺左腿，一缺右腿，貌相奇醜的孿生怪人，並肩而立，挨擠甚緊，鬚髮皆張，神情好似憤怒已極。也不發話，一照面便朝乙、韓二人並立的小峰飛去，身上也未見甚遁光，連手足都未見動，飛起來卻是快得出奇！人方出現，便自飛到小峰前面。申屠宏那好目力，竟未看出怎麼飛過去的，便是朱、姜二人那高法力，也出於意外，未及阻隔，便被飛近！

天殘，地缺恨極乙休，本朝乙、韓二人撲去。不料對方知他巢穴一毀，又把「靈石真火」失去，必要情急拼命，事前早有準備。先前所見淡青色的光網忽又出現。天殘、地缺「太乙潛光遁法」雖不如佛家「心光遁法」神遊千萬里外，念動即至，但也神速不可思議，去勢又猛，差一點沒被撞到網上！

同時朱、姜二人見兩老怪物一言不發縱遁光飛來，朝乙休夫妻撲去，佛光、飛劍也吃那黃球和兩道青光敵住，知兩老怪物得道年久，在各異派旁門中獨樹一幟。所用二寶乃二人昔年在兩極盡頭採取千萬年前遺留，快要積成星球的混元真氣凝煉而成。青、黃二色，一清一濁，分合由心，威力至大。此外尚有一件異寶，乃南極磁光煉成，更是厲害。

這三件法寶，多高法力也不能破。看去雖只一團黃氣，才大尺許，如在當地破去，一經震裂，五千里方圓以內立被鴻蒙大氣佈滿，自相激射震裂，地震山崩，洪水怒湧，烈火燒空，在此震圈以內，人畜生物固全毀滅，弄巧還要蔓延開去。所到之地，氣重如山，生物遇上，立即閉氣裂腹而死。非俟二氣日久自分：輕氣上騰，為雲為雨，大雨數年；重濁之氣受了雨濕凝聚，化為土石下降，方始停歇。

雖不似天地定位以前那麼厲害，災區相差懸遠，也須經過數十百年才可無事。震圈以外，人物雖不至於死亡，水火天時之災，也多受波及。端的厲害無比！（**按：這件法寶是利用宇宙間不可測的原動力，連地球也是這樣形成的，其威力可知！**）

這三件法寶，老怪物一向珍逾生命，不特與人對敵從未用過，並且多年來均深藏在所打坐的崖洞山腹之內，親身坐鎮守護，連門人也不令見。原備一千三百年大劫臨身之時去往兩天交界之處，把應遭劫的幾個同道至交也約了去，仗此三寶抵禦末劫。使此三寶威力散向天空，不致傷生，還助好些旁門散仙脫劫。論起為人用心並不算惡，只是自恃成道年久，法力高強，性既驕狂自傲，又專以一時喜怒來分親疏。怪徒每喜結交妖邪，橫行為惡，從未清理一次門戶。

尤可恨是無論甚極惡窮凶，如雙鳳山兩小這類，遇到危險事敗，無可倖免，只肯低首下心前往求告，碰到二人高興頭上，定必援手！這次引得乙休夫婦、朱由穆、姜雪君前來，也是為了庇護雙鳳山二小而起！

朱由穆見兩老怪物一出手便是輕易不用的至寶，心中已有顧忌，又見姜雪君不等對方衝向網上，揚手先是一粒「無音神雷」發將出去。瑛姆「無音神雷」何等威力，勢更神速！

哪知對方竟似預先知道，金光閃處，當地大片山石全成粉碎，塵霧高揚，湧起數十丈高下，地也擊碎了一個大深坑。再看天殘、地缺，人已飛出數十里以外。金光閃過，人又飛回原處，手略一揚，那高湧天半的塵霧立即消散，行動端的比電還快！同時每人肩上發出一片五色奇光，流輝四射，耀眼光芒，冷氣森森，老遠都覺逼人！

姜雪君見對方已將兩極磁光所煉之寶發出，便將師門至寶「天龍剪」化為兩道金碧光華交尾而出。天殘、地缺二次飛回，本仍想朝乙休拼命，一見此寶，只得暫停，兩下鬥在一起。

雙方動作神速，原是瞬息間事，朱由穆心念微動，還未及出手，乙休哈哈笑道：「我向不喜以多欺少，似他們這樣老殘廢，兩人只能算得一個，連山妻也無須上前。他們既是專來尋我拼命，有我一人足夠發付！小和尚和姜道友速將法寶、飛劍收轉，停手觀戰，我先看著他那混濁之氣結成的壞包是什麼玩意！」說罷，不俟答言，身形微閃，化作一道金光，驚虹刺天，朝那黑色氣團飛去！

氣團原吃佛光包沒，停空相持不下，申屠宏是個行家，早看出氣團雖小，重如山嶽，佛光並不能夠破他。金光正要往佛光之中穿進，忽聽朱由穆大喝：「駝兄不可負氣，老怪物雖然可惡，此是他的命根！你將此重濁之物送往兩天交界之處破去也頗費事，他不過借此抵擋，便敢造此大孽？」

乙休不理，依然沖光而入。朱由穆知道乙休欲以全力大顯神通，將此寶送往兩天交界之處毀去。一見不聽攔阻，氣團漸有上升之勢，只得發揮全力，指定佛光，連金光齊包住，不令上升。雙方功力差不多，氣團早變成一個極大的光球，金光、佛光齊煥霞輝，在當空上下滾動，氣象萬千，壯麗無倫。

朱由穆一面阻住乙休不令飛走，再見天殘、地缺手掐靈訣，知他也要施展殺手，用玄功變化應敵，便喝道：「老殘廢，非我倚仗人多欺你，只是駝兄恨你自不為惡，卻喜庇護妖邪，想將你禦劫三寶破去以示儆戒！我強行勸阻，你也看見，再不服輸，駝兄法力高強，我一個阻他不住，你數百年苦煉之功付於一旦了！你那小諸天邪法和玄功變化均無用處，如嫌我們多了一人，我請姜道友停手，由我和駝兄對敵如何？」

天殘、地缺心想：「只對方『天龍剪』一收，立可施展玄功變化，追上仇人下手，與乙休拼個破亡，免得施展殺手為害生靈。」聞言正在準備，姜雪君已把『天龍剪』往回一撤。三方動作均快，又是同時發動，就在這時機不容一瞬之際，朱由穆「大旃檀佛法」已自施為。天殘、地缺剛要往上空飛起，猛聞到一股旃檀異香，當時心神便覺迷糊，知道不妙，怒喝一聲，手才往起一抬，意欲拼命，忽又瞥見一片祥霞，由側面峰上冉冉飛墮。

看去並不甚快，可是才一入目，全山立被籠罩在內。同時空中現出一個身高丈六，形與觀世音似的一尊菩薩，頭上環著一圈佛光，手執一朵青蓮，拈花微笑，凌空而立，寶相莊嚴，氣象萬千！一時祥輝潋灩，花雨繽紛，一派祥和景象，與先前金光寶氣滿空激射飛舞形勢迥不相同。

菩薩一現，天殘、地缺便清醒過來，只覺天機寧靜，通體一片清涼，不特先前怨毒嗔怒之氣一齊化為烏有，連發出去的那些法寶也全回到手上，彷彿噩夢初回，並無其事情景！二人言行心念本都相同，猛想起身非佛門中人，此時空中忽現菩薩金身，所用法寶又復無故收回，直如未發，必是敵人施展的旃檀佛法，身已受制無疑，多年盛名威望，不料毀於一旦，心中一急怒，神智剛又一迷，同時空中飛劍、法寶，連同強仇乙休元神所化金光也均不知去向。

這時二人已為佛法所制，隨著心情反應，成敗所繫，仙凡繫於一念。當嗔念才起之際，已然神智不清，周身火熱欲焚，憤急之下，再生先前惡念，立為本身真火所焚，墮入輪迴了。總算二人苦煉千年，法力高深，神智尚未全昏。見空中寶光全隱，心中一動，忙往左右查看，目光到處，乙休已然回到原處，連同山石上分立的朱、姜二人，俱向空頂禮膜拜，神態十分虔敬，滿面喜容，哪有絲毫敵意？

二人猛觸靈機，剛自醒悟，盛氣一平，周身重又立轉清冷。當時明白過來，雙雙頂禮膜拜下去，口呼：我佛慈悲！似覺一片祥輝透身而過，宛如醍醐貫頂，周身氣機和暢，神智益發空靈，哪有絲毫雜念！

第二回
魔女情深 屍毗老人

正自潛光反視，靜心體會，二人忽聽身側有人呼喚：「老怪物，佛光一照，異日天劫免去許多魔障，加上你那三寶，抵禦外魔決可無害，靈符已收，還不起來？」

二人睜眼一看，自己趺坐在地，並未跪倒。旁邊又添了凌渾，俱都含笑環立面前，此都是有道之士，自然無須細說，本來勝敗未分，又有佛力化解，芥蒂全消，從容起立笑答：「以前種種本屬虛幻，不消說了，只是嘉客遠來，蝸居已為乙道友所毀，只好請至小徒洞中一敘了。」

朱由穆笑道：「道友你說此話，又入魔障，以前既是虛幻，怎會毀去？」

乙休也微笑插口道：「道友仙府已為佛力復原，只令高足們不合私出觀戰，佛光照時妄生嗔念，幾乎墮劫，現在人俱昏迷峰側崖凹中，尚在受苦，只小和尚能救。經此一來，氣質已非，決不再為盛名之累了。」

凌渾笑道：「我向不服人，今日越看出佛法神妙不可思議，只金身一現，佛光所照，彈指之間，不特在場諸位仁兄仁姊殺機悉泯，連駝兄說話也文雅起來。自與駝兄相交以來，連峨嵋開府，第二次又聽到他這等吐屬。早知如此，我真不該藏得那麼遠，假使藏在左近讓佛光照上一照，好歹把我這身窮氣去掉不是好麼？」

韓仙子、姜雪君俱都好笑，連申屠宏正向天殘、地缺禮見，素來謹飭的人，也都被他引得忍禁不俊，只不敢笑出聲來。

天殘、地缺聞言回顧，已早看出烏牙洞仍是好好原樣未動，又知門人均在受苦，便請同往。申屠宏隨往一看，怪徒共是七人，仵氏弟兄也在其內，業已昏迷不醒，面上各帶痛苦神色。

剛才佛現金身，全是因為申屠宏展動由大雄禪師藏經洞中得來的「貝葉靈符」之故，朱由穆道：「申屠宏不是佛門中人，不能盡發『貝葉靈符』妙用。否則此西方至寶，具有無上威力妙用，善惡轉移之間，大千世界任何事物，哪怕是化成劫灰，立可返本歸原，二位道友也必回坐原處，不在外面了。」隨說隨將自煉佛光放出，照向七人身上，約有盞茶光景，逐漸如夢初覺。

天殘、地缺立命向眾禮見，並說：「此次花、申二人實是首功，花無邪處境尤為可憐，我意欲同諸位稍逆定數，將青海二惡除去，使此女永除後患。得經以後再仗佛力化解夙孽，免去這十四年煉魂之慘如何？」

凌渾笑道：「你兩弟兄又想左了，我和小和尚、駝子夫妻，還有姜道友，哪一位不是和賢昆仲一樣專講人定勝天的麼？如能這樣，隨便哪位前去也只舉手之勞，何必勞師動眾呢？請想她那前師芬陀神尼是甚人物！不堪造就決不會收到門下，這十四年的苦厄於此女實有大益，我們愛之實以害之，由她去吧！」

眾人談說一會，各自離去，申屠宏告辭之後，便直到幻波池來尋李寧。

書接上文，當下申屠宏說完前事，英瓊笑問：「師兄過大咎山時可見小寒山二女麼？」

申屠宏答道：「過大咎山時曾經隱形前往窺探，只見山頂魔宮外面平崖之上湧起一幢祥霞，靜悄悄的連個人影俱無。祥霞也極淡，霞影中現出兩個孿生少女，一立一坐。同時，遙空中異聲大作，妖光邪霧電掣飛來，東南方更有兩道細如游絲，不用目力直辨不出的金碧光線閃動，晃眼便要飛落當地。因急於拜見李伯父，便趕了來，未看下文，剛一離開，妖人也相繼飛落，稍差一瞬即撞上，端的神速已極。」

李寧接口問道：「可看出妖人的形相麼？」

申屠宏答道：「來的共五人，內中三人似是毒手摩什同類，只那化身金碧光線的乃是兩個十多歲的幼童，各穿一身短裝，赤著雙足，頭上頂著一朵拳頭大的金蓮花，身上各纏著一條金碧光線，相貌也頗俊美，並無邪氣，看不出是什麼路數。」

李寧微噫道：「果不出我所料，這兩人果然背師下山，黨邪多事，小寒山二女如聽我別時之言，只將他們驚走，或可無事。謝琳如使用絕尊者

《滅魔寶籙》，這兩人一傷，乃師必不干休！二人之師前雖屬魔教，近已皈依佛法。他師徒父女並不為惡，老的法力甚高，阮徵遇他女兒糾纏，在他昔年舊居魔宮之中困了兩年，受盡煩惱，如非定力堅強，幾為所敗！近方脫困，化敵為友。二女卻如何能與此人為敵呢？」

眾人聞言全都憂疑起來，忙問道：「這二人的師父是誰？」

李寧只對申屠宏道：「阮徵將屢生宿孽化去，連受將近兩年的魔折，終以堅誠毅力戰勝，未施一點法力。結局對方也受感化，同受其福。那女子之父，便是你所遇頭頂蓮花兩幼童之師，所居在雲南高黎貢山西南與緬甸交界的火雲嶺絕頂神劍峰上，你與阮賢侄幾生至契，此時聽我一說，你想必知道了？」

申屠宏聞言，得知阮徵夙孽居然化解，不禁驚喜交集，方自應諾，英瓊笑道：「這家父女師徒是誰？爹爹怎和申師兄打啞謎不說出來呢？」

李寧道：「你們遲早必知底細，一則此事說來話長，我無暇多言。二則此人現雖改歸佛門，嗔念猶存，更與有名異派散仙蒼虛老人同一積習，人如無知相犯，他並不以為意，如知是他而與對敵，或他自道姓名仍不認罪服輸，必殺無赦。我料謝琳必樹強敵，你們與二女至好，不知此人姓名來歷，也許遇事還可相助。」

李寧說完就要離去，英瓊等知留不住，方欲恭送出洞，李寧笑道：「無須！」將手微揚，一片金光閃過，便帶申屠宏衝開禁制飛將出去。飛行神速，比來時還要快得多，不消多時已離崆峒山不遠。遙望珠靈澗煙光交織，風雷大作，惡鬥方酣，暗忖此人與番僧為敵，自是花無邪的援兵，怎看不出他來歷？

心念才動，人已飛抵當地上空，李寧將遁光停住道：「花無邪的好友呂璟，竟背師命來此，現與青海二惡正在相持。大番僧魔法頗高，花無邪真形已被攝去，你可在崖左近隱形埋伏，只見洞頂冒起祥光，速將你那金環神沙放起，以防二惡見勢不佳，施展崩山下策！」說罷飛去。

申屠宏再用慧目往前一看，珠靈澗崖頂被魔法揭去，番僧所用「三十六相神魔」，各由所持兵刃法器之上發出風雷烈火與各色光華，正在朝下猛攻。洞前站著一個丰神挺秀的中年書生，右手掐著靈訣，左手平舒托著一個形制古雅大才五寸的小香爐，由爐中心發出一股青色煙光，初出細才如指，又勁又直，越往上越粗，到了空中展布開來，化為一座極大穹頂光幕將全崖洞一齊罩住。

四外妖光雷火為其所隔，雖然急切間攻打不進，書生面上已現悲憤之容。料知此人必是陽阿老人之徒呂璟無疑。只聽大番僧麻頭鬼喝道：「呂道友，此經我和令友均非此不可，我此時已不想據為己有，只求容我二人將全文讀上一遍，經仍任她取走，你且問她心意如何？」隨聽花無邪接口道，番狗無信無義，我真形被他攝去，此時分明是詭計，理他作甚！」

二番僧聞言，面色獰厲，同聲怒喝道：「狗男女不知好歹，佛爺如此委屈求全，你偏不聽！今日不將你擒去受我煉魂之慘，你也不知厲害！」說時將手一揚，法臺上兩朵血焰蓮花往洞前飛去。

大番僧又厲聲喝道：「你們留意，再不降伏，我這蓮花往下一合，你人就成為灰燼了！」話未說完，一道祥光由洞中升起，到光幕頂邊停住。

申屠宏見李寧發出信號，忙即現身把「伏魔金環」與「天璇神沙」一同飛出去，緊跟著又聽兩人怪聲怪氣接口冷道：「只怕未必！」那聲音聽去甚遠，似在後山一帶，但是來勢神速已極。

話完人到，兩個死眉死眼的黃衣怪人已在空中現身，四外空空凌虛而立，一揚左手，看神氣似要往那兩朵血蓮抓去。剛看出是天殘、地缺兩老，不知怎的，只現身一閃，忽然不見！

同時一道佛光金虹電射由當空直射下來，晃眼展布，將那三十六個身高六丈、貌相猙獰的「有相神魔」全數罩住。另一面西南天空中又有一片青霞電馳飛來！

這原是瞬息間事，又是同時發動，勢疾如電。番僧瞥見申屠宏突然現身，「天璇神沙」金星潮湧而來，方覺此寶厲害，天殘、地缺一現，不禁大驚！剛自咬牙切齒作最後一拼，未容打好主意，佛光已將神魔罩住！益發手忙腳亂，忙即行法回收，已自無及。青色光幕忽然撤去，下面祥光突湧，佛光往下一合，只閃得一閃，神魔全數煙消！

二番僧知道對方救星雲集，再不見機，萬無倖理！以為血蓮尚未飛抵洞前，還可保全。慌不迭將手一招，一面縱起魔光，待要帶了逃走。不料申屠宏「伏魔金環」早已準備應用，一指滿天霞雨金星朝番僧衝去，金環也化作一圈金霞脫手飛起。

金霞向血蓮飛去，恰好迎個正著。神沙星光再反捲回來兩下一湊，相次裹住，隨化血雨爆散，金霞再一閃動，全都失蹤，二番僧一見如此，當時亡魂皆冒，百忙中又聽空中有老人口音大喝道：「我向來不打落水狗，來晚一步，便宜你多活十數年，逃生去吧！」二番僧已然逃出老遠，猶覺聲如霹靂，聽去心脈皆震，哪裡還敢稍為遲延！就此逃去，只把花無邪恨入切骨。不提。

番僧剛逃，便有一幢金光祥霞擁起一座神碑，左右分立著朱由穆和李寧，由崖洞原址冉冉升起。朱由穆朝下面點首說道：「我二人急於護送神碑，不及與道友敘闊。令高足此來，實出不已，還望道友從寬發落，我們改日登門拜訪吧！」說罷，佛光忽隱，不知去向。再看洞前立著一個白髮白鬚、面如紅玉、黃衫朱履、手執拂塵的老人，呂、花二人分別拜倒在地。知在海外閉宮隱修多年，新近方出走動的呂璟之師陽阿老人，方想上前拜見，老人已指著呂璟說了幾句話，青霞微閃便自飛去。

近前一看，呂璟滿面愁苦悲憤之色，花無邪還是那麼玉立亭亭，神態從容，手上托著一個布口袋。見了申屠宏，先為呂璟引見，然後說道：

「此次我蒙道友相助，且喜大功告成，這只布袋內便是神沙藏珍，連前番所得共是九件。禪師留有遺偈，除道友前收『伏魔金環』、『西方神泥』與李道友所得『金蓮寶座』以外，尚有一粒龍珠我暫借用，袋中共有五件奇珍和四十九粒『化魔丹』，此時還不到開視時候，道友帶回仙山，妙一真人自有交派。」

花無邪講到此處，向呂璟望了一眼，又道：「呂道友知我危急，拼受他師父重責，持了師門鎮山之寶來此應援。陽阿老人由海外施展他多年未用的『太清仙遁』趕來，如非采薇大師行時說情，呂道友受累更重！就這樣，行時仍罰呂道友回山尚須鞭打一頓，罰在外面乞食數年！」

花無邪說完，忽聽身後有人接口道：「花姑娘不必為令友關心，此時且先顧你自己的事吧。」三人一看，正是凌渾，忙同禮見。

凌渾不等發問便先說道：「我和乙駝子以前專喜逆數而行，近聽朋友之勸，雖不似以前那麼任性，有時仍按捺不下，為了花姑娘心志堅強，駝妻韓仙子代呂道友求情，適聽傳聲相告，呂道友罰仍不免，那一頓長鞭也從寬不打了，以後不論什麼事，我必竭力相助便了！」

呂、花二人拜謝不迭。花無邪、呂璟二人拜謝之後，便自飛走。凌渾一頓足，一道金光沖天而去。申屠宏的「二相環」原是向阮徵借來，此際用完，往空一拋，便自向南飛去，轉眼不見。

「二相環」逕自飛回阮徵手上。申屠宏又記掛著小寒山二女和毒手摩什門法一事，便往大咎山飛去。

在幻波池時，李寧對申屠宏提及在大咎山，毒手摩什請來的人中，有兩個雙生兄弟，這兩人乃是高黎貢山、火雲嶺神劍峰魔宮主人屍毗老人的徒弟。屍毗老人得道千年，法力既極高強，阮徵和他前生魔女又有屢世夙緣。此老以前習阿修羅法，為魔教中第一人物，他昔年立志以旁門證果，千年苦修，備歷炎劫危難，未做一件惡事，近兩年來閉關期滿，改參佛法，雖以嗔念未淨，暫時難參上乘佛法，已然兼有兩家之長。

當李洪在珠靈澗和凌渾告別之後，回到武夷，見了謝山，謝山將「佛門心燈」交給李洪，又對李洪說，阮徵在魔宮中有難，該速去火雲嶺，替他解圍。李洪一聽阮徵有難，心中大急，馬上動身，謝瓔、謝琳也要同往，三人隨即一起隱形飛起，向火雲嶺神劍峰而去。

當地在滇緬交界亂山之中，四圍山嶺雜遝，高峰入雲，上矗天半。山陽一面上下壁立如削，無可攀升。峰半以上終年為雲包沒，看不見頂，幽險莫測。其中更多毒蛇猛獸，森林覆壓往往二三百里不見天日。林中蚊蛇毒蟲以千計，更有毒蟻成群，大如人指，數盈億萬，無論人獸與之相遇，群起猛囓，轉眼變成枯骨，瘴氣迷漫，中人立斃，人獸足跡之所不至！

李洪由謝山隱示途徑，直飛到神劍峰之上，那峰周圍有百十里方圓，雲層以上忽作圓錐形，往裡縮小，現出大片平地。上豐下銳，宛如自天插下的一柄寶劍。魔宮就在劍柄護手兩頭。山主屍毗老人父女分居其內，上下皆有禁制，仙凡不能衝越。

李洪便請二女埋伏峰半崖坳之中，潛為接應，自己用佛法隱身潛蹤而上。沿途所見瑤草琪花，美景甚多，也無心觀賞。仗著奔馳迅速，不消多時直到峰巔。那峰上層，宛如一個倒丁字形，魔宮分占兩邊橫頭之上，地大各數百畝。魔宮金碧輝煌，峰石如玉，宛如一根絕長大的碧玉簪，一邊擔著一幢金霞，卓立天漢雲海之中，氣象萬千，壯麗無倫。

李洪來時，謝山雖未明言阮徵有何大難，但李洪前生靈智早復，知道阮徵和魔女屢世夙孽，這次是緊要關頭，是以一絲不敢大意。到了魔宮之前，才一停步，遙望魔宮前面，一個美豔如仙的仙女，擁著一個著青衫的少年緩步走來。李阮二人屢生至契，一望而知那少年便是平生唯一好友阮徵，料知難發在即。

那一夥人走得慢，直似閒談玩景，不似變生頃刻之勢。不一會阮徵等已到平臺上面。這才看出內中一黃衣少女，雲帔霞裳，儀態萬分，周身珠光寶氣，掩映流輝，容光照人，美絕仙凡，似是眾中之首。一到平臺，便與阮徵分坐青玉案側玉墩之上，諸女侍立兩側。待不一會，諸女分別各去，阮徵和那少女便爭論起來。

李洪遙聞阮徵道：「令尊法力雖高，我不過每隔些日受上一回苦難，並不能奈我何，反倒加強我的道力，有甚相干！你因對我情癡太甚，見我每月必受幾次金刀刺體、魔火焚身之厄，愛莫能助，心生憐念，故爾出此下策，不惜捨身相救，實不相瞞，我仗本門法力守護心神，令尊毒刑我並不怕！你何必要以身相殉？」

少女嘆道：「哥哥，你哪知道爹爹的神通！爹爹當初原意人非木石，我的容貌也非庸流，你早晚必能被我癡情感動。他一面以毒刑煎迫你降順，一面仍望你和我相好，誰知你寧受毒刑，堅不俯允，他已動了真怒，不是我以死相諫，你就要大禍臨頭了！他已設下法壇，施展魔教中『九天十地大修羅法』，將你擒去化煉成灰，也不傷你生魂，仍放投生，只將你本身多生修積的靈智攝去為我補益。這麼一來，我靈智道力無不大增，欲念一消，夙孽也解，就不致再癡心了。禍在旦夕，你如何還可延遲呢！」

阮徵聞言，先頗吃驚，聽完慨然答道：「我寧遭慘死，墮入輪迴，縱然轉世成了凡胎，毀卻數百年功力，只要心志堅定，終有成功之日。何況前生恩師良友以及各位師執尊長見我處境如此，決不坐視呢。我志已定，決不容你行此拙計！」

少女笑道：「今當生離死別之際，為示我心志堅定，你來看！」說罷，慷慨起立，兩臂一振，滿身霞帔雲裳一齊委卸。除胸前有形似背心的一片冰紈遮住乳陰外，通體立即赤裸。人本極美，這一來把粉彎玉腿一齊呈露，越覺柔肌如雪，光豔照人！

阮徵一著急，指上所佩「二相環」化一圈虹霞飛起將少女全身罩住，口中急呼：「妹妹不可！」晃眼功夫，少女從頭自腳突現出無數小金針、金刀、金叉之類，長約二三五寸不等，俱都深深釘入玉肌之內。胸前七把金刀更是長達尺許，金光閃閃，看去可怖，通身釘得密層層刺蝟一樣！

少女隨笑道：「這『二相環』如何攔得住我魔教中最惡毒的『金刀解體、化血分身、大修羅絕滅神法』？我只心念一動，不必自己拔刀，全身化血雲而起！魔法已然發動，不能收回。此時便我生了悔心依你，也無法自救！如非愛你過甚，不捨分離，想在死前多看你一眼是一眼，不然的話，魔法早已發動！你聽我話，快走罷，爹爹見我以死相諫，必不會再難為你！」

少女說到末幾句上，想是會短離長，柔腸欲斷，滿腹悲苦，再也矜持不住，始而翠黛含顰，隱蓄幽怨，漸漸語帶哽咽，到了末句，竟自不勝淒楚，星眸亂轉，淚聲隨下。人是那麼美豔多情，音聲那麼淒婉，端的子夜鵑泣、巫峽猿吟無此淒涼哀豔，李洪九世修為的童真有道之士，也被感動，心酸難過！

少女說罷，口皮微動，胸前七把金刀竟緩緩自行拔起。刀上金光驟轉血紅顏色，少女酥胸上鮮血立即隨刀上湧。阮徵見狀，撲抱上去。李洪知是時候，忙現身喝道：「二嫂無須拙見，我來接應二哥，持有佛門至寶在此，你二人均不妨事！只請暫等三年，便與二哥同證仙業了。」話未說完，佛門至寶已先發出，化為一朵畝許大的千葉蓮花寶座，飛向二人頭上。李洪再掐靈訣一指，蓮花上突湧起一圈佛光照向少女身上。

少女此時本是苦痛萬分，眼看形神將化血雲而散，忽見李洪現身，聽出來的是丈夫好友，佛光已照向身上，立覺金芒閃耀，神鐵無光，通體清涼，魔法自解！全身金刀、金叉、金針之類紛紛墜地。事出意外，心中狂喜！同時瞥見前退侍女由魔宮左角蜂擁而來，為首一女隔老遠就將手一揚，四外突然血焰飛揚，中夾千萬金刀，潮水一般湧到，李洪歸路已斷！

少女見狀一聲嬌叱，將手一揮，四圍血焰金刀便不再進，口中急喊：「哥哥還不快走！」

這原是轉瞬間事，李洪早連寶座一齊飛向平臺之上，飛身上前，手拉阮徵，另一隻手一揚靈訣，蓮座往下略沉，阮、李二人飛身其上，佛光隨將二人罩住，寶座千層蓮瓣齊放毫光，擁住二人電也似疾衝破千層血浪金刀突圍而出！耳聞身後風雷大作，宛如百萬天鼓一時怒鳴，聲勢驚人。

回顧少女手執一枚金環，由環中射出一道黃光，一晃分佈開來，將血焰金刀阻住，似在斷後。同時又聞遠遠傳來一記鐘磬之聲，悠揚娛耳。李洪料知屍毗老人已然警覺，血焰金刀被少女阻住，正好逃走。剛飛出不遠，忽想起小寒山二女尚在峰半崖洞之中潛伏，略一遲疑，猛聽空中有一老人口音喝道：「孺子何來，竟敢犯我禁條麼？」

聲才入耳，便見前面高空中懸下一條寬達十丈、長約百丈以上的黃光，當中站著一位老人，生得白髮銀髯，修眉秀目，獅鼻虎口，廣額豐頤，面如朱沙，手如白玉，穿著一件火也似紅的道袍，白襪紅鞋，貌相奇古，身體高大，宛如畫上神仙，手執一柄白玉拂塵，擋住去路。形貌那樣威嚴，面上卻無怒色。

老人道：「你這娃兒雖然無知，這等膽大倒也罕見，先不問你來歷，我只問你，你救這人，欠我女兒三生孽債，尚未清償，你們一起就算走了麼？」

李洪畢竟屢世修為，見多識廣，人又靈慧機智，一見這等聲勢，知非易與。又因阮徵乃屢世患難骨肉至交，知他成敗安危繫此一舉，當時躬身答道：「我與令婿多生至友，義同生死。明知老人法力無邊，得道千年，此舉無異以卵擊石，但是交深金石，不容袖手，為此甘冒百死來犯威嚴，幸託我佛默佑，僥倖成功，令嫒冤孽亦同化解，尚望老人念在阮徵九世苦修，能到今日，煞非容易，並念翁婿之誼，許其暫離仙山，三年之後，今婿固感玉成之惠，後輩也同拜大德了！」

老人還未即答，猛又見一個貌相奇醜的魔女駕著一朵血雲電掣飛來，近前說道：「小賊另有同黨，不知用什麼法寶隱身，暗將禁法破去三層，主人千萬不可放此二人逃走！」

老人聞報大怒喝道：「孺子膽大乃爾！我在此修煉千年，從無一人敢犯我一草一木。你來此救人，念在為友義氣，本不想與你計較，你竟敢率人毀我靈景，傷我侍女。就此放你，情理難容！就算我女兒孽緣已解，也須將我靈景復原，還須問明情由，方可酌情釋放！」

老人話未說完，忽聽謝琳在暗中插口笑道：「老人枉自修道千年，為何這大火氣。如說毀你山中景物須要賠償，那麼阮道友與你並無冤仇，無故將他困禁兩年，受盡金刀魔火風雷之厄，你將如何賠償法？」

老人已怒不可遏，厲聲喝道：「何方賤婢，敢在我面前饒舌強辯！」隨將手中玉拂塵一揮，立有千百朵血焰燈花暴雨一般飛出，佈滿空中，將阮、李二人「金蓮寶座」一齊圍住。雖因佛光環繞無法近身，但是上下四外已成一片血海。

李洪知道老人魔法至高，一個衝不過去，全數被擒。方欲婉言分說，忽聽謝琳傳聲低語道：「洪弟你不要慌，事情有我擔待！」阮徵同時也要挺身向前理論，聞言略一遲疑，二女「七寶金幢」已先發動！

李洪深知謝琳近日性情法力，料難於挽回，一面傳聲密告二女不可現身，一面把靈嶠三寶連同「斷玉鉤」同時施為，將寶座四外護住，擋在金幢寶光之前，高聲說道：「後輩不敢班門弄斧，只望老人大度包容，三年之後再與令婿同上仙山負荊請罪，暫時我們告辭了！」

老人本極高明識貨，一見現出一幢上具七寶的金霧，將阮、李二人籠罩在內，血焰挨近即便消散，認出此寶來歷，心方驚急。李洪又將靈嶠三寶與「斷玉鉤」一齊發出，光芒萬丈，擋在金幢之前，都是聞名多年的仙府奇珍西方至寶，竟在此時突然出現！

老人正待施展玄功變化與敵一拼，忽聽李洪這等說法，盛氣漸平。又覺對方法寶如此厲害，縱然煉就不死之身，不致受什麼傷害，但是此時尚可乘機下臺，再若出手，一個制伏不住，盛名立墮，反而不美！心念一轉移間，遙聞魔宮金鐘連響，知有急事發生，忙按神光查看，才知愛女為防自己與逃人為難，竟發動魔宮禁制，假作向己求情，實則以死相脅！心想正可藉此下臺，但須使對方知道，免其輕視。

李洪話完，金幢寶光已在衝盪血焰向側面移動，所到之處，那勢如山海的魔火血焰已似狂濤怒奔，紛紛消散。屍毗老人忙把手向空一指，大聲喝道：「無知乳臭男女，且慢逃走，聽我一言！」

阮徵忙止二女暫停前進，謝琳因老人辭色強傲，意猶不服。總算謝瓔心氣平和，將金幢止住。

老人把兩道其白如霜的壽眉往上一揚，冷笑道：「現因我女在宮中苦苦哀求，拼捨一身為你們贖罪，如以為你們持有仙佛兩家至寶便行自滿，日後再犯我手就難活命！」

說時對面現出一圈銀光，大約數畝，中現一座金碧輝煌宛如神仙宮闕的魔宮洞府，魔女跪在一個法壇之上，四外盡是金刀魔火圍緊燒刺，正在哀聲號泣，哭求乃父寬縱來人，音聲悲楚，慘不忍聞。

阮徵見狀，慨然接口說道：「我不忍見此慘狀，請速停止禁制，我束身待命任憑宰割便了。」

老人紅臉上方轉笑容道：「既允放你，決不食言，我女自作自受，以死相脅，此時雖然不免受傷，但亦無妨，你們去吧！」說到「去」字，把手一揮，四外血焰潛收，晴空萬里，重返清明，老人也自隱去。只覺一股重如山海的絕大潛力由後湧來，推著寶座金幢，比電還疾速往來路飛去，遠出千里外始停止，老人末句話的餘音猶復在耳！

到潛力收去，眾人又飛行了一陣，算計途程已達二千里外，料知不會有事。剛把勢子放緩，想要互敘別狀，忽聽破空之聲，同時瞥見一道金光如長虹經天，橫空飛來。

李洪與二女同聲急呼：「大姊來了！」來人已自飛近，光中現出一個年約十八、九歲的道裝女子，正是峨嵋四女大弟子的齊靈雲。見面把手一招，便往左近山頭上飛去，眾人料知有事，忙收遁光法寶跟蹤降落。

互相禮見之後，靈雲首先向阮徵道賀，隨又說道：「昨日家母飛劍傳書，上寫蟬弟等七人，因甄氏弟兄在苗疆赤身洞為毒刀所傷，同往陷空島求取『萬年續斷』，與島主發生誤會，因入迷宮，後經由地竅中通行，誤走小南極天外神山，被盤踞當地多年的妖物『萬載寒蛞』所困，命阮師兄急往救援。家母代你保存的法寶均已發還，交我取出帶來，另具白眉禪師所賜『心光遁符』一道，此符飛行千萬里，頃刻即至，又當宇宙磁光最弱之時，當日便可到達。如過今天，磁光威力絕大，便有此符也甚費事了！」

阮徵大喜，隨將法寶靈符接過，一縱神光往小南極飛去，靈雲也自飛走。謝琳在靈雲走後，嘲笑李洪剛才在屍毗老人面前，神態恭敬，李洪一賭氣，自行飛走，在半途上遇見毒手摩什門下幾個妖徒，正在作惡，立時出手，那幾個妖徒如何是李洪敵手？李洪金蓮寶座一出，不死即傷，中有一妖徒逃得快，亡命逃回大咎山魔窟去，李洪在後，緊追不捨。

這時毒手摩什正在宮中修煉，忽見一門下妖徒神色慌張飛身入報敵人追來，已將抵達。毒手摩什聞報大怒，身形一晃便到宮外，迎頭遇見妖徒鼠竄逃來，手指身後來路，連話也顧不得說，神色甚是驚惶。

毒手因憤妖徒膿包，怒吼一聲，方要打去，猛瞥見遙天空際一座千葉蓮臺帶著大片金光祥霞電似飛來。李洪已自追到，毒手自從幻波池逃走以後，魔窟內外均設有埋伏禁制，將手一揮，立即發動。李洪正追之間，瞥見妖徒下落的山頭矗立著數十幢金碧樓臺，殿前玉石平臺上突現一人，正是毒手摩什！

毒手見來人來是個幼童，立意生擒，用邪法攝取元神祭煉魔旗。厲吼一聲，揚手一片烏金色的光幕飛將出去，將李洪連人帶寶光一起罩住。

李洪一見妖光當頭壓到，跟著血焰如潮湧來，防身寶光以外成了一片暗赤色的血海，烏金色的妖光更是箭雨一般射到，上下四外全被膠住，無法行動，耳聽毒手現身惡罵：「何方小狗，通名納命！」

李洪方想把「如意金環」和「斷玉鉤」放出防身寶光之外，忽聽兩個女子聲音同聲接口清叱道：「無恥妖孽，少發狂言！你今日惡貫滿盈，活不成了！」剛聽出是小寒山二女的口音，猛瞥見一幢祥霞突然湧現。又聽一聲厲嘯，那佈滿山頭，高數十百丈的妖光血焰全數不見。天色重轉清明，妖氛淨掃，雲白天清。面前「七寶金幢」徐徐轉動，彩霞千重，內中現出謝瓔、謝琳。

金幢有三丈多高，丈許粗細，由謝瓔頭上升起。再看毒手師徒十餘人，僅有兩條黑影隨同毒手摩什在光幢外圍之內上下衝突，往來飛舞。一會功夫，妖徒肉身早已消滅不見，元神所化黑影隨同佛光、祥霞閃變之際，一個個由濃而淡，轉眼化為烏有。只剩毒手摩什仍在光中張牙舞爪拼命掙扎，想要逃出。

謝琳一手掐著一個滅魔訣印，一手指著一道佛光，射向妖人身上，隨同飛舞，全力防範，不敢絲毫鬆懈。謝瓔閉目趺坐，神儀內瑩，正在默運禪功加增金幢威力。二女本來美絕天人，再吃佛光祥霞一陪襯，越覺寶相莊嚴，儀態萬方。

李洪隨聞妖人厲吼悲嘯之聲由光幢中隱隱傳出，掙扎衝突，勢更猛急，再看謝琳，好似有點制他不住，暗忖金幢佛門至寶，妖邪一被困住，連聲音也被隔斷，吼嘯之聲如何聽出？又見金幢祥霞大盛，轉動漸快，嘯聲也時聞時輟，猛想起「心燈」佛火尚未施為，心中一動，手掐法訣，取出「心燈」。

說時遲，那時快，毒手魔什忽在金幢光層內急掙了幾掙，一片極淡的血焰妖光倏地爆散消滅，毒手前半身竟然衝出光外！妖遁神速無比，這時毒手已拼捨棄原身，只留妖魂元神。

就在這時機緊迫，不容一瞬之際，李洪手指處，青熒熒只有豆大一點極柔和的佛火神光已然發將出去。毒手神通廣大，見多識廣，百忙之中瞥見幼童手上拿著一盞玉石燈檠，燈頭上發出一朵燈花，看出是件佛門至寶，情知不妙，無如裡外受敵，想逃如何能夠！只覺得身上微微一涼，佛火神光隨即爆炸，將元神震散了一半，慘叫一聲，立被金幢佛光攝去，轉眼合成一片黑影，雖然仍在裡面掙扎，比起先前可更差了。

這時金幢轉動便由快而慢，漸漸停住不動，先後不過半盞茶的功夫。李洪見妖魂逐漸勢弱，知已無礙，只正自高興。

忽聽謝琳道：「洪弟還不收了你的法寶來代我護法，妖孽這一聲鬼叫，不知要有多少妖黨被他引來，強敵將到，你一人在外如何應付？」

李洪已如言走進，覺得由光層中穿過，如無其事。知道佛門至寶隨同主人心念所至，因人而施，果然神妙無窮。一問謝琳，才知李洪負氣一走，二人便跟在後面，看到李洪誅殺妖徒，又追趕妖徒前來。

二女也曾吃過毒手摩什的虧，隱身飛來，驟然施展「七寶金幢」，終於令妖孽伏誅。但毒手邪法高強，竟在被困之餘，厲聲吼嘯，必有不少邪黨引來，謝琳不顧李洪犯險，又自恃學會絕尊者《滅魔寶籙》，便令李洪用「心燈」代她護法，以便專心禦敵。

剛剛準備停當，將寶光縮減，便由金幢中看出申屠宏繞道飛來，另外兩三起妖黨也由天邊出現。申屠宏有事在身，不便久留，便往幻波池中飛去。

申屠宏剛走，先是那兩道金碧光線飛落山頂，現出兩個頭頂金蓮花，各披雲肩，臂腿半裸的白衣道童。一現身便手指金幢，喝令二女現身答話。謝、李三人見那道童面如冠玉，赤著一雙白足，年紀不過十五、六歲，和畫上哪吒、紅孩兒相似，又都生得一般高矮，裝束相貌宛如一人，分不出誰長誰幼，連人帶那金碧光華均不帶一絲邪氣。

三人雖不知來人乃魔教中第一人物屍毗老人的愛徒田琪、田瑤，初見也未有甚惡感。尤其李洪，見他們這等形貌打扮，惺惺相惜，有些喜愛。三人均一心等毒手摩什煉化之後再作計較，任其叫罵，沒有理睬。轉眼之間，又飛落三個妖人，都是滿身妖氣，面目猙獰，神態兇惡。一到便各施展邪法，放出各色各種的妖光法寶上前夾攻，厲聲怒罵，話甚穢惡。

隨後又一妖婦趕到，貌相奇醜，偏是赤身露體，不掛一絲，只有一團粉紅色的彩煙將身圍繞。紫黃色的胖身體上畫著不少赤身俊男美女。始而不曾動手，只在光層之外搖頭晃腦，做出許多妖聲媚氣，向三人嬌啼哭喊，說毒手摩什是她情人丈夫，快快放出還她便罷，否則身帶「諸天慾界陰陽五淫神魔」，稍一施為，他們連元神帶肉體，全被她身上神魔享受了去，休想活命。

妖婦人既長得奇醜，說話偏那麼浪聲浪氣，那粗如水桶的腰身連同前胸一雙肥肉口袋，後身兩片紫醬色的肥臀還隨同亂扭，醜態百出，厥狀至怪。田氏兄弟見此怪狀，也忍不住笑出聲來。謝、李三人藏身寶光之中，對這些妖黨全不理睬。及見妖婦這等醜狀，簡直夢想不到，謝琳首先忍不住好笑起來。哪知妖婦邪法別具專長，即此也是邪法之一。幸被金幢寶光隔斷，未受暗算，否則謝琳這一笑，先吃大虧了。

妖婦見邪法無功，一聲怒吼，濃眉往上一豎，兩隻豬眼突泛凶光，拍手跳腳，狼嗥也似破口大罵起來。謝瓔近來禪功精進，佛法越高，通體靈明，不染絲毫塵滓，任何事物絕難搖惑。此時正在靈光返照，潛心默運，打算時機一到，再發「心燈」佛火消滅殘魂，妖婦只管醜態百出，直如未覺。

謝琳卻是不然，見群邪猖猛，本就躍躍欲試，又見妖婦怪聲怪氣哭求了一陣，忽然翻臉，張著一個連腮血盆大口，露出滿嘴黃板牙，唾沫橫飛，跳腳亂罵，出語更是污穢不堪，便是鳩盤嫫母、惡鬼變相，也無此醜怪，不由有氣！（**按：遇這等妖婦，別說謝琳有滅魔神通，真是佛都有火，要將之一掌打死！**）

李洪更是早就厭恨，雙雙不約而同，一個把「斷玉鉤」化為剪尾精光，一個把「碧蜈鉤」化一道翠虹，同時飛出去。田氏弟兄喝罵了一陣，見對方三人不曾理睬，當作有心輕視，越發有氣，把來時所聞妖人激將之言信以為真。

田氏兄弟來此，只為聞說二女學會絕尊者寶籙，要將宇內魔教中人一起除去。自己雖已隨師皈依佛法，以前總是魔教，為此不服。及至到後，見二女生得美勝天仙，清麗絕塵，又是一般裝束貌相，不由生出愛意，暗忖自己也是孿生兄弟，又都生得那麼美秀，自負舉世無二，誰知天地鍾靈毓秀，竟會生出這樣兩個少女！本門不禁婚嫁，新近師父還將師妹的前生愛侶攜來迫令允婚，自己學樣，當不怪責！如得此二女為妻，豈非天造地設，兩雙四好，永傳佳話！

二人想到這裡，多年道心竟為二女美麗容光搖動，越看越愛。正在癡看，兩道虹光電射飛出，當前妖婦首化作一片粉紅色的妖光一閃不見。李洪愛才，對於二田並無敵意，見妖婦逃退，右側三妖人正以全力猛攻，想救毒手。這三妖人所持均是魔教中的異寶，厲害無比！

尤其內中一個身材高大的妖徒，用大量陰雷來攻，只見一團接一團茶杯大小紫碧二色晶球在光層外連珠爆炸，發出極猛烈的雷火精芒，連同另兩妖黨手上發出來的十幾根血焰火螯，所到之處激盪起千重霞彩，霹靂之聲震天動地！如非金幢鎮壓，軒轅老怪秘煉「陰雷」與九烈神君異曲同工，凶威最猛，只消兩三粒，兩座大昝山也被從頂到底連根炸去成了平地！李洪一指「斷玉鉤」改朝三妖人飛去，雙方鬥在一起。

謝琳見妖婦逃退，本來想與李洪合力禦敵，猛瞥見田氏兄弟癡看自己低聲說笑，金幢以心靈所注，能聽出千里以外，聽出二人正在暗中商計想用魔法擒回山去為妻，當時大怒！一面指揮翠虹改朝田氏兄弟飛去，一面把近煉的伏魔法寶紛紛飛將出去。

田氏兄弟朝著二女喜孜孜同喊得一聲「好」，連身化作兩道金碧光華與那四五道寶光、雷火鬥在一起。

妖婦「五淫仙子」秦嫫本非真敗，這時將妖法準備停當，飛將回來，二次現身，手朝臍下一拍，妖婦醜怪形體忽然隱去。謝、李三人面前忽現出畝許大小明鏡也似一團略帶粉紅色的光華。先前妖婦身上所繪五雙赤身美男美女忽同出現，在一片繁花盛開的桃林之內舞蹈起來。始而粉臂輕搖，玉腿同飛，雪股酥胸，極妍盡態，跟著豔歌互唱，媚笑相聞，聲音柔曼，蕩人心魄。

第三回　穿行地心　南極光明

到了後來，更是橫陳花下，引臂替枕，活色生香，備諸妙相。

謝琳童心未退，性最愛花。見那片花林燦若雲錦，十分好看，一時大意，不由多看了一眼。及見林中諸般醜態，不願再看下去。一面想施法寶，破那妖法，猛又瞥見飛起一蓬粉紅色的彩煙，當時心神一蕩，心旌搖搖，心靈上立生警兆！不由大吃一驚，改了先前輕視之念。於是忙把最具威力的滅魔大法施展出去。

妖婦不知金幢威力不可思議，就算謝琳神魔已經附身，不過元神稍受損耗，謝瓔必定警覺，稍為運用，不特害人不成，那淫魔也必消滅。偏又是既貪且狠，竟想謝、李三人之外就便連田氏兄弟一齊下手！沒想到李洪九世童真成道，雖然年幼，道力比二女還要深厚，不特無動於衷，反倒恨他汙目。田氏兄弟得道多年，又是行家，見竟連自己齊下毒手，不由大怒。又想借此向心上人賣好，同聲大喝：「謝道友暫停玉手，我代你除此妖孽！」

田琪揚手一蓬彩絲暴雨一般發將出去，首將那團妖光網住。田瑤又發出三根血紅色的飛釘朝妖光中打去。李洪為想一舉成功，將「金蓮寶座」取出，手掐訣印往外一揚，佛光立飛出去罩在紅絲妖光之上。

妖婦隱身妖光之內，見所想擒的五人除謝琳面色略變即復原狀外，一個也未受搖動，正待加緊施為，忽聽二田喝罵，猛想起：「怎會忘了這兩人是屍毗老人愛徒，如何惹他！」情知不妙，方欲收法暫退，誰知對方同時發動，剛被紅絲連人帶淫魔一起網住，連中三根魔釘，現出原形，那五淫神魔所化的十個美男美女也齊現原形，變作十個青面獠牙如骷髏的猙獰惡鬼，一窩蜂朝自己撲咬上來！佛光也自照到，另一面謝琳又一片雷火打倒！三面夾攻，妖婦固是形神皆滅，連帶二田的那蓬紅絲和三根魔釘也一起消滅！

謝琳心恨二田輕薄，妖婦一死，又指寶光夾攻上去。田氏兄弟把師門至寶連失其二，從未丟過這樣大人，就此退去，面上無光，只得各施法力鬥在一起。

雙方相持不覺過了一日夜，謝琳存心要制二田死命，見對方法力甚高，法寶層出不窮，急切間無奈他何，欲用所習「小金剛滅魔神掌」傷他。但是此法威力太大，一個不妙，自身元氣也有損耗，是以猶豫未發。

事有湊巧，「玉洞真人」岳韞的兩個門人孫侗、于端隨師父武夷訪友，遇見過二女二次，聞說二女在大咎山化煉毒手摩什，特意趕來相助。見田氏兄弟也是孿生，貌相非常英美，所用法寶邪正皆有，謝琳只與他打了個平手，便飛身上前，喝道：「你二人乃何人門下，不去好好修道，來與邪魔為伍，少時形神皆滅，悔之晚矣！」

田氏兄弟正沒好氣，聞言怒答道：「無知鼠輩也配問我們姓名，說出來嚇你一跳！我弟兄倆乃火雲嶺神劍峰屍毗老人門下田瑤、田琪。因聞小寒山二女近煉《滅魔寶籙》，口發狂言，要將魔教中人一網打盡，為此尋她。此時除她姊妹嫁我二人，絕不干休！」

謝琳聽對方公然當眾明言要娶她姊妹為妻，不由怒上加怒，更不再有顧忌，隨即暗囑李洪暫緩與群邪為敵，彼此合力先將二田除去。正說話間，申屠宏忽然趕到。李洪一見大喜。申屠宏看出田氏兄弟必敗無疑，因還不知謝琳要下那等殺手，忙用傳聲說田氏並非惡人，與阮徵還有淵源，千萬不可傷之！

李洪自聽對方道出姓名來歷，已無傷他之心，只為深知謝琳心性，又見她第一次這等生氣，如不依她，少時必受責難，口雖應諾，心中早打好兩全之策。欲向二田警告，故意喝道：「我名李洪，阮徵是我二哥，為令師所困，便是我同謝家二位師姊救他脫險，你難道不知厲害麼？」

二田聽了，心剛一動，謝琳突在「有無相神光」護身之下飛出光幢，一聲清叱：「小賊納命！」隨說，玉手往外一揚。

田氏弟兄見謝琳現身出鬥，想說兩句便宜話，口還未開，猛瞥見金光奇亮，光中一隻大約畝許的藍手由敵人玉臂飛起，發出轟隆霹靂之聲當頭打到，這才知道不妙！田琪因身子已被金光罩住，情知不能倖免，惟恐與兄弟兩敗俱傷，不特未逃，反而迎上前去，望頭上一拍，頭上蓮花金頂立時飛射出千萬金色蓮焰朝那大手迎去。

田琪滿擬用師父防身救命之寶擋一下，好放兄弟先逃。不料神掌威力至大，另一面孫、于二人又將專破魔教元神的「五雷神鋒」發將出來，兩面夾攻，形勢危險萬分！幸而阮徵也在謝琳發難以前由小南極趕來，見狀大驚，當時不便現身，忙用傳聲告知李洪，令其暗中解救！

李洪本有此心，一指「斷玉鉤」朝正中飛去，申屠宏更是早有準備，也將伏魔金環連同飛劍一齊發出。田瑤瞥見金光藍手當頭壓到，知道凶多吉少，不禁大驚！正拼運用玄功冒險搶救，晃眼之間，田琪已被神掌打中，當時金冠震裂，血流滿面，受傷甚重，怒吼一聲，待用魔教中「解體分身大法」與敵人拼命！

說時遲，那時快，就在這心念微動之間，猛瞥見一道精虹飛來，恰將藍手擋了一下，又巧又快。雖只微微一擋，不過瞬息之間，田氏兄弟久經大敵，最是機智，百忙中知是逃生機會，田瑤就勢一把抱起田琪，化為一道金碧光華，飛身遁走。

申、阮二人和李洪匆匆見面，便令他將「心燈」交與謝琳，在場諸妖人均為申、阮二人所敗。除有兩個為謝琳就勢用神掌擊成粉碎而外，全數受傷逃走。跟著又來了幾個妖邪，均是左道中能手，二人將「天璇神沙」會合西方神泥一同放起，護住山頂。

這時整座山頭都在「五色星沙」與金光靈雨籠罩之下，眾妖人運用邪法異寶攻山，均被神沙阻住。又相持了些時，謝琳見毒手摩什妖魂黑影越來越淡，掙扎之勢逐漸緩慢，好似就要消滅神氣，正在奇怪何以妖魂消滅如此之快，忽見妖鬼掙了兩掙，倏地一閃，由大變小，縮成尺許長一條黑影，張牙舞爪，目射凶光，猛向謝琳頭上便抓！同時聞得謝瓔喝道：「琳妹還不下手？」

謝琳立時手掐訣印一指，燈頭上便飛起一朵青熒熒的佛火燈花照準妖魂打去。妖魂只覺頭上一涼，佛光爆發，連聲都未出便被震碎，化為無數零煙。佛光祥霞隨同金幢轉動，略一閃變，便即消滅，化為烏有。

申、阮二人見大功告成，便向外面群邪喝道：「毒手妖孽已然伏誅，我們四人各有西方至寶『七寶金幢』、大雄禪師『伏魔金環』與『天璇神沙』，萬邪不侵，因念爾等為友心熱，數限未終，不與計較。如再不知自量，我四人出手，爾等形神俱滅了！」

眾妖人見到百丈星沙，金光電旋中現出一幢上具七寶的佛光祥霞，內一少女手持一個玉石燈檠，青光熒熒，佛火神焰似要離燈而起。這才看出無一不是專戮妖邪的至寶奇珍，俱都膽怯，紛紛逃退。眾人大功告成，互相談了幾句，二女知道李洪要隨阮徵往小南極一行，便先行辭去。不提。

李洪和申、阮二人送走二女，又往魔宮掃蕩邪氣，將全宮行法毀滅成為平地。阮徵方始說起數日之內往返小南極的經過。原來金蟬、石生、甄艮、甄兌、易鼎、易震等六人奉命下山時，金蟬因七矮中為首的阮徵待罪在外，尚未重返師門，特意把「小神僧」阿童拉來補缺，湊成七矮之數。

七人下山後，又結識一個朋友，是「麻冠道人」司太虛惟一得意門人干神蛛。眾人在苗疆與奸邪鬥法，石生又收了一個徒弟，名叫韋蛟，原是妖邪強迫收下的徒弟，被石生收服，改邪歸正。韋蛟又引進前輩散仙石天王之孫石完，一齊拜師，石完拜在「南海雙童」甄氏兄弟門下。

在鬥法之中，甄氏兄弟中了赤身峒妖人列霸多的「七煞烏靈毒刀」之傷，雖有靈丹止痛，要傷勢痊癒，卻非北極陷空島「萬年續斷」不可。恰好靈奇飛過，因他是陷空島主大弟子靈威叟之子，便邀他同行，千神蛛也堅要同行，金蟬等自然應允。

金、石等人均以為陷空島乃舊遊之地，上次取藥，主人相待頗好，這次前往必能如願。眾人飛行神速，不消一日已飛入北極冰洋邊界。只見下面寒流澎湃，悲風怒號，在凍雲冷霧籠罩之中，一片沉溟。

眾人以為輕車熟路，一過玄冥界便可按照上次所行之路，仍由靈奇引導入內。哪知上次眾人取藥走後，陷空老祖防範更嚴，不特神峰下面出口的晶壁行法封閉，連那條震源通路也被隔斷，無法尋找。

南海雙童師徒與千神蛛均擅穿山行地之術，易氏弟兄更有「九天十地辟魔神梭」，任何堅厚的冰雪石土皆不能阻。但在地底穿行，就是找不到甬道。正走之間，當頭三人猛覺前面有一股奇冷之氣撲上身來，靈奇深知厲害，欲待上前喚止，碰著石完童心好勝，初入師門，不明禮讓，仗著身秉靈石精氣而生，穿山透石如魚游水，竟與乃師搶先飛馳。甄氏弟兄知他一味天真，此舉實是他的天賦本能與家傳獨門神通，志在討好，並非不敬。心想看他天生特長，在地底能走多快？便由他去，這時，恰被搶在前面約有兩三丈遠。

石完正在賣弄精神加急前馳，猛瞥見迎面一片寒碧光華突然飛湧衝上身來，不由機伶伶打了一個冷戰。隨聽後面靈奇急呼：「師弟，師叔，快快止步請回！」另一方面，阿童同了金、石、易諸人，目光到處，見石完將碧光引發，又聽靈奇大聲急呼，料知不妙，把手一指，一片佛光金霞電也似急飛將出去，擋在前面，石完也聞聲飛退回來。

靈奇忙喊：「諸位師叔神僧快退，如往地底穿下最好！」眾人見他神色驚惶，料有緣故。

石完首先應聲開路往地底深處穿去，眾人跟蹤而下。阿童、干神蛛一發佛光，一發出大片灰網護住上面斷後同行。眾人應變極速，剛剛下落丈許，那寒碧光華隨著佛光一撤，已和電一般快由頭上入口潮湧而過，後面更夾著許多銀電般亮的針芒，耳聞爆音轟轟，宛如密雷。

眾人下降了數十丈，上面方始過完。隱聞雷聲猛烈，朝前面來路響去，一晃響出多遠，不時聽到幾聲沉悶的巨震，地底好似波浪起伏一般不住晃蕩。約有半盞茶時方始停止。靈奇請眾人暫停，道：「此是島主『冷焰寒雷』，乃萬年前寒毒之氣所積精英凝煉而成，厲害無比！」

眾人便問靈奇照此禁制周密，如何可以過去？靈奇道：「此時過去卻並不難，一則『冷焰寒雷』剛剛發過，二則這裡已深入地底三百餘丈，不如逕由地底通行！」

眾人同聲稱善，商定之後，乃由甄氏師徒開路降往地層深處，往陷空島繡瓊源飛去。眾人為想考驗各人功力，初下時只駕遁光，緊隨甄、石三人身後飛行，未用佛光法寶防身。先是地層土色隨同下降之勢變異氣味，窒息難聞，降至五六百丈以後，泥土漸軟，地氣越熱，便與尋常天熱不同，另具一種況味，彷彿人在一座蒸籠之內，難受已極。

（按：本書原作者在原書第三十五回以後，已將幻想力發揮得淋漓盡致，接下來一大段文字，寫各人由北極地底下，直穿地軸中心到達南極，便是開小說中未有之奇，是全書想像力最豐富奇幻的一段。）

等到降到地肺，改作平面飛行，熱氣加重，不是一片沸漿熔液阻路，便是遇到凝結數十萬里方圓的大團暗綠色的地火。人行其中，宛如由火海熔爐之內通過。

更有陰風刺骨、黑水毒煙橫亙前路，一任法力多高，也難禁受。易氏弟兄首先忍耐不住，將「九天十地辟魔神梭」取出，藏身其內，向眾招手。

石生看出干神蛛胸前影子突然出現，好似不耐神氣。眾人和干神蛛論交之後，聽干神蛛講起過，藏在他胸前的那隻大蜘蛛，是他前生愛妻，因為妖邪所害，誤投蛛胎，淪為異物，平時決不出現，此際實然現出，可知也忍不住酷熱，忙趕過去拉他一同進入「九天十地辟魔神梭」之內。

金蟬看出眾人多半不耐，又見易氏兄弟放起神梭，忙喝止道：「此寶通行地底響聲太大，易師弟還不快些收起！」隨說手往胸前一按，身佩靈嶠三仙所贈玉虎立即離身飛起，晃眼暴漲，長約三丈。

金蟬手朝眾人一招，各縱遁光隨同附在玉虎身上。易氏兄弟忙將神梭收去，石生把手一指，金霞飛向玉虎身上，阿童也忙將佛光放起，護住前面，甄、石三人一同向前飛馳。這才未受侵害阻難，只見佛光護住一道墨綠色的光華與兩道白光，金碧交輝，虹驚電舞，當先開路。

後面一片山形金光籠罩著一個銀光閃閃的玉虎，湧起十丈祥霞，無窮靈雨，繽紛五色，電旋星飛，穿行於火海黑波陰風毒煙之中。所過之處衝蕩起千重火衖，百丈玄雲，毒煙滾滾，陰風怒號，頓成從來未有之奇觀。

眾人多半天真，童心未退，紛紛喊起好來。

這一來，飛行越發加快。靈奇默計途程已離地頭不遠，忽然想起一事，忙請甄、石三人把勢子放緩，說道：「今天事情太怪，那『寒雷冷焰』島主視為防禦外敵的至寶，從未見他輕用。這次竟暗藏在玄冥界地底埋伏之內，也許島主有仇敵應在今日到來，卻被我們趕在那人前面無心引發，以島主為人性情，定必忿急，到時還須留神才好！」

眾人聞言點頭答應，靈奇一路查看土色形勢，往前行去。

一會，忽見前面地層土色如雪，甚是乾淨，地水火風已不再見。知道陷空島繡瓊源方圓三千里內，天生靈境，地層深處也與別處不同，照情勢轉眼到達。果然前進百餘里，靈奇由土石中看出到了繡瓊源地層下面。由靈奇算計好了上升之處，聚在一起破土直上數百丈深的地層，不消半盞茶時便自升出地面。金蟬一看上面，正是繡瓊源舊遊之地。

金蟬料知島主已經驚覺，事機瞬息，恐有延誤，意欲搶先發話。無暇賞玩當地仙景，一出土便向海岸趕去，躬身說道：「弟子金蟬、石生、甄艮、甄兌、易鼎、易震，同了白眉老禪弟子阿童，司道長門人干神蛛，師侄靈奇、石完一行十人，因同門中與苗疆妖邪鬥法受傷，為此二次又拜謁島宮仙府求取靈藥，望祈老祖再賜靈藥，感恩不盡！」

金蟬說完，不見動靜，等了片刻，忽見一道寒光，白如銀電，由陷空島隔著海面飛來。晃眼現出兩個身穿形若冰紈的短衣短褲，手腿半裸，面白如玉，貌相俊美，十三、四歲的道童。石生在後面認得那是上次所遇，島主再傳徒孫寒光、玄玉二童，知他和自己頗為投機，心中大喜，連忙趕近前去。

玄玉正向金、石二人舉手為禮，一眼瞥見靈奇，星眸微微一瞪，揚手便是一蓬銀絲，似暴雨一般朝靈奇當頭撒下！靈奇縱起遁光想逃，已自不及，吃那蓬銀絲連人帶劍光一齊網住。玄玉隨手一指，便網了靈奇朝陷空島上飛去，晃眼投入島中盆地之內不見，勢急如電，神速無比！

眾人因二童上次一見如故，這次見面又以客禮相待，萬不料會有此舉，竟吃在人叢中把靈奇擒去。

石完性如烈火，生來手急心快，又和靈奇至好，首先情急，口中大喝道：「白娃娃，你敢傷我師兄！」揚手一道墨綠光朝玄玉頭上飛去。

玄玉把手一指，先前那道銀光重又飛起將綠光敵住，同時張口一股銀光朝石完迎面噴去。見石完閃躲不及，只打了一個冷戰，仍站地上未動。此際干神蛛數十百條縱橫交織、形如蛛網的白色光影也脫手而起飛向前去，玄玉未閃避，竟被網住！

金、石二人忙道：「干道友快請停手，石完不可無禮！」

干神蛛見七矮一個未動，知道冒失，醜臉一紅，也未見動手，白影忽然不見。玄玉雖是千萬年寒魄精英煉成，也被白影勒得痛癢難禁。

眾人俱料二童定必發怒，哪知二童若無其事，只玄玉朝干神蛛瞪了一眼，笑道：「你這醜鬼真沒道理！這事能怪我嗎？靈奇之父是我師伯，如何肯無故傷他！你們闖了大禍，我二人好心好意借題來指點，不裝得像，如何能行？你跟那小黑鬼怎都不知好歹！」

干神蛛已看出二人骨秀神清，渾身上下宛如冰玉搓成，從來未見，聽雙方口氣似有深交，平日愛交朋友，對方說話又那麼天真，並無怒意，連忙謝過。

石完劍雖收回，仍然不服，口中咕嚕道：「不問是誰，要害我靈師兄，我和他拼命！」甄艮聞言喝止不令開口，方始默然，面上仍有憤容。

二童見他生得矮胖奇醜，憨態可掬，又聽出是七矮門下，便笑道：「你二人竟有專長，我代你們少擔一點心了！」

金、石二人方要詢問老祖是否允許入見，何故將靈奇擒去？猛聽遠遠一聲大震，跟著有一道奇亮無比銀光在遙天空際閃了一下，二童同向眾人施一眼色，大聲喝道：「師祖有令，說靈奇不合引了外人觸犯禁制，引發『寒雷冰焰』，似此大膽妄為，必當我陷空島可以隨意胡為！三樣靈藥現同放在霜華宮後地底地璇宮內，你們既然飛入禁地，目中無人，只管前往盜取，連靈奇一同救走！」

金石諸人一聽，不禁皺眉，二童續道：「那地璇宮連近地軸最深之處，相隔海底三千四百四十九丈？一八寸，更有許多埋伏，你們法寶佛光只能防身，切勿自恃，以免取禍，話說在先，憑你們的運氣吧！」

二童口內說話，所著冰紈短衣前胸接連現出好些字跡，大意說：「島主有一強仇定在今日由地底來犯，為此在玄冥界內暗藏本島至寶『寒雷冷焰』引其入阱。不料眾人會先一步趕來將寒雷引發。仇人由眾人所開的地道趕來，一見神雷，趕忙遁走，並且將計就計將寒雷引去，激發地底大火，把方圓五千里的地面化為火海。幸而島主早有防備，未為所算！」那字跡隨現隨隱，現完，話也說完。

金蟬上次來聽癩姑說起過，知那地璇宮鄰近地軸，與南極子午線遙遙斜對，全宮係島主多年心血，按照天星躔度建成。其中途徑迴環往復，密如蛛網，到了裡面必定迷路。一入七星環死地，休想脫身！並且宮中佈置宛如縮小的一個天體，到處均有禁制埋伏，神妙無方，威力絕大！若是誤走日月兩宮，一個是日輪壓頂，發出比烈火還熱千萬倍的熱力，將人化成一縷青煙消滅；一是一團暗影，壓向頭上，當時奇寒透體，毒火燒心，將人吸入暗影之中氣閉身死！當地乃北極天樞與地軸中心奧區，本來具有地利天機陰陽五行生剋妙用，並非全由法力使然！

金蟬聽完看完，想了一想答道：「煩勞二位道友轉告島主，我們此來本以後輩之禮求見，島主既然見怪，又將靈奇擒去，身屬後輩，不敢多言，只得遵命而行。但是陷空仙府貝闕珠宮，地廣數千百里，惟恐愚昧無知干犯禁忌，尚望指點地璇宮所在之地，引往入口，以免妄自走入，負罪不起。」

二童答道：「家師祖原命諸位如敢入宮盜丹救人，不特我二人應為領路，並以諸位道友均是妙一真人門下高弟，貴派法寶神奇，只是前途另有危機，特贈神雷三粒，以備緩急之需。另外還有神香七枝，用三昧真火方能點燃，此是千萬年前天龍毒涎與千百種異香靈木合煉而成，任何海中精怪，一聞此香，立生妙用。」

金蟬笑問此香有何妙用？二童笑答：「師祖傳命如此，我們也不深知，道友請收此寶同行罷。」

金、石二人接過一看，那神雷乃是墨色晶珠，雖然透明，並無光澤，看去毫不起眼，拿在手裡卻是沉重非常。那七枝「毒龍香」長幾二尺，粗約寸許，看去彷彿六角形的尖頭木棒，其堅如鋼，又黑又亮。

二童叫七矮各佩一枝，插在背後備用。金、石等六矮如言斜插背上，惟獨阿童自己有佛光護身不怕遇險，心愛石完，有意轉贈，堅持不肯佩帶。玄玉笑道：「這小黑鬼法寶功力不如你們，此行他和那醜鬼別有專長，休看你佛法高深，到時定力稍差，如無此香，便難保不吃虧了呢！」

寒光看了玄玉一眼說道：「玄弟如何隨便說話，你知小神僧無此定力麼？」玄玉便不再說。阿童年幼好勝，聞言自不肯再要。

金、石二人知有隱情，力勸阿童不聽，只得改與石完佩了。那三粒神雷應由一人應用，便由金蟬收去。二童隨帶眾人凌波亂流而渡，往陷空島上飛去，由島中央萬年寒鐵所建仰盂形的鐵城中心直降下去。

到地乃是大片水晶鋪成的一座廣場，大約十里方圓。

二童轉身立定說道：「此是地璇宮的上面，這片廣場乃此宮總圖。等我現出總圖，諸位道友道法高深，當能看出天星躔度與陰陽兩儀上下相生七宮五行之妙。」

說罷，將手一指，立有一塊形如羅盤的碧玉冒出地上，大約三尺。離盤寸許懸著大小七根鐵針。二童伸手盤內分朝第二第四兩針微微一撥，針頭上立時射出一青一白兩股細才如指的精芒，互相激撞，一閃即滅，緊跟著「轟」的一聲巨震，廣場上六根金柱齊射毫光，同時轉動，電也似旋將起來。約有盞茶光景，忽然隱去，再定睛一看，已換了一副景象。前面大片水晶地面已全不見，四外青氣混茫，當中裹著一個略帶長圓，不甚整齊的大球，正在徐徐轉動。氣層中隱現著好些脈絡，密如蛛網，更有無量大小星光明滅閃動，小的幾如微塵，不是目力所能發現。橫面南北兩端各有一道光線繞向圓球之上。

眾人自從峨嵋開府以後功力大進，知道此是宙極縮影，剛剛悟出一點地軸天樞妙用，球上躔度還未看清，忽聽遠遠金鐘響動之聲，二童慌道：「師祖升坐，我二人必須前往，下面便是地璇宮入口，請快走罷，恕不奉陪了！」說罷，圓球忽隱，當中現出一個井形大洞，黑沉沉看不見底。

（注：原作者還珠樓主的想像力豐富，已無疑問，不過他的一切想像，從這一段「宙極縮影」中可以看出，還是以地球為整個宇宙的中心的。而實際上，地球只不過是整個宇宙中的一粒微塵而已。）

金、石二人運用慧目定睛一看，底層暗影中似有一團亮光，停住不動，上下相隔約有三四百丈。阿童正放佛光朝下照看，大洞一現，二童面上更形驚慌，見阿童放出佛光，忙又回身急喊：「諸位請就此下去，不用法寶，還可免卻入門時好些阻力。」話未說完，便雙雙往上面來路飛去。阿童也將佛光收起。眾人略為商量，料知二童善意相告，必有原因。

眾人戒備著往下飛落，沿途並無阻礙，只覺如行大霧之中，別的並無異狀，晃眼到地一看，有一個六角形的洞門。洞內其黑如漆，眾人往裡緩緩飛入，一晃飛出數百里，前面現出七條歧路，參差分列。金蟬等近年已通曉七星五宮兩儀運行之妙，知道此是七星環入口，內中金、日兩宮通路必要避開，便即立定仔細觀察，尋找土、木二宮入口。

只見第七條歧徑上黃塵滾滾，互相磨蕩，發出一種極洪烈的巨響。遙望門內無量數的火星互相激撞爆發，密如雨雹，勢甚驚人。下餘六條歧徑仍是靜悄悄的。斷定此是土宮入口，看去雖然猛烈，比較下餘六宮威力要差得多，一行諸人好幾個精通地行之術，就有險阻，也可不致被其困住。眾人縱起遁光往裡飛進，覺著塵沙火星越往前越密，各人均有法寶防身，阿童更放佛光護住，通行無阻。飛不多遠，忽到盡頭，壁堅如鋼，無法再進，同時塵沙、火星也全數斂去。

眾人回頭一看，左右兩側均現出不少通路。沒奈何只得選了一條較小的甬道往前走去。眾人行約里許，看見前面似有一座金亭。走近一看，是一座大約二十多丈的金亭。那亭每面各有一條極長甬道，內有兩條最大。

眾人站在亭內正在分頭查看，不知往哪面走好，忽聽干神蛛驚呼：「速退！」

各人一看，東首甬道不見，一個極大日輪發出萬道金光，由遠近電馳飛來，老遠便奇熱無比，灼人如焚，任何火力也無此強烈，不禁大驚，紛往來路退回。眾人退得快，那日輪來得更快，眾人剛剛退出還未立定，只聽「轟轟發發」一片霹靂之聲，那日輪直似一個極大的火球，已穿亭而過。那亭立時不見，路也隔斷，變成一片金壁。

眾人雖是法力高強，還有至寶防身，也幾乎面熱心跳，烤得透不過氣來，忽聽石完大聲喜喚：「師父、師伯快來，我能開路了！」

眾人隨即跟著石完衝進石中，那石深厚得出奇，前途不知多深。石完當先剛剛衝過，上下四外直似快要凍凝的石膏一般，又似濃厚的膠質，隨分隨合，齊往身上擠來，身後立即填滿。如非阿童、干神蛛各放佛光抵禦，後面人非被陷住，埋藏在內不可！並且越往前越難通行，壓力逐漸加增，雖還無害，均覺吃力異常！

金蟬看出情勢危急，稍一疏忽必受其害，便令易鼎、易震將「九天十地辟魔梭」取出，化作一條兩頭尖的梭舟。眾人藏在裡面，各將法寶飛劍放起護住四面，試一衝行，竟比石完開路還慢！沒奈何只得仍命石完開路，眾人駕著神梭尾隨在後向前衝去。所過之處只見金光電閃，霞彩飛騰，上下四外的石漿狂濤全被排蕩開去。雖然神梭一過，後面仍舊合攏，比較先前卻好許多。

似這樣也不知飛行了多少時候，便見黑亭擋路，其高九丈，大約畝許，正中心有圓形地洞。金蟬沿途行來已覺越走地勢越低，估計離上面海底少說也在千丈以上，亭心地洞深三四百丈，下面必與地軸相連。眾人正向亭中飛去，快要落地，便見一道青光擁著一個紅臉矮胖老頭，正是靈奇之父靈威叟，朝著眾人把手一拱，一言未發便迎頭飛過，往上升去。落地再看，靈奇手裡拿著一個晶瓶和一個內貯靈丹的玉盒，上前拜見遞過。

金蟬方奇怪靈奇何以在此，方要問話，靈奇已搶先說道：「諸位師叔，請快隨我避入甬道再說不遲。」說罷，當先走去，眾人忙即跟去。那甬道口作三角形，大約三丈，只一塊銀色，光可鑒人，不知底細絕看不出那是甬道的入口。

眾人剛剛走到，便聽萬籟怒號，震耳欲聾。金蟬不等靈奇招呼，先命石完行法開路，石完冒冒失失，頭一晃便衝將進去。只見墨綠色光華剛剛破壁飛進，便聽石完驚呼一聲，同時一股奇亮若電的銀色光氣冒起，亭上面五行神雷排山倒海一般湧到，上下四外一齊震動！

甄氏弟兄情急搶先，剛一飛近，猛覺奇寒侵骨，幾乎血脈皆凝，快要凍僵！銀光中又飛出一蓬淡青色的寒星，這才看出那玄晶竟是萬載玄冰所結精英，寒星更是厲害，知道不妙。本難避免，幸而金蟬早有防備，見石完不等話說完先自飛入，忙喊：「干道友、小神僧留意！」

干神蛛揚手一片灰白色光網飛將出去，已將那蓬寒星兜住，不令噴出，眾人也無法前進。

干神蛛回顧身後，形勢大變。除甬道入口這一片外，都在靈光箭雨紛射之下，阿童正用佛光抵禦。干神蛛不由情急，自言自語道：「你不趁此時進攻，我將來如何向人求告？暫時就吃點虧，所得也足償所失，就現原形，有甚相干？誰還不知道麼！」

眾人料他要令附身神蛛破那玄晶，果然話未說完，干神蛛胸前黑衣上現出一個大白蜘蛛。眾人與干神蛛論交之後，已皆知他三生愛妻為邪法所害，九死一生，誤投蛛胎一事，而他妻子所化的那隻大蜘蛛，就附在他身上。

以前眾人所見，只是神態如生，若隱若現的蜘蛛影子。這時神蛛雖未離人飛起，卻是全身畢現，看得甚真。只見那蜘蛛形如人面，獰惡非常，通體灰白，六腳長毛如針，一雙火眼其紅如血，凹鼻方口，上下各有兩枚利齒。一現形，便由肚臍眼內射出一股白氣，光網立即加厚，同時嘴裡噴出一個血色火球，由光網中心穿出。對面銀光寒星雖被網住，仍在衝突飛舞，毫未減退。火球一現，立時爆散，化成一片火雲，只一閃，便連光網帶銀光寒星全都消滅。蜘蛛也已不見。

就在這略一停頓的功夫，上面「五行神雷」全數爆發，一股五色變幻的精光直衝進來，甬道全被填滿。前頭各色火花亂爆，發出連珠霹靂，狂潮也似朝眾人湧來。阿童忙用佛光擋了一擋，方覺力大異常，猛瞥見五色精光齊射中心，跟著便是驚天動地的一聲大震，佛光竟被盪退！

阿童心靈忽生警兆，心中一驚，不敢再抗，忙大聲急喊：「大家快走，我支持不住了！」這時千百團五色火花隨同霹靂之聲紛紛爆射，宛如百萬天鼓一齊怒擂。眾人見阿童驚慌退卻之狀，無法再相問答，各縱遁光，聯合一起朝前飛去。後面神雷飛馳追來，眾人見那甬道作圓弧形往下彎去，只顧逃避，也不知飛出多遠！

似這樣逃竄了半個多時辰，甬道漸漸縮小，最前面只在丈許方圓，看去深黑異常，後退無路，只得飛向前去相機行事。又飛出老遠，金、石、阿童三人留意後面無甚聲息，回頭一看，後面的「五行神雷」已然退去。四外靜蕩蕩的，黑暗異常，霧氣濃密。那麼強的寶光只能照出七八丈遠近。意欲回頭，哪知才一舉步便覺潛力阻路，重如山嶽，寸步難行！如往去路飛行，卻是輕快異常。

眾人先前只顧尋路急飛，無人留心里程和飛行時間，不知人已深入地軸，為前面元磁真氣所吸！先只覺得越往前飛越快，好似不用飛遁也照樣前進。上下四外暗沉沉一片混茫，金、石二人目力竟看不出前面景物。所行是略作弧形的一條直線，毫不偏倚。後退卻是有不可思議的絕大阻力，不能倒退一步！非但成了有進無退之勢，除照中心飛馳前進而外，連往兩旁移動稍改方向都辦不到！

甄艮、甄兌首先警覺，跟著金蟬也自醒悟，如非深陷地肺之內，便被兩極元磁真氣吸住，走向去往南極的子午線上！互相一說，全都驚慌起來。一商議，除了繼續前飛之外，無法可施。只覺飛行子午線上黑暗奇悶。巴不得早到盡頭見個分曉。

眾人為防萬一，遁光連在一起，對面吸力自然加增。一心急著趕路，飛行更快，端的比電還急朝前射去，晃眼便是千百里！

眾人只覺飛行之快從來所無，也不知飛了多少時候，忽然發現前面淡微微有了一片亮光。眾人以為快要到達，心中一喜，猛覺身上奇熱，前面吸力倏地加增。見前面光影相隔漸近，只是一大片灰白，正指點間，猛瞥灰白光影中現出一個黑點，發出無量芒雨，作六角形往外四射，吸力又復加強好多倍。眾人身子竟如一群隕星往前飛投下去！不知黑影便是大氣之母，陰陽二氣正在互為消長，陰陽必戰，此正是陽極陰生之際，那熱力比尋常烈火加增到幾千萬倍，而且吸力大得出奇，不論宇宙間任何物質，稍為挨近便自消滅化為烏有！

眾人已然將近死圈邊界，形勢危險萬分，一點還不知道。就在這快入死圈、危機一髮之際，那氣母元磁精氣，恰巧由合而分爆散開來。眾人正飛之間，瞥見那六角黑影突然暴漲，四邊齊射墨綠色精芒，當中突現一點紅色，其赤如血，晃眼加大，熱氣同時加增百倍！眾人本就熱得難耐，哪經得住熱力暴加。又看出黑影紅星威力猛烈，金蟬將玉虎放起，仍然抵禦不住奇熱。

忽聽干神蛛驚呼道：「前面死路萬萬不能再進！」眾人聞言大驚，身子又被吸住，無法停止回退！猛瞥見左側極光突現！

極光現時，眾人恰飛到正子午線側面來復線交叉之處，只覺身上吸力一輕，紛紛改道往側飛去。一經脫身子午線外，吸力全消。當時一個寒噤，又由奇熱變成奇冷。知已脫險，驚魂乍定，唯恐又陷危機，俱以全力飛行，朝前疾駛。直到飛出老遠方始回顧，見右側橫著一條奇長無際不知多組的氣體，別的一無所見。天色上下一片混茫，也與平日所見天色不同，只前面銀色極光佈滿遙空。

眾人不知人已由北極穿過地軸，飛到南極盡頭，只消衝破最後一關，便到了小南極左近附在地體旁邊的天外神山之上了！

眾人飛了一陣，眼前一暗，極光不見，又入黑影之中。先還不知究理，等到飛行些時，才看出與陷空島初入地竅時情景相似，心料危難已過，前途必是南極奧區！

眾人正飛之間，忽見前面微有光亮。近前一看，光並不強，只將去路堵塞。易氏兄弟心急，首將飛劍放出。哪知飛向光中，竟如石投大海，劍光一閃即沒，無影無蹤！眾人一見大驚，石完飛身便朝前穿去，只見奇光電旋，石完陷身其內，只管用盡力量掙扎，不能脫出，急得大聲急呼，哭喊：「師父、師伯救命！」

阿童一見石完失陷，首先一指佛光，飛身上去將他護住。但那寒光之中另有一種極大壓力，上下四外一起湧到，不能脫身。靈奇強掙著喊道：

「這必是兩極寒精所萃之地，那三粒神雷呢？」

金蟬不等話完，已先驚醒，便將陷空老祖所贈神雷一起發將出去。只見神雷脫手，一團酒杯大小的五色火花紛紛爆炸之中，耳聽兩聲哀吟過處，寒光一閃不見，所失飛劍也自收回。前面地上兩具殘屍。過去一看，乃是兩個質如晶玉的女子，各穿著一身薄如蟬翼的冰紈紗衣，與陷空島二童一樣形質，只是貌相猙獰，兇惡非常，已被神雷打死，橫仆地上。眾人知是寒魄精氣煉成的怪物，已然身死，便不去理會，仍舊前行。

走出四、五十里，忽聽干神蛛笑道：「我看看去，也許走遠一點，諸位尋不到我不要介意，這地方我有一點事要辦呢！」說罷，身形一晃飛去，轉眼不見，行時眾人見他面有喜容，胸前蜘蛛影子時隱時現，張牙舞爪，興奮異常，不似路上那樣沉默憂鬱之狀。

眾人催遁光飛去，便見面前現出一大片奇景。那地方乃是一座冰山，通體翠色晶瑩，一座高約十丈黃色玉亭，直似整塊晶玉嵌空雕削而成。對面大片海洋碧波浩瀚，天水相涵，極目蒼茫，漫無涯際。阿童與石生打算飛向前面玉壁之上往外查看，哪知上面暗中竟設有禁制！剛飛到頂便將埋伏引發，萬點銀光似暴雨一般當頭打下。幸而石生那一塊三角金牌是靈嶠奇珍，自具靈異，與主人心神相合，金霞佛光同時飛擁，那禁法一接觸即便破去。

二人一面傳聲告警，一面隱身上飛，越過玉壁，只見下面乃數千里方圓一片盆地。地平如鏡，其白如銀，也看不出是冰是雪。到處仙山樓閣，光怪陸離，不可名狀。頭上的天是青的，長空萬里，湛然深碧，白雲如帶，橫亙在東南方峰腰殿閣之間，舒捲迴翔，下面的地又是白的，廣原平野，其色如銀，直似一片奇大無比的銀氈，上面堆著千萬錦繡！

石完喜得便要往下飛去，被金蟬一把拉住說道：「你知這是什麼地方，如此冒失！」便令眾人先尋一個隱密之地，就冰塊上坐定說道：「我們孤懸南極天外，相隔中土不知多少萬里，一有失陷連救兵也請不到！上次在銅椰島與乙師伯分手時，雖蒙他賜我一面事急求救的信符，但是相隔太遠，又有宇宙磁光太火大氣阻隔，也不知道能否當時趕來。干道友雖是初交，已成至友，如今失蹤，吉凶難定，須從速查探他的下落。二甄師弟必須治癒復元，以免臨時容易吃虧。」

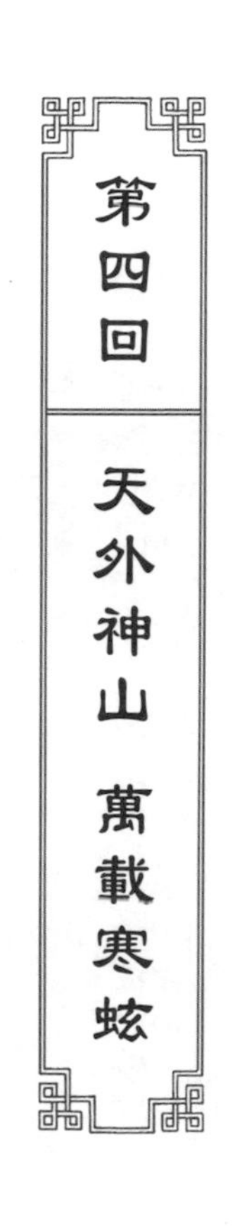

第四回 天外神山 萬載寒蚿

金蟬說著，隨將陷空島所得晶瓶、玉匣取出。打開一看，瓶中除「靈玉膏」、「萬年續斷」和「冷雲丹」外，玉匣中尚有一個小蚌殼，中藏綠豆大小十粒透明金丸，另附靈威叟一張二指大的鮫綃，上寫「辟邪去火，解毒清心，到後即服，可以防身」等字。人數正對，只干神蛛不在，分後將另一粒連蚌殼帶餘藥收起。甄氏弟兄接過靈藥，照法醫治，不到半盞時便同復元。

各人又把那粒金色丹丸服下，入口覺有一線清涼之氣流行全身，等行完一周天後，好似心神比以前更要清靈，只心頭微有一點涼意。急於查探干神蛛的下落，匆匆起身。金、石二人同用慧目法眼仔細往那群樓峰閣查看，內中一所樓臺，金庭玉柱，高大崇閎，一片平臺甚是廣大。別的樓閣都在峰上，獨此一處建在平地。

眾人小心翼翼，隱身向前貼地飛去，飛近那高樓附近的一片花林，見前面邪氣隱隱，正當中溱起一片輕煙將路阻住。那似煙非煙，看去好似一溪輕紗，甚是淡薄，偏生前面景物盡被遮蔽，不能遠視。再用慧目細查，兩旁花林也有這類淡煙浮動。待了一會不見動靜，眾人便連合一氣往煙中心衝去。快衝過時，忽聽有人急呼：「諸位道友請慢！」

剛聽出是干神蛛的口音，人已飛過。那片淡煙只一衝便即散滅，同時眼前一亮，前面突現出三座白玉牌坊，上面用古篆文刻著「光明境」三個丈許大字。

那牌坊約有三十丈高，通體水晶建成，眾人隱身法竟被破去，各現原身。干神蛛也由左側趕來，神情似頗驚惶。

牌坊旁邊不遠，倒臥著一個虎面魚身、六蹼四翼的水怪，身旁流著一灘腥血，腦已中空，頭上陷一大洞。

眾人忙即止步，干神蛛又將眾人身形隱去，由牌坊下往裏走進。

石生邊走邊問道：「這裏的地主你見過了麼？」

干神蛛答道：「為首妖物未見到，一切全聽我那冤孽所說。也是剛過牌坊便遇禁阻，幸而遇到兩個精怪在彼閒談，聽出一點虛實。此事只內人知得一半細底，到了妖物盤據之所，必須照她所說行事才可減少危害。」

金蟬等聞言，才知干神蛛並未深入妖窟，只仗附身靈蛛指點。只見前途景物越發雄麗，先是數十丈寬一條質若明晶的大道，長達三數十里，兩旁均是參天花樹。到了盡頭之處，路忽兩歧，左面不遠盡是一座座的高峰危崖。眾人見上面不少金碧樓臺，當是妖人所居，正要掩去，干神蛛搶先攔住，用手示意令眾噤聲，輕悄悄往右一轉，便見大片花林擋住去路。干神蛛領了眾人由花叢中繞行過去，那蜘蛛影子在胸前時隱時現，似頗惶急不安之狀。

又行五六里，乃是一座極高大華美的宮殿後面，再由殿柵繞向先前高山所見那座殿臺，只見殿高十丈，占地四五十畝，玉柱金庭，瑤階翠檻，珠光寶氣，耀眼生輝，殿前一座白玉平臺，高約丈許，尤為壯麗。

對面是一片湖蕩，澄波如鏡，甚是清深。湖中心有畝許大小一座橢圓形的白玉平臺，高出水面約有二尺。湖岸旁生著一片蓮花，每枝粗約二尺，其長過丈。

眾人還未走到花前，便發現當中白玉平臺上面全景。那臺原是一片整玉建成，大有兩畝方圓。這麼空曠臺面，只臺中心孤零零設著一個橢圓形的寶榻，上面側臥著一個身蒙輕紗赤身妖女，睡眠正香。生得膚如凝脂，腰同細柳，通體裸露，只籠著薄薄一層輕紗。粉彎雪股，嫩乳酥胸，宛如霧裏看花，更增妖豔！尤妙是玉腿圓滑，柔肌光潤，白足如霜，脛趾豐妍，底平趾斂，春蔥欲折，容易惹人情思，活色生香，從來未睹！

另有十幾個道裝男子，有的羽衣星冠，丰神俊朗，望若神仙中人。有的貌相古拙，道服華美，似個旁門修道之士，有的短裝佩劍，形如鬼怪，有的長髯過腹，形態詭異，十九面帶愁容，靜悄悄侍立兩旁，一言不發，狀甚恭謹。除當中妖女外，更無別個女子，眾人見這夥人連帶裸女身上，多半不帶一絲邪氣，而沿途所見埋伏全是邪法，心中奇怪，不知鬧什麼把戲。

眾人靜候不動，等了半個時辰，只見榻上妖女伸了一個懶腰，欠身欲起。旁立老少諸人立即趕過，紛紛跪伏在地，內有兩個道童打扮的跪在榻前。妖女緩緩坐起，粉腿一伸，一雙又嫩又白的左腳正踏在他頭上，那道童面容立時慘變。眾人斷定妖女必是群邪之首，絕非好相識！那妖女意如未覺，坐起後朝眾人星眸流波作一媚笑，懶洋洋把玉臂一揮，那班人面上立現喜容，紛紛起立，化作十幾道碧藍紫的光華，分頭朝那遠近群峰玉樓中飛去，當時散盡。

臺上只剩一個相貌醜怪的矮胖道童跪伏榻前，被妖女一腳踏住。眾人去後，周身抖戰不止。妖女左腿踏在道童頭上，右腿微屈，壓在左股之下，將私處微微擋住。心中似在想事，不曾留意腳底。一會忽由身後摸出一個金鏡，朝那玉臂雲環左右照看了兩次，顧影自憐，柔媚欲絕。

無意中右腿一伸，腳尖朝那道童的臉踢了一下，道童忽然興奮起來，縱身站起，兩臂一振，所穿短衣一齊脫卸在地，立時周身精赤，一聲怪笑便朝妖女撲去。

（按：原作者還珠樓主筆下，各種各樣的「妖婦」之多，不可勝數，但是卻個個不同，才寫完幻波池「豔屍」崔盈，又來一個小南極光明境的萬載寒蚿，真是目不暇接，嘆為觀止。）

妖女好似先未理會到他，神情別有所注。及見道童快要上身，忽把秀眉一揚，妖聲喝道：「你怎還未走？你忙著求死，我偏要留你些時！去罷。」說到末句，纖手往外一揚，當胸打去。

道童竟看去頗健壯，妖女人既美豔，手又纖柔，這一掌彷彿打情罵俏輕輕拍了一下，並無甚力。道童卻似禁受不起，一聲慘叫，打跌出老遠！連衣服也顧不得穿，隨手抓起，縱起一道藍光就這樣赤身飛去。

眾人見他逃時手按前胸，好似受了重傷，臉上偏帶著十分喜幸的神情，俱都不解。妖女逐走道童，又取鏡子照了一下，微張櫻口嬌聲呼了兩句，音甚柔媚，也不知說些什麼。平臺對面群峰上便起了幾處異聲長嘯與之相應，卻不見有人來。

又隔有半個盞茶時，妖女意似不耐，面帶獰笑，一雙媚目突露凶光，更不再以柔聲嬌喚，張口一噴，立有一股細如游絲的五色彩煙激射而出，一閃不見。跟著便聽好幾座峰上起了一片呼嘯異聲，隨有七八道各色光華湧著一夥道裝男子飛來，到了臺前全部落向臺下，一個個面如死灰，神情狼狽。

最奇怪的是這一班人看上法力頗高，身上也多不帶邪氣，對於妖女卻奉命惟謹，不知為何那麼害怕？妖女反如沒事人一般，嬌軀斜倚金榻之上，手扶榻欄，滿臉媚笑，微喚了一個「龍」字。

來人中有一身材高大長髯峨冠的老道人，聞聲面色驟轉慘厲，把牙一咬，隨著腰間兩個葫蘆連同背上兩枝長叉向空中一擲，由一片煙雲簇擁往斜刺裡天空中飛去。跟著飛身上臺，在一幢紫光籠罩之下走到妖女面前厲聲喝道：「我自知今日大劫將臨，命送你手，我已拼作你口中之食，供你淫欲也只一次，無須作醜態，由你擺佈便了！」

當道人初上臺時，妖女面有怒容，似要發作，及聽對方厲聲醜詆，反倒改了笑容，喜孜孜側耳傾聽，斜倚榻上，將一條右腿搭在左腿上微微上下搖動。玉膚如雪，粉光緻緻，瓠犀微露，皓齒嫣然，越顯得淫情蕩態，冶豔絕倫。

道人說完，妖女方始起身下榻，扭著纖腰玉股，微微顫動著雪也似白的柔肌，款步輕盈。道人好似早已知道對方心意，不等近前，雙臂一振，衣冠盡脫，通體赤裸，現出一身紫色細鱗。妖女雖然心中毒恨對方，但是賦性奇淫，此時欲念正旺，一時疏忽，忘了戒備。

那道人本是毒龍修成，法力也頗高，自忖必死，早已準備拼命。妖女才一近身，道人身外那片紫光忽然電也似急當頭罩下。此是毒龍所煉防身禦敵之寶，但妖女功力甚高，口張處飛出一股綠氣，迎著紫光微微一擋，便全吸進口去。媚笑道：「你想激我生氣，沒有那麼便宜的事！」說時肚臍下猛射出一絲粉紅色煙氣，正中在道人臉上，一閃不見。

經此一來，臺上形勢大變。妖女固是蕩逸飛揚，媚態橫生，道人也由咬牙切齒滿臉悲憤變作了熱情奔放，雙方立時扭抱在一起，在那一片形若輕紗的邪煙之下糾纏不開。

隔了一會，忽聽臺上接連兩聲怒吼慘嘯。眾人因不願見那淫穢之事，正向臺下人叢中查看。見一道童帶著一個十來歲的幼童並立一處，面帶愁容。幼童生得粉妝玉琢，骨秀神清，決不是甚妖邪，不知怎會與群邪一起？心方奇怪，聞聲往臺上一看，先見道人已仰跌地上，胸前連皮肉帶鱗甲裂去了一大片，滿地紫血淋漓。

妖女正由榻上起身，目射凶光，手指著道人獰笑一聲喝道：「你元陽雖失，內丹仍在，想要欺我，直似做夢！趁早現出，少受好些苦痛！」

道人閉目未答，似已身死，妖女連問數聲未應，張口一噴，一股綠氣便將道人全身裹住，懸高兩丈。那綠氣往裡緊束，道人身本長大，經此一來，便漸漸縮小，只聽一片軋軋之聲，跟著便聽道人慘哼起來，妖女笑道：「你服了麼？」隨說綠氣往回一收，道人墜落臺上，周身肉鱗全被擠軋碎裂，肢骨皆斷，成了一灘殘缺不完的碎屍橫倒在地上，血肉狼藉，濺得光明如鏡的白玉平臺染了大片汙血，慘不忍睹！

妖女二次喝問，道人強提著氣顫聲答道：「我那兩粒元珠麼？方才自知今日必死，已用恩師屍毗老人所賜靈符連我法寶一同衝開你的禁網飛往神劍峰去了！但腦中一粒尚在，有恩師仙法禁制，你如不傷我的元神，我便指明地方奉送如何？」

妖女不俟說完，厲聲喝道：「我早知你存心詭詐，就肯獻出，也非將你元神吸去不可！」

道人好似無計可施，急得慘聲亂罵。妖女也不理睬，伸手便往道人頭頂上抓去。

眾人見狀俱都忿極，連金蟬也忍不住怒火上衝，正待發作，干神蛛連忙搖手阻止時，只聽臺上道人大喝道：「無知淫妖，你上當了！」說時遲，那時快，就在妖女手剛打中在道人頭上，猛見一朵血焰金花由道人頭頂上飛起。中間裹著了尺許長的紫龍，比電還快刺空飛去！

妖女一聲怒吼，右手炸碎了半截。道人殘屍在地，方始整個死去。妖女似知追趕不上，咬牙切齒暴跳亂吼了一聲，忽然走向臺前，望著臺下眾人作了一個媚笑，走回原榻坐定，張口一噴，全臺便被一片綠氣罩住，什麼也看不見。

金蟬、石生二人能透視雲霧，忙運慧目法眼定睛注視，才知妖女竟是一個極奇怪的妖物！體似蝸牛，具有六首九身、四十八足，頭作如意形，當中兩頭特別大，頭頸特長，一張平扁的大口宛如血盆，沒有牙齒。全身長達數十丈，除當中兩首三身盤踞在寶榻之上，下餘散爬在地，玉臺幾被她占去大半。道人殘屍已被吸向口邊，六顆怪頭將其環抱，長頸頻頻伸縮，不住吮吸，隱聞咀嚼之聲，形態猛惡，從所未見！想不到一個千嬌百媚，玉豔香溫，冶蕩風騷，柔媚入骨的尤物佳人一現原形，竟是這等凶殘醜惡的妖孽！

金、石二人正驚異間，那具殘屍也被吃完，妖物身子漸漸縮小，在臺上盤作一堆，狀似睡眠。不一會，臺上綠氣忽斂，妖女又回了原狀，仍是方才初見時那麼濃豔淫蕩神態，那隻斷手仍是玉指春蔥，入握欲融。地上仍是晶瑩若鏡，休說殘屍不見，半點血跡俱無。妖女柔肌如玉，斜倚金床，無限春情自然流露，正在媚目流波，暱聲嬌喚。

臺下眾人一聽嬌呼，早有兩人飛身上去，各把衣服脫去。這次結束卻是極快，總共不到刻許功夫，上去兩人全都奄奄待斃，狀若昏死僵臥榻上。妖女把手一揮，便似拋球一般滾跌出去老遠。跟著又喚了兩聲，似這樣接連上去六人，情景大略相同。

到了末次事完，前兩人首先回醒，勉強爬起，乘著妖女前擁後抱正在酣暢之際想要溜走，剛縱遁光飛起，妖女把口一張，全臺立被綠氣佈滿！

妖女突現原形，當中兩身各用四五條怪爪緊緊摟抱著一個赤身妖人尚還未放，先前四人已被那如意形的怪頭吸向口邊，一片吭啜咀嚼之聲，先自連肉帶骨吃個乾淨。後兩人為邪法所迷，抱緊妖物下半身，尚自糾纏不捨。不知怎地觸怒妖物，當中兩個如意怪頭一伸，張開血盆大口往下一搭，便將那兩人整個身子咬下半截。

這兩個人也是旁門中得道多年的散仙，此時為邪法所迷，明明摟著一個凶殘醜惡的妖物，竟把它當作天仙美女，正在得趣當兒，連聲都未出便送了命！這妖物便是盤踞光明境多年的前古妖物「萬載寒蚿」，以前禁閉臺前湖心地竅之中，近數百年二次出世，生性奇淫，凶毒無比，終年殘殺左近方圓七千里內外的精怪生靈。

（注：本書中各種各樣怪物極多，「萬載寒蚿」是其中最特出的一個。蚿，據書載，就是「馬陸」，馬陸又叫「馬蚿」，是和百足相類的一種節足爬蟲，樣子十分可怕，江南、粵、桂等地鄉間多有。「萬載寒蚿」有六頭九身，又會變化美女，當真是天下怪物之最。）

當地乃緊附宙極下的一座天外神山，有極光太火、元磁真氣阻隔，仙凡足跡之所不至。神峰翠嶂，不下千百。地質宛如晶玉，更有琪樹瓊花，靈藥仙草，生物生此靈區仙境，得天獨厚，漸漸飛騰變化，具有神通。本來與世隔絕，除了強存弱亡偶起爭殺，或因一時多事，前往隔海侵擾，被不夜城主錢康誅殺收服而外，本可相安無事。

不料妖蚿二次出世，大肆淫凶。始而只是幻身美女挑逗，使其互相殘殺，於中取利妖蚿。近年吞噬既多，神通越大，淫心食欲也更加盛，越發任性妄為，那為採靈藥自行投到的散仙不知死了多少。照例交合之後，除卻道力較深，元陽未失，還能保得暫時活命，去往妖蚿所建仙山樓閣中困居待死而外，多半交合之後便遭吞噬！

當地一帶由上到下全有極嚴密的禁制，被擒人身上均中妖毒。就算僥倖逃脫，出境毒便發作，全身糜爛化為膿血而死。同時妖蚿也必趕來將元神吸去，連做鬼都無望。妖蚿又生具特性，縱欲之後非食肉飲血不可，吸血之後必要醉臥一會。所食如是人血，歷時更久，先死六個倒有四個是人，吃完便自睡著。

臺下還剩四人，見妖蚿一睡，兩個首先往殿後偷偷繞去。剩下一個道者和那幼童，互相急匆匆打了一個手式，幼童便往眾人立處的荷花前面趕來，道者拉他不聽，緊隨在後，神情似頗惶急，到了花前妖煙之外，幼童一晃不見，道者回向臺上。

忽然人影一閃，幼童二次現身，手上卻多了兩尺來長一段藕尖，雙方又打一手式，同往湖心中穿去，動作極快，一點聲音都沒有。眾人見這一老一少仙風道骨，貌相清秀，幼童根骨更是少見，再看他盜藕情形，所習盡是太清仙法，那麼堅厚晶玉地面能來往自如，膽更大得出奇。

金、石二人首先喜愛，只不知二人入湖做甚？回顧石完不見，互一詢問，說先前還在甄兌身後未見走動，不知怎的沒有了蹤影。看出妖物神通廣大，身居危境，人忽不見，自是憂急！

遙望臺上妖物酣睡若死。金、石二人暗忖：「眼前所見，分明妖物吸血之後定必醉眠，此時下手豈非最妙！」心方一動，未及與眾商量，石完突由地底鑽出，雙手捧著一節大藕，喜叫道：「這藕好吃極了！」干神蛛聞言大驚，忙即阻止！底下話未出口，臺上妖蚿忽醒，又將身子化為一個妖媚入骨的赤身美女，緩緩欠身而起。

坐起之後，由身後取出那面金鏡，笑孜孜正在搔首弄姿，做出許多媚態。接著，突現怒容，目射凶光，手朝外一揚，那臺前湖水突然湧起，直上數十百丈，成了一個撐天晶柱。湖水立時由淺而涸，一會便見水中湧出兩人，正是先見道者、幼童，身陷水柱之內，掙扎衝突，周身光華亂閃。無奈身被困住，和盤中之魚一樣，只管在水內駕著遁光上下飛行，竟不能衝出水外！

眾人見妖蚿禁法如此，也自心驚。料定老少二人凶多吉少，激於義憤，躍躍欲試。妖蚿怒容已斂，只把一雙饞眼注定水中兩人看了又看，滿面俱是喜容。倏地把口一張，綠氣重又噴出。這次卻不散開，初噴出時粗才寸許，一直射向高空，到了水柱頂上方始展為一蓬傘蓋籠罩水上。那水柱立即由頂彎倒下來，被那綠氣裹緊，由大而小往妖蚿口內投進，勢甚迅速。

綠氣到了妖蚿口邊反捲而下，重又佈滿全臺，妖蚿現出原形，那水柱上半彎倒，縮成五六尺粗細，一股往綠氣之中衝入，下半仍有數十丈高，畝許粗細一段。水中二人幾次隨水被吸近臺前，又被掙脫竄向下層。看意思似知四外無望，待要往湖底鑽去！無奈妖蛟力大，那麼大的湖水竟被吸起十之八九，已然見底。妖蛟突將六首齊昂，張口一呼，水中二人立似兩條人箭直往臺上射去，眼看就要投入綠氣之中為妖物所殺！總算命不該絕，下面十人見此情形，除干神蛛外，倒有九人動手！

金、石、阿童三人一著急，各把飛劍、法寶、佛光先飛出去，餘人也相繼出手。金蟬霹靂雙劍紅紫兩道光華與石生所發的一溜銀光合在一起，霹靂連聲，加上阿童一道佛光，已是驚人！又雙雙揚手把「太乙神雷」連珠打去，數十百丈金光雷火一起向上打到，爆雷之聲驚天動地，震得滿殿臺金庭玉柱一起搖撼！

再加上易氏兄弟的「太皓鉤」、「火龍釵」，南海雙童下山時所得的「五雷神鋒」、靈奇的寒碧劍光、石完的墨綠色劍光和別的法寶飛劍，數十道各色寶光金霞虹飛電舞，交織如梭，連那大片連珠雷火同時夾攻上去！

妖蛟先前只知來了一夥隱形敵人潛伏在側，心驕自恃，以為網中之魚，必是手到擒來。正用前古寶鏡照查蹤影，本擬將二人吞吃下去，再尋敵人晦氣。萬未料到來勢如此厲害！驟不及防，護身丹氣幾被震散，妖氣一鬆，水柱先為佛光神雷擊散，道者首先破空遁去，幼童本也隨同飛走，剛飛出不遠，重又飛回，與眾會合，先把劍光放出隨同夾攻，這原是瞬息間事，金蟬等剛一出手，便聽干神蛛急喊：「我非妖孽之敵，又有一層顧慮，只好暫退，諸位道友須要聯合一起，小心應敵，不可分散，暫時只好失陪了！」

眾人知他捨眾獨退，必有原因，絕非怯敵膽小。金蟬、二甄首有戒心，方喝眾人留意，一眼瞥見幼童身劍合一，在一道青光護身之下，右手發出五股毫光正向綠氣猛射，眼望自己這面，大有忻羨之色，恐其誤遭毒手，忙把手一招。

幼童一見金蟬招手，石生也在含笑點頭，忙趕過來。未及說話，邪法已自發動。眾人明見那麼多的法寶、飛劍、佛光、雷火夾攻上去，滿臺綠氣不過震盪了一下便散而復聚，反更較前濃密，所有劍光、寶光全被擋住，奈何不得。

金、石二人正待將兩套「修羅刀」放將出去，一股膻香刺鼻，緊跟著眼前一暗，眾人猛覺心神一蕩，周身發熱，起了一種從來未有的奇異感覺！

阿童心靈大震，知道不妙，不禁大吃一驚！忙用傳聲告知眾人，已中邪法暗算，務須先逃出羅網再作計較。眾人聞言正自惶急，那暗影已然失去，重現光明。猛聽身後石完驚呼，回頭一看，面前不遠出現六個與先前妖人同樣幻化的赤身妖女，在一片粉紅色輕紗籠罩之下，做出許多淫情蕩意，手指眾人，秋波送媚，巧笑不已。

這時妖蚿元神幻化分身出現，阿童又在二次催逃，把佛光照向眾人身上。正待一同飛遁，猛瞥見靈奇俊臉通紅，眼裡似要冒出火來，竟然飛出光外朝妖女撲去，神態甚是難堪。金、石、阿童三人知道靈奇中了邪法，心中一急，更不怠慢，紛紛各縱寶光衝將上去！金、石二人各把玉虎金牌發出百丈金霞、千重靈雨祥光上前搶救。「太乙神雷」密如雨雹紛紛打上前去。阿童佛光更快，隨手指處便將靈奇圍住攔了回來。

眾人見靈奇被佛光圈住強行奪回，人仍和瘋了一般不住在佛光中左衝右突，拼命想朝前撲去。同時寶光雷光夾攻之下，妖蚿元神已受重傷，一片血雨飛灑中，幾聲怒吼，六個妖女一齊不見，滿空血雨猶自紛飛。

眾人趁機一聲招呼，立時電掣遁走。逃時，盜藕幼童雜在人群之中，阿童見他只是面帶驚疑，並未中邪，心中奇怪。恐他遁光追趕不上，落後遇害，一指佛光，連他裹定。餘人也是同樣心思，便連他一齊護了帶走。

這原是轉念瞬息之事，剛剛飛出不遠，便聽臺上妖蚿厲聲喝道：「無知小兒，已為我仙法所困，一出光明境便化膿血而死，還想逃麼？速往東北方順數第九峰白玉樓中候命處置，等我法體復原，自會挨個尋你快活！」

眾人不去理她，本意是往回路逃走，衝光明境再打主意。不料妖蚿邪法到處埋伏，眼看飛離光明境玉牌坊不遠，忽見四外白煙蓬勃而起，晃眼瀰漫開來，上下一片迷茫，什麼也看不見。眾人便把「太乙神雷」向前打去，一片驚天動地的大霹雷連串響過，妖煙盡退，突然大放光明。再看前面，光明境牌坊仍是相隔不遠。當時也未理會，照舊前飛，滿擬晃眼即可飛過，哪知飛行了一陣，牌坊依然在望，不曾飛到！方知道陷入埋伏，忙各止住，聚在一起，在法寶飛劍四外防護之下商計。

石完道：「上面不好走，我們不會由地下穿地出去麼？」一句話把眾人提醒。易氏兄弟忙把神梭取出，正用傳聲商計如何穿地而出，眼前忽又一暗。等到重視光明，一看人已落在一所極高大的白玉樓中。眾人方知妖蛯用邪法挪移引來此地，已被困住。先還當神梭可以脫身，及至易氏兄弟將梭化成一條金舟，前面七葉風車一齊轉動，金光電旋，行法一試，哪知地比精鋼還堅百倍，一任用盡心力，竟衝不破！

石完與那幼童全不服氣，連用家傳穿山行石之法，也未穿動。見那玉樓共只內外兩間，孤懸翠峰之上，約有三四十丈寬大，內裡陳設皆是精金美玉。三面軒窗看是空的，無奈衝不出去。恐有萬一，便把所有法寶飛劍一齊施展出來，凌空結成一個極大的光幕將眾人全體護住。再看靈奇已是如醉如癡，身熱如火，忙把一粒靈丹塞向口中。石生又發現他身畔法寶囊內有一六角金鼎，中貯黑色粉末，方自傳觀，幼童在旁一直滿面喜容望著眾人，依在金、石二人身側，幾次想要開口，因眾人正忙，欲言又止，這時忽然驚咦了一聲。

靈奇已漸毒解明白過來，滿面慚惶跪在七矮面前，意似求恕，羞於出口。金蟬命起，笑道：「此事怎能怪你哪！」

那小光明境天外神山盤踞的萬載寒蚿，乃是天地間第一妖物，已然修煉九千餘年。身具六首九身，神通廣大，變化神奇。尤其所煉內丹最厲害。因秉宇宙間邪毒之氣而生，生性奇淫，凶殘無比，又具純陰極寒之性，為天地間所罕見之妖物。

眾人被困在白玉樓中，一時之間，妖蚿並未來犯，眾人還在商議，金蟬想起銅椰島分手時，「神駝」乙休曾賜了一面信符法牌，說是元磁真金所煉，陰陽兩面，用以傳聲，無論相隔數十萬里，當時便能達到，立即將牌放出。原來方今女散仙中只有「神駝」乙休之妻韓仙子法寶最多，又均各具妙用。此寶乃乙休向其要求轉賜金蟬，看去黑鐵也似，並不起眼，約寸許寬、兩寸來長，兩頭橢圓，中腰特細，彷彿大小兩枚棗核連成一串。當中太極圖上各有一線銀絲，細如牛毛，針鋒相對，時隱時現，背面一頭有一六角形的星紐微微凸出。

用時按照所傳法訣，用中指緊按背後星紐，再以傳聲之法，先朝正面大的一頭噴出一口真氣，如法通誠，對方那面陰牌立時發出信號，所說的話無論相隔多遠，全被聽去。陰陽兩牌，一發一收，用以求救實是再妙沒有。金蟬說時，兩頭銀絲線各射精芒，話才說了一半，小的一頭銀絲轉成紅色，不住閃動。料知乙休已接信號，雖因宇宙磁光阻隔相去數十萬里，不知能否即時來援，但這一位父執至交法力極高，人甚仗義，又最鍾愛自己這幾個後輩，必不袖手！想到這裡，心情稍寬。

這時眾人所救幼童已恭身為禮，金蟬見那幼童生得長眉星目、粉面朱唇，兩耳垂珠，鼻似瓊瑤，頭挽雙髻。看去玉人也似，越發喜愛。又見他稚氣天真，面上常掛笑容，看去不過十來歲光景，料是海外散仙之子，先把自己來歷告知，問他父師何人，怎會被妖蚿困住？

幼童聞言大喜，當時拜倒說道：「弟子錢萊，家父不夜城主錢康。不夜城島就在此處附近不遠，因為貪玩，誤陷妖蚿羅網。今因禍得福，如蒙收錄，得拜在齊仙師門下，感恩不盡！」說罷，又拜了下去，跪伏不起。眾人見他一雙俊目仰望金蟬，滿臉企盼之容，金蟬連拉他幾次，均吃賴在地上不肯起，好似金蟬不答應收他便不起來神氣。

石完最是天真莽撞，不等金蟬開口答應，先在旁急喊道：「你拜齊師伯為師再好沒有，我也得一個好師弟！師伯不收，你便跪在地上不要起來。非拜師不可。當初師父不肯收我，我就是那麼樣死皮賴臉跟定不走，師父才答應的，這個法子最好，包你成功！」眾人本想說話，見他搖頭晃腦連比帶說，貌既醜怪，憨態可掬，由不得一陣大笑。

石生笑道：「蟬哥哥你收他吧！這小孩根骨心性也好。」

金蟬略一沉吟，答道：「他乃不夜城主之子，行輩相差，且等事完見他父親再定如何？」

石完本已被二甄兄弟止住站向一旁，聞言忍不住又急喊道：「錢師弟快拜師父，還是說定的好！」

錢萊跪地不起，連聲求告，力言乃父與師祖共只一面之緣，談不到甚行輩。如知弟子拜在師父門下，只有喜歡，斷無話說。阿童、石生、甄、易諸人相繼勸說，金蟬只得答應收徒。錢萊大喜，又向師長同門分別禮拜，起立一旁。錢萊天生異秉，看似幼童，其實功力甚深，見石完對他如此誠懇，也甚高興。

這時金蟬運用慧目法眼遠望平臺之上，妖蚿正現原形在彼大嚼海中魚蚧生靈。這些水族均由臺前湖水中飛出，一出水面便被那四十八條妖足利爪抓緊，六首齊伸，爭先亂咬。

妖蚿遇見那生得長大的魚類，便將那九條蝸牛也似的長身伸將出去，左右上下只一搭便即纏緊，只見六個血盆大口，九條帶著許多利爪的長身此起彼伏上下捲動，一陣亂飛亂舞，不論多長多大的吞舟巨魚海鮫介貝，不消片刻全都連身吞吃乾淨。因這一次內丹毒氣並未放出，看得逼真，端的凶殘猛惡已極！

當地不分日夜，僅以天空星辰隱現和圓月清影分別朝暮，只錢萊居此多年能夠辨別，偏又忘了說出。眾人全是少年心性，說笑歡樂，渾不為憂，也不知經過多少時辰，金蟬目光到處，前面玉平臺上突然飛起一片綠氣，將妖蚿連臺一起罩住。料知事變將臨，剛喝得一聲：「我們留意！」

隨聽樓外媚聲媚氣的笑道：「你們哪一個跟我快活去？趁早出來，否則我有通天徹地之能，神鬼莫測之機，更煉就千劫不死之身，我本純陰之體，如能以你們的純陽補我純陰，彼此融會交易，不特兩有補益，我也由此將原身脫去化成六個美女，與你們結為夫婦，永住在這等靈山福地，與天同壽，長生不老，豈非兩全其美！」

眾人一見妖蛇來犯，忙按九宮八卦方位坐定在法寶飛劍結成的光幕之中。妖蛇把話說完，一聲媚笑，便環繞光幕走了一轉。每過一宮，一片綠色煙光閃變，跟著分化出一個淫豔無比的赤身妖女站在當地，朝那一宮的人施展邪媚起來。似這樣連經六宮，連本身共是六個赤身妖女環繞光幕之外。

那六個赤身美女都是粉鑄脂凝，生香活色，始而只是媚目流波，嬌聲巧笑，淫詞豔語，向眾引逗。後見眾人神儀內瑩，英華外吐，宛如寶玉明珠，無隙可乘，於是笑吟吟一個媚眼拋過，各把藕臂連搖，玉腿齊飛，就在外面舞蹈起來。

阿童見眾人警戒莊嚴，如臨大敵。連錢萊、石完也是如此，各把目光垂簾返視，直如平日打坐入定神氣一樣。暗忖：「師父常說目為六賊之首，在外行道遇見『九子母天魔』、『十二都天神煞』、魔教中『阿修羅五妖神魔』、『奼女吸陽』等魔法，只要閉目內視，便可無害，妖蛇雖厲害，邪法也不外如此！」

阿童一面轉念，一面看見六個赤身美女已然舞劍到妙處，粉彎雪股，玉乳酥胸，涼粉也似上下一齊顫動。口中更是曼聲豔歌，雜以嬌呻，淫情蕩意，筆所莫宣。心想：「原來妖邪伎倆不過如此，有何可懼！」

妖蛟表面淫聲豔舞，作盡醜態，心卻憤恨已極。本對金蟬志在必得，經時一久，看出金蟬道心堅定，不易搖動。寶光之內還有一圈佛光，對方十人，非有一個受了搖惑，必定無隙可乘！方始變計，想就眾人擇出一人運用邪法愚弄誘敵，只要稍現一絲空隙，立可化整為零，以諸天幻相愚弄挨個享受過去。

主意打定，厲聲怒吼道：「無知小鬼，不識好歹！你仙後得道萬年，殺你們易如反掌，連人和法寶一起吞入腹內，不消三十六時辰便為我太陰真氣煉化，比起順我心意結為夫婦永享仙福，相去天淵。再不降順，我一張口，你們就悔之無及了！」說罷，只阿童仍在注視動靜，餘人早料邪媚無功必還另有凶謀，聞言各自加意戒備，置若罔聞！

妖蛟大怒，震天價一聲厲吼，四山轟轟回應，立起洪響。那座數十丈高大的玉宇瓊樓一起震撼，連整座翠峰也似搖搖欲倒！同時眼前一暗，六女齊隱，妖蛇立現原身，竟比先前所見加大十倍！六個怪頭九條巨身連同四十八條利爪一齊揮動。身上軟膩膩、綠黝黝的腥涎流溢，形態醜惡可怖，凌空飛舞，天也被遮黑了大半邊！

這次現身，當中兩頭特大。才一照面，十二條前爪往前一抓，一片嗚玉之聲過處，整座瓊樓連頂帶門窗戶壁全被揭去，只剩下大片平崖樓基。緊跟著由口中噴出兩股綠氣將光幕一起裹住，張開血淵一般大口往裡便吸！阿童先聽說是要將人和法寶一起吞噬，還未深信。及見一現形便噴綠氣，那許多法寶飛劍結成的光幕竟被裹定往口中投入，同時又覺壓力暴增，光幕被其束緊，好似無力掙脫神氣，不禁大驚！

晃眼光幕吸向妖蛇左邊怪頭口前，右邊怪頭似想爭奪美食，奮力一吸，又被吸了過去。左頭也似不服，照樣猛吸相爭，兩頭怪口齊張，互相爭吸不已。急得彼此怒吼連連，厲聲交鬨。餘下四頭也齊張口發威，勢更猛惡，震耳欲聾。

此際各人全都連看也不看，根本將身外發生的一切全置之度外，不聞不問。只有阿童，因存了輕視之意，目光所注，哪知邪法厲害，不知不覺之中已然中計。見到連那麼強烈的寶光也敢強行吞噬，照此情勢，被吸進口去，豈不更糟！情急之下，意欲運用佛光試一下，隨運玄功將手一指，將佛光飛向光層外。

怎知佛光才一飛出，忽然四外一片混茫，先前所見仙山樓閣，翠峰瓊樹，以及對面妖蛟所居之所，全都不知去向。僅看出連人帶光幕落在一座極大的山頂之上，同伴九個人相隔均在十丈以外，仍按九宮方位趺坐，每人身前神香多已點燃。細查人數，只有錢萊不知去向。

正自驚疑，忽聽金蟬用傳聲急呼道：「小神僧適才已為所愚，我們此時身入危境，形勢比前更加凶險，多半自顧不暇，小神僧處境更是艱難。陷空老祖所贈『毒龍香』專制這類前古精怪。只要不為幻象所迷，便可度此難關！」

阿童聞言大驚，當時醒悟過來。因聽金蟬說到末兩句時似頗驚慌，料他為了自己受累，回問已無應聲。危機四伏，如何還敢大意！忙把佛光收轉，把全身護定，忽然機伶伶打了一個冷戰，知道不妙，忙即按照師傳運用禪功。而妖蚿一絲丹元真氣已在阿童先前收發佛光寶光之際乘隙侵入，附向身上。不特阿童本人，連眾人也被幻相所隔。道心稍不堅定，立即飛出光幕之外自投陷阱，連元神也休想保全！

阿童此際，一面收斂心神，再試往外一看，先前所見同伴一個不在，跟著現出奇異微妙景象，不是眼前珠茵繡榻，美女橫陳，玉軟香溫，柔情豔態，秋波送媚，來相引逗，便是赤身玉立，輕歌曼舞，皓體流輝，妙相畢呈。舞著舞著，忽然輕盈盈一個大旋轉，宛如玉燕投懷來相暱就，隨聞一縷極甜柔的肉香沁入鼻端。那又涼又滑的玉肌更是著體欲融，蕩人心魄，面紅體熱，心旌搖搖，幾難自制！

阿童這時已知身入危境，一切見聞身受全是幻景，稍一鎮壓不住七情，立為所算！只得任其偎倚不理。不料對方得寸進尺，竟把丁香款吐度進口來，立覺細嫩甘腴不可言狀，香津入口，又起遐思！心神一蕩，抗既不可，守又不能！沒奈何只得聽其自然，只把心靈守住，運用玄功勉強壓制心情，不為所動。

妖蚿神通廣大，詭詐百出，所用邪法變化無方。女色不能迷惑，又生別的幻相，罡風刺體，吹人欲化，七竅五官皆被堵塞。跟著又是駭浪滔天，海水群飛，身陷汪洋萬頃之中，壓力絕大，身子幾被壓扁。海水如百萬鋼針一般滿身鑽刺，奇痛無比！剛剛忍耐過去，又是千百火球當頭打到，互相一撞，紛紛爆炸如雷，化成一片火海，人陷其內毛髮皆焦，周身皮肉燒得油膏四流，焦臭難聞，痛苦更不必說！

阿童已然醒悟俱是幻相，索性拼受諸般苦痛，千災百難認作當然，只把本身元靈牢牢守定，一毫不去理會。每經一次苦難，無形中道力隨以加增。妖蛇見阿童小小年紀，連經邪法侵害，毫不為動。到了後來元靈忽然出竅，由命門中往上升起，被一股祥霞之氣冉冉托住，趺坐其上，離頭只有尺許。

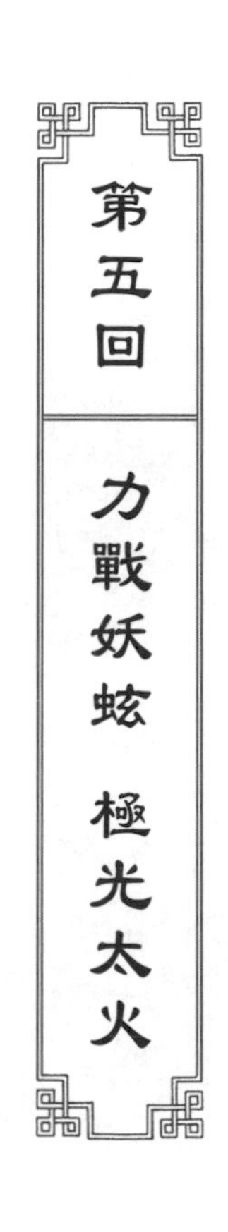

妖蚿以為對方肉體受不住幻景中磨折，元神已受搖動離開本身，不過根器道力尚還深固，未受迷惑，立時可吸取到口。正在加功施為。哪知阿童千災百難之餘大徹大悟，已超佛家上乘正覺，物我兩忘！元神出竅以後便靜靜的停在頭頂上面，具有金剛降魔願力，一任邪法危害，千變萬化，直不能動他分毫！

妖蚿正以全力施為，瞥見阿童頂上佛光忽似金花一般爆散，宛如天花寶蓋倒捲而下。剛把肉體護住，元神佛光一瞥全隱。再看人還是好好的趺坐當地，二目垂簾，滿臉祥和之氣，神采煥發，已然安詳入定！那先前附在身上的一絲邪氣竟被逼退！眼見阿童無法進攻，只得改圖去尋別人晦氣。當下妖蚿仍幻作一個赤身美女，朝金蟬趕去。

金蟬見面前現出一個千嬌百媚的赤身美女，在一片輕綃霧紗籠繞之下已快撲上身來，便將瑛姆所賜「修羅刀」發將出去，再把大、中二指照準香頭一彈，立有一點火星飛向香頭之上，神香立時點燃，冒起青白二色的煙氣朝前直射出去。

金蟬這一出手，正好上當，情勢本是危險萬分，總算金蟬仙福深厚，不該遭難。身佩那玉虎乃靈嶠仙府奇珍，威力神妙，自具妙用，不等主人施為，突然發動，首由虎口內瀑布也似噴出一股銀光，直射前面。

妖蚿連忙後退，金蟬見妖蚿詞色更加獰惡，伸手一彈，一口真氣噴將出去。那枝毒龍香已點燃了多日，懸在各人前面，香頭上發出一縷細如油絲的香煙縷縷上升。金蟬這一伸手，餘人也同時施為。七枝神香突然怒湧，各發出一股青白二色的香氣朝前面光幕外急射出去！透出光層，便化作大蓬光雨四下急射，散布開來。妖蛨飛遁神速，先前又吃過虧，本不致於受傷，也是晦運臨身，陰錯陽差，到處受挫，多受傷耗，正在厲聲喝罵，只當敵人仍和先前一樣，潛心兀坐，以靜禦動，不加理睬，絕無什麼作為，毒龍神香乃陷空老祖苦煉多年的至寶，不特香中異味專制妖邪精怪，一任功候多深，一聞此香也必昏昏欲醉。內中更暗藏有寒焰神雷，七枝香同時施為，威力更是大得出奇！

妖蛨見神香來勢猛烈，自恃全身緊逾精鋼，將身上竅穴用真氣閉住，想將身上竅穴用真氣閉住，試它一試。誰知陷空老祖神香具有分合生化之妙，那蓬光雨化成無數豆一般大的寒碧精光，齊朝妖炫身上打到。香頭上那股煙氣香光更是突突怒湧，朝前發射不已！

妖蛨怒發如狂，只等神香燃完，便把煉了數千年的丹氣全數噴將出來，豁出真元損耗，將光幕震散，再不便把那方圓三百餘里的玉山整個倒反或是溶化，將眾人壓入山底地火穴內煉化成灰，再開一個火口將眾人的真靈之氣吸入腹中以為補償！及見突現出萬千點的寒碧精光，雹雨一般上下四外一起打來，看出不似尋常，就在這滿口綠氣噴出之間，神雷已紛紛爆炸！只聽連珠霹靂之聲驚天動地，身外綠氣首被神雷炸裂了好幾十處。冷焰寒光得隙即入，見縫就鑽，到了裏面又復互相激撞紛紛爆炸，六條長身被炸傷了數十百處，四十八隻怪足利爪也炸斷了一小半，鬧得遍體鱗傷！

妖蚿趕忙縱身飛遁，下面眾人看到妖物連聲怒吼，現出數十丈長的原形，六首高昂，九身蜿蜒，在殘餘綠氣環繞之下，衝光冒火飛舞而來。轉眼到了眾人護身的光幕之上，忽把九條長身盤成一堆，凌空停在光幕上面，全身皆被綠氣包沒，六個如意形的怪頭一曲一伸，全身倏地暴長，粗了兩倍，六首一齊向上直豎，左右四頭各噴出一股五彩煙光，直射當中兩張血口之內，緊跟著由當中兩口突噴出兩團五彩奇光，兩下一撞，合而為一。光團看去不過飯碗般大，只是流輝電射，幻麗無比，往下打來！眾人見形勢如此猛惡，方自驚疑，猛覺手中一震，轟的一聲，那小半節香頭已化成一股帶有無數銀星的青白光氣電射而出衝出光幕之上。

剛出光幕便撞個正著，大片霹靂當空爆炸，滿空銀電也似的雷火橫飛中，一聲極悽厲的慘嗥，妖蚿已凌空遁去。那大片冷焰神雷也緊緊追向身後爆炸不絕。只見一大團綠氣彩煙裹著一個奇形怪狀的妖物滿空飛馳。

妖蚿元氣大為損耗，震得護身彩煙殘紗斷絲一般片片飛舞，不住慘嗥厲嘯，在光明境上空千百里方圓以內往來飛馳，其急如電。彩雲飛射，銀雨流天，再吃大片仙山樓閣玉樹瓊林一陪襯，越覺奇麗非常。

此時眾人如將光幕縮小合力禦敵，絕可無事。便就此逃走，也有可能。無如連困多日，成了驚弓之鳥，誰也不敢遽然提議。只見神雷越炸越少，妖蚿雖然身受多傷，並未致命，飛遁更急！均想神雷發完，少時捲土重來，如何抵禦？一存戒心，越發不敢妄動，除守在光幕之內待救，更無良策。

這時神香中暗藏的「冷焰神雷」已然炸完，眾人在山頂上遠望過去，立見妖蚿口中怒吼如雷，由相隔二三十里的西北方天空中飛舞而來，好似十來條極猛惡的妖龍擠在一起，帶著大片五色煙雲電馳飛來，聲勢煞是驚人！

妖蚿一到便下毒手，身子還未飛近，相隔里許，便把六個怪頭猛然往前一伸，身形立即暴長了數倍。六張血河一般的大口各噴出一股暗綠色的光氣，天河倒瀉也似急射下來，分六面將光幕圍住。所到之處，那麼堅固的玉山當時消融往下陷去。晃眼環著光幕陷落了丈許深一個大圓圈。同時彩煙綠氣也結成一片雲網往光幕頂上壓到。

那光幕乃眾人法寶飛劍聯合結成，均與主人心靈相應，才一壓到，便覺重如山嶽，更有一種膠滯之力，一毫也不能移動！

忽聽錢萊急呼：「師父快作準備！妖蚿情急拼命，施展毒手，欲將我們十人陷入地竅之內！此山下面是一團蘊積千萬年的乾靈真火，此時離地心火眼雖有三千餘丈深，不早打主意，被那火力吸住，再想脫身就來不及了！」

眾人知他深悉當地情勢，聞言一看，就這晃眼之間，山頂地面環著光幕所在之地陷了一個大坑。玉質地面已成流質，化作淺碧色漿汁四外飛漩往下流去。那數十丈高的光幕，被上面妖雲邪氣壓緊，正往陷阱中下降，已然陷入地中好幾丈深！方自驚惶無計可施，忽聽正南方高空中有人用本門千里傳聲之法高聲喝道：「小神僧與諸位師弟不要驚慌，我阮徵來了！」聲到人到，話還未完，猛瞥見一股「五色星沙」似神龍吸水，電一般急傾瀉下來。

同時又有兩道紫光夾著三朵蓮花形金碧光華，蓮瓣上各射出一片其紅如血的毫光，帶著轟轟聲，齊朝對面夾攻上去。後面一幢金光祥霞，裹著一個鳳目重瞳，面如冠玉，鼻似瓊瑤，秀眉入鬢，大耳垂輪，猿臂鳶肩，身穿一件青羅衣，腰佩長劍，年約十五、六歲的美少年，橫空電馳而來。眾人除石完、錢萊而外俱都久聞阮徵威名，不由喜出望外！

妖蛖本以為光明境遠隱天外，有極光太火阻隔，所困諸人已成網中之魚，甕中之鱉，絕無後援。對海不夜城島上雖有一個散仙錢康，法力頗高，但他門人眷屬甚多，絕不敢招惹自己。一心打著如意算盤，猛瞥見正南方飛來一片彩雲，來勢神速，空中禁網竟被衝破！剛看出來人是個美少年，根骨似比所困仇敵更好，邪念重又勾起！正待暫捨下面諸人迎上前去，施展邪法將來人擒住以備少時享受，哪知阮徵「天璇神沙」威力至大，正是剋星，見機先逃尚且無及，迎上前去，豈非自投死路！

阮徵救人心切，剛一照面便以全力猛攻。除將「天璇神沙」大量發出而外，又將師父新發還的兩枝「媧皇戈」和神劍峰魔女行前所贈「闍耆珠」，化成兩道紫虹和三朵血焰金蓮同時打去。妖蛌雖然神通廣大，如何能當！雙方勢子又急，迎頭先被那數十百丈長大一股「五色星沙」裹住。連念頭都來不及轉，兩道紫虹連同上發血焰毫光的金碧蓮花也自飛到！

此是屍毗老人所煉魔教中的至寶，阮徵打算一舉成功，上來用「天璇神沙」將妖蛌裹住，先不發揮威力。等那三朵血蓮分三面打上，化為萬千朵血焰同時爆炸，再把神沙一指，也化為無量數的神雷紛紛爆發。妖蛌身外綠氣立即震散消滅，大量星沙海潮般湧將上去！

妖蛌總算修煉將近萬年，功候極深，不似尋常妖物。一見護身綠氣被人震破，知道凶多吉少，咬牙切齒，把心一橫，仗著煉就六個化身，隱遁神速，一面慌不迭噴出一片綠色煙光，不等星沙爆發，便乘煙光閃變明滅，危機一髮之間，運用玄功隱形遁走。無奈阮徵所用法寶俱都神妙非常，一任變化神通，仍連捨了三個肉身才得衝出重圍隱形遁去！

阮徵料定妖蛌已成網中之魚，見它忽然噴出大片煙光，不知是計，只當情急拼命，正想加功施為，星沙已先爆炸。瞥見妖蛌張牙舞爪，口噴黑煙，連聲厲吼，雖被神雷血焰炸得血肉狼藉，遍體鱗傷，內有三條身子並被紫光斬斷，仍在千層星沙、無邊雷火環繞夾攻之中，迎面猛撲過來，身被星沙裹住，兀自不退。連那斬斷的三截殘身也還飛舞不停。這等生性猛烈，從來未見。妖蚿因用肉體真身迷亂敵人目光，加上邪法運用，阮徵那麼高明細心的人，急切間也未看出。晃眼之間，妖蚿所捨肉身全被星沙裹住，血蓮毫光再一連連爆炸，當時便成粉碎，邪法也被破去。這才看出，所消滅的只是三條殘身和一顆妖頭。

阮徵料知妖蚿已逃，只得救人要緊。回頭一看，眾人光幕仍被那暗綠色的光氣緊緊裹住，地皮仍在融化往下陷落。阮徵正在施展法寶將它破去，忽聽內中一幼童大聲急呼道：「師父快請師伯且慢動手，這暗綠色的妖光乃修煉數千年的精氣，不論金玉挨著便化成水，除非整個收去，否則只一震散便朝地底鑽將下去，遲早穿破地竅，將潛藏地底千萬年的乾靈真火引發，這整座神山便成粉碎了！最要緊的還是防備妖蚿，不令侵入此山，並防它將妖氣收去。」

阮徵聽這等說法，不敢造次，未等說完，早把星沙化成一片光網，籠罩在綠光外層。雙方心意恰是不約而同，妖蚿果如所料，剛剛逃回巢穴，便用玄功回收。不料敵人發動太快，慢了一步，那苦煉數千年的丹毒精氣已被神沙隔斷，休說收回，連想就勢報仇都辦不到，空自咬牙痛恨，無計可施。這且不提。

阮徵站在光外向內查看，除金蟬仍是前生形貌還能認出，阿童早聽傳言，一望而知外，餘人多是初會。見眾人個個仙根仙骨，滿臉道氣，內中石生和那喊金蟬做師父的幼童更是眾中麟鳳，暗忖人言峨嵋日益發揚光大，果然吾道當興！

被困諸人均料妖蚿重傷慘敗之餘，已然技無所施。再見阮徵這等法力，全都放心歡喜，一齊向前，由金蟬為首，通名禮拜。阮徵才知說話的名叫錢萊，乃前生忘年之交不夜城主錢康愛子。又見他仙根仙骨，英俊靈慧，越發喜愛。

金蟬問道：「阮師兄，你可有甚方法將這妖氣收去，乘著妖蚿新敗，前往合力除去，省得夜長夢多，被它衝破極光，由子午線上逃往中土為害人間！」

石生道：「我們法寶飛劍均與心靈相合，何不用這光幕和阮師兄的神沙光網裡應外合，將妖氣夾在當中，先行收去，再想消滅之法，諸位師兄師弟以為如何？」眾俱道好。

阮徵行事謹細，一面命眾人小心應付，一面運用玄功，口念靈訣，一口真氣噴將出去。神沙所結光網與本身合為一體，然後運用神沙環繞外圈，往貼近地面的妖氣底邊抄將過去，準備將那妖氣結成的整座光幕兜住，與裡層寶光相合，提離地面，放眾人飛出再打主意。哪知妖氣底層深入地面，正往下鑽去，地皮也隨同熔化往下陷落，相接甚是嚴密。總算阮徵法力高強，神沙居然由外層地邊強行穿過，將妖氣一齊兜住。

方覺那暗綠色的光氣沉重異常，並且堅逾百煉精鋼，宛如實質，同時眾人見阮徵神沙光網由四邊透將進來，心中大喜，忙各運用玄功把各人法寶飛劍結成的光幕迎合上去。連衝兩衝，沒有衝動。

金石二人正待施展靈嶠三仙所賜的兩件奇珍，全力施為向上硬衝，只等稍有空隙便可衝將出去。

金蟬胸前玉虎已噴出大片銀霞、千層靈雨，要往當頂衝去，忽聽老遠空中有人大喝道：「你們萬動不得！」

眾人聲才入耳，一個身材高大的駝背老人已自飛到，來勢神速，以眾人的慧目法眼竟未看出是怎麼來的！那老人才一現身，便就空中把雙手一伸，立有十股長虹一般的金光彩氣射將下來，將整座光幕交叉抓住。巨雷也似喝一聲「疾」，那大一座光幕便整座離地而起，提向空中！聲如霹靂，震得四山皆起回應！眾人一見來人正是大方真人「神駝」乙休，不禁驚喜交集，立時飛往阮徵一起。

只見乙休在高空之中凌虛而立，臉紅如火，鬚髮皆張，周身金光閃閃，手發虹光，將那裡外三層的光幕一齊提向空中，聲威凜凜，望若天神！自從相識以來，這等神態尚是初次見到，料定關係重大，剛剛一同拜倒，便聽乙休喝道：「干神蛛夫婦已將妖蛉數千年功力煉成的元嬰找到，並用以挾持，阮徵可拿我柬帖乘著元磁太火極光微弱之際，速飛中土照柬行事，借到神鳩、寶鼎，速即趕回。你那另一枚『二相環』被申屠宏借去，得了一丸西方神泥與之會合，更長了不少威力。有此神泥融會的『天璇神沙』，極光不論強弱，均能衝破。再如遇見雲鳳師徒，她持有專禦元磁之寶『宙光盤』，走起來更容易了。」

乙休說罷，便由大袖中飛出一道金光，中裹一封柬帖。阮徵連忙領命接過，金光也自飛回。

眾人見乙休仍是飛身高空，雙手發光，抓緊那裡外三層的光幕停空不動，神情也頗緊張，知道這位老前輩神通廣大，法力無邊，一向舉重若輕，似此慎重，從來少見。一面應諾，各把法寶飛劍收回，同往廣殿平臺前飛去。

耳聽迅雷轟轟，驚天動地，途中回望，那丹毒之氣已被大火雲包沒，由大而小縮成丈許方圓一個光團，仍由乙休十指所發金光抓緊，隨人破空直上。那雷聲夾著一片爆炸之音，晃眼飛入高空碧雲之中無影無蹤。

眾人飛到臺前尋查妖蹤，目光到處，瞥見臺前湖水已乾，由上下相隔數十丈的湖心深處飛起一個赤身女子，滿面俱是忿急之容。眾人法寶飛劍暴雨一般紛紛發將出去。阮徵「天璇神沙」更似千丈星河，無邊光雨，將妖蛇全身裹住，三朵血蓮跟蹤飛起，打向前去。

妖蛇適才元氣大傷，神通已不如前，百忙中把心一橫，不等血蓮飛近，便現原形，噴出一片妖光毒煙，捨卻一個肉身變化逃走。不料敵人上過一次當有了防備，一見噴出大片煙光，忙把「天璇神沙」發揮全力，電一般湧過去。頭一個化身剛剛脫體飛出，星沙來勢更急，身子又被吸住！知道危機不容一瞬，只得又捨一條肉身化形遁走，無如還未衝出重圍，大量星沙又湧上身來！

似這樣接連三次過去，先後捨了三個肉身，兩個妖頭才得勉強逃出，往另一秘窟中竄去。痛定思痛，心中恨毒，自去發動陰謀毒計，作那最後打算，不提。

眾人一查看只得三身兩首，知道六首九身全能分化，只要有一首一身留下便是禍害。當中兩個主要的身首最具神通，竟被逃走。料知前途阻礙尚多，阮徵見柬帖注明，限令七日內趕回。在未去川邊倚天崖龍象庵以前，還要往大咎山去助仙都二女、李洪三人抵禦群邪，除那毒手摩什。這一往返有數十萬里之遙，中隔元磁真氣天險，惟恐延遲誤事，正和金、石諸人告別要走，忽聽湖底有人急呼求援之聲隱隱傳來。

金、石諸人先聽乙休之言，一聽呼援之聲果然是盜去元嬰的千神蛛，忙把阮徵拉住說道：「二哥慢走，我們還有一位好友被困在妖窟之內呢！」阮徵只得隨同眾人匆匆飛下，那湖底也是一片玉質，緊靠平臺一面有個數十丈高的大洞穴。

錢萊、石完二人當先往前飛去。阮徵行事謹細，先用一朵血蓮發出大片金碧光華將洞口封閉，加上本門禁制，然後率眾飛入。見那洞穴又深又大，歧路甚多，大小洞穴約有一二百個。耳聽干神蛛呼喚求援之聲甚急，無奈所有洞穴俱都傳聲回應。眾人急切間查不出準在何處，連找了幾處俱都不對，錢萊、石完早已穿入玉壁之內不見。

金、石二人方自發話詢問，耳聽干神蛛遠遠答道：「我們在妖窟最深之處，內人又發現地底還伏有禍胎，務請從速，稍遲便無及了！」

眾人已然飛進十餘里，那聲音老是若遠若近，忽見錢萊、石完由側面破壁飛出，見面急道：「干師叔被困之處，就在前面不遠，待弟子向前開路，照直進去罷。」說罷，二人各縱遁光朝對面玉壁上衝去，當時裂開一縫，眾人跟蹤飛入。晃眼便將那十多丈厚的玉壁穿過。見前面地上有一約三、四尺方圓的地穴，上面湧著一片暗綠色的妖光。眾人剛一飛出，妖光便往穴中鑽去。

阮徵手急眼快，剛一瞥見，「天璇神沙」早脫手飛出射向穴口，將妖煙吸起一裹，立時化為烏有。

干神蛛滿面驚慌飛了出來。眾人見他長衣已然脫去，手上抱住一個十二、三歲的赤身少女，身上披著干神蛛那件黑衣，見了眾人，滿面嬌羞，倚在干神蛛懷內，星眸微閉，低頭不語，神情甚是親熱。

石完性暴，見了妖蛟元嬰，大喝：「干師叔還不快把妖怪殺死，抱她做甚！」隨說揚手一道墨綠光華便往少女身上射去。

干神蛛因和阮徵初見，正朝前請教，驟不及防，方自飛身縱避，口喝：「且慢！」少女已張口一片灰白色的光網將石完劍光敵住。

金、石二人一見少女口噴白光，全都知道究理，甄艮忙將石完喝住，耳聽地底戰鼓之聲又起，干神蛛忙道：「此非善地，不是講話之所，到了外面再說罷！」

金蟬仍命錢萊、石完開路，一會飛將出去，到了湖旁平臺之上。阮徵急於上路，無暇細問經過，和干神蛛匆匆禮敘，二次正要辭別，忽見廣殿後面精光萬丈騰空而起，夾著大片極猛烈的風火交鬨之聲，甚是驚人。

同時地底戰鼓之聲也越來越盛，由遠而近往上傳來。干神蛛急叫道：「諸位道友快作準備，浩劫恐將發動。再稍遲延，這座天外神山光明仙府便保不住，我們的吉凶也自難定了！」

眾人聞言大驚，阮徵也自驚疑，略一停頓，猛聽空中乙休傳聲大喝道：「阮徵快走！你們不必害怕，待我擋他一陣！」

阮徵料知事情萬分凶險，所以連這位老前輩也未說甚麼話，自己此行越快越好，匆匆應聲便往回路飛去。

有了來時經歷，不消一日便衝出極光圈外，由子午線橫越過去，一直飛行到大咎山附近。遙望山頂鬥法正急，隱身飛去，果然屍毗老人愛徒田氏弟兄在彼，忙用傳聲告知李洪，三人合力暗中助其脫險。等到煉化毒手妖魂，群邪傷亡敗逃，再與申屠宏、李洪敘談，說完經過，李洪道：「蟬哥他們既然形勢緊急，還不快去，我們走罷！」

當下申屠宏、阮徵、李洪三人，齊向川邊倚天崖飛去，快將到達，經過一處危崖，因飛得低了些，遁光過處，掃斷了一根三尺來長的石條。隨聽石條上發話道：「無知豎子，竟敢無故擾我清修！」

李洪聽對方說話無禮，不禁大怒，立時便要動手。阮徵心想楊瑾仙居近在咫尺，必知其人來歷，申屠宏便令阮徵先走去問楊仙子，問明之後急速回來。李洪便也回罵起來，只聽一老婦人的口音喘吁吁發話道：「孺子無知，我不過看在你們師父分上不肯與你計較，但我巨靈崖不許外人侵犯，就便無知誤入，也須少受懲罰。我因夙孽太重，正坐枯禪，休說行動，連說話也是艱難，平日不願人擾鬧也由於此。就此放過，情理難容。須受我禁制三日才可放走。」

申屠宏聽出對方口氣，輩分頗高，料與師父相識的散仙，方想請問姓名，李洪聽對方口氣越來越不好，竟要禁制三日，不由大怒！暗忖自己九世修為，前生之事全都記得，從未聽說父執私交中有此一人。照所居崖洞和這等言行，決不是什麼玄門正宗清修之士。剛要發作，忽見正面石壁上現出一點人形來。

定睛一看，原來壁上乃是半人來高一個石凹，中坐一個老婦，生得身材橫寬，甚是臃腫，一個扁圓形的大頭，亂髮如繩，兩顴高起，咧著一張闊口，牙齒只剩了一兩枚。胖腮內癟，巨目外突，瞳仁卻只有豆大，綠黝黝不住閃光，兩道灰白色的壽眉一長一短往兩顴斜掛下來，形容醜怪，從所未見！尤其是壁凹與人一般大小，老婦嵌坐其中，上下四邊通沒一絲空隙，彷彿按照人體大小鑿成，想是自從入坐，百餘年不曾動過，通身滿是冰雪沙塵堆滿，初出時還帶一片冰裂之聲，看去宛如一個冰雪堆成的怪人，由壁凹中緩緩移出。

申屠宏知道對方坐關年久，功力甚深，既與師長相識，必非庸流。見李洪面色不喜，惟恐生事，方想與之理論，老婦已先指李洪笑道：「無知頑童，我已兩甲子不曾離坐，如今為你現身，有甚法力只管施展，省得說我以大壓小！我這人說話永無更改，不通商量，你們此時便朝我跪地求饒，也須拘禁三日！你那同伴如再開口，不問說些什麼，我都不聽，也許和你一樣，休想脫身！」

李洪聞言固是有氣，申屠宏恐冒失，陪笑問道：「道長法號可能見示麼？」

老婦怒道：「叫你不許說話，為何多嘴！我與你師父共只見過一面，無甚交情，不必顧忌，我名姓說出來你也不知，有甚本領，施展便了！」

李洪終是童心未退，見那老婦形態醜怪，覺得可笑，老婦二次發話，神態越是強橫，便大喝道：「我不願無故傷人，有甚法力快些施展，似此裝模作樣，你更吃虧了！」

老婦冷笑道：「孺子，把你那幾件法寶獻出來，我看什麼樣兒，也值吹這大氣。」李洪幾次要動手，均被申屠宏暗中傳聲攔阻，聞言再忍不住，便把玉瓚一按，胸前立有大片霞光放起。

醜婦笑道：「這麼一點伎倆也敢發狂，真不知自量了。」說時李洪玉瓚寶光已將老婦全身罩住，對方神色自如，竟如無事，李洪聽她譏嘲，越發有氣，又把三枚「如意金環」放將出去將老婦罩住。這兩件均是靈嶠三仙所贈奇珍，照理必不能擋，老婦吃寶光罩住，不特言笑自如，嘲罵的話越發刻毒。李洪性起，把「金蓮寶座」放起。

老婦笑道：「你已力竭，乖乖服輸，去往洞中小住三日罷。」說時寶座上佛光剛照向老婦身上，眼前一暗，耳聽申屠宏傳聲急呼，聲才入耳，申屠宏已飛近身來。那「金蓮寶座」本與李洪心靈相合，一同縱身蓮座之上。兩下會合，定睛一看，敵人也未還攻，就在這晃眼之間已換了一個地方。敵人不知去向，寶光照處環境已變。

當地是一個其大無比的山洞，四外無門無戶，約有二三百丈高大，正面一片石鐘乳，好似一座極廣大的水晶帳幔帶著無數瓔珞流蘇，天花繽紛自頂下垂。正當中幔後有一丈許方圓的寶座，另外兩排玉墩均在晶幔之後，作八字形分排，似是主人集眾講道之所，全洞空空，並無一人，寶座對面洞中心有一尺許大小的圓穴，穴內冒起一股銀色火苗，時高時低向上激射，高約丈許，照得對面鐘乳帳後五光十色，齊閃霞輝，壯麗已極。

二人料知身已入伏，被人困住，李洪首先不耐，正待施展全力破洞而出，申屠宏忙攔道：「我看主人不似左道中人，法力甚高，我們不可冒失。」二人同在「金蓮寶座」之上環洞飛駛。

忽聽當中寶座上老婦笑道：「你二人無須張惶，我絕不傷你，只留三日便放，實告訴你，我昔年許有願約，有人到此，除非將我殺死，休想脫身！」

申屠宏接口道：「我知道長必是前輩仙人，何必打這啞謎，令人莫測高深！」

老婦笑道：「你到底年長幾歲，火氣小些，別的話我不願說，你們已被我禁入山腹之內，上下四外全都厚逾千丈，你們法寶飛劍全無用處，尤其穴中地火激動不得，如膽大妄為，方圓三千里內立成火海，此間千年冰雪一齊融化！」

李洪料知對方隱身座上，想施放法寶試他一下，卻被申屠宏傳聲止住，正在此際，猛瞥見座上飛起一條人影，一閃即逝。緊跟著地底風雷之聲轟轟怒鳴，火光銀芒如電往上激射而起，轉眼升高百餘丈，下小上大，猛烈異常！當時便覺奇熱難禁，忙用佛光法寶護身，才得無事。方疑地火將要爆發引出巨災，忽然一片墨雲，上坐老婦自空飛墮，正壓在那蓬銀色烈火之上。墨雲立時展布開來，將那箭一般直的一蓬斗形火花兜住反捲而下，緩緩下來。約有個把時辰，方始將火壓入穴中，老婦全身也被墨雲湧住壓坐火穴之上。

二人見她兩目垂簾，似在入定，看出對方正在鎮壓災劫，自然不便動武。又經了好些時，老婦身上先水氣蒸騰，結為熱霧，全身直冒熱氣，地底風雷之聲也越發猛烈，到了後來，老婦面容痛苦，護身墨雲也逐漸消散，化為縷縷熱煙往上升起。

李洪忍不住問道：「你是想鎮壓地火嗎？防禦災劫，份所應為，情願助你少受苦痛，事完再與你分個高下如何？」

老婦先未理睬，忽把頂門拍了一下，喘吁吁顫聲喝道：「無知頑童，你們已被困了三日夜，在我法力禁制之下，尚且不知，還想助我禦災，豈非做夢！何況地火已被我全力制服，由地肺中竄往海外無人火山緩緩宣洩，也用你不著！」

李洪一聽被對方連困三日，竟未覺察，阮徵不知何故未來，唯恐海上之行因此延誤，一時情急，也沒和申屠宏商量，冷不防把靈嶠三寶連同「斷玉鉤」發將出去。

初意敵人不是隱形遁走，便會和初時一樣，法寶無功，哪知「斷玉鉤」剪尾精虹剛一飛出，老婦忽然把頭一挺，寶光繞身而過，立時斬為兩段。頭頂上隨飛起一幢金碧光華，當中擁有一個赤身趺坐的女嬰，貌相甚是秀美，電閃也似往上升起。右手往下一指，一團紫光帶著一片碧光打將下來，殘屍先被碧光一裹，化為尺許一股血焰往火穴中投去，紫光跟蹤飛下。

老婦一死，穴中又現銀色火苗，剛剛冒起一二尺高，被那血焰投入，壓了回去，紫光再往下投，霹靂一聲，地底風雷便似潮水一般由近而遠往遠處退去，轉眼聲息皆無，穴口也自合攏，化為一片完整石地。

李洪先當敵人元神遁走，本要指揮寶光追趕，因見那金碧光華不帶絲毫邪氣，微一停頓，紫光打下，地穴填平，元神也自飛走。二人才知敵人是想借此兵解，只是困了三日，此時才知！隨又聽阮徵在上面傳聲急呼：「大哥、洪弟可在下面？我們此時就要起身往小南極去了！」

二人一面應聲，照適才老婦元神上升之處飛去一看，洞頂現一小洞，正是先前老婦打坐之處的出口，阮徵正在外面等候，手持一個小鼎，洞外山石上立著一個目射金光的黑鳩，顧盼威猛，神駿非常。

李洪笑問：「二哥『九疑鼎』和古神鳩借到了麼？」

阮徵點頭說是，三人一起向神鳩告罪，上了鳩背，神鳩兩翼展動，立時破空入雲，向小南極天外神山飛去。

阮徵說起那洞中醜婦的來歷，原來那是以前旁門中有名女仙江芷雲，和幻波池「聖姑」伽因還是先後同門，昔年美豔如仙，雖是旁門中人，除性情乖僻而外從無惡跡。

江芷雲因為樹敵太多，中了仇人詭計，乘她元嬰剛剛煉成神遊之際，將她法體毀壞，以致不能歸竅。她在愁急尋找廬舍，巧值散仙彭嫗屍解，被她撞上。

彭嫗已然成道，貌極醜怪，借用法體本可商量，因後面敵人追緊，惟恐明言不肯，自恃隱形神妙，對方真神剛一離體，便強附了上去。

彭嫗忿她無禮，立用仙法將泥丸、紫闕兩竅閉住，並對她說：「我這軀殼本不足惜，為何不告而取？我已成道，也不願為此傷你，懲罰卻不能免！我這法體已有千三百年功力，你得了去，修為上固可精進，但是要穴被我閉住，非經法寶兵解，你縱元嬰凝煉到我今日境界，也不能出竅！」

芷雲自負絕色，一生好勝，一旦被人將竅閉住，形貌如此奇醜，心雖忿極，無奈對方說完，人已飛升，怒極之下，想起事由仇敵而起，在當地修煉了些年，法力越高，又煉了兩件法寶前往尋仇，積恨太深，把仇敵師徒同黨七十多人全數殺死。歸途遇一神尼點化，忽然醒悟改歸佛門，就在巨靈崖洞中修煉。

這日靜中推算，備悉前因後果，得知洞底火穴乃是未來禍胎。於是發下宏願，一面在上層崖壁上開出一個壁凹坐關苦煉，每日兩次運用元神鎮壓火穴，先後歷時三百餘年，單枯禪便坐了兩甲子，元嬰早已凝煉，用盡方法總是不能出竅，這才藉故將李洪引來，了卻心願。

三人一路說笑，不覺飛入南極海洋上空，忽見前面暗雲低垂，水霧迷漫中，隱隱有金光紅光閃動，並有無數火星飛射如雨。看出內中劍光是本門中人，神鳩兩翼突收，已由高空中電也似急往下射去。

李洪手中拿著兩粒「霹靂子」，坐在鳩背之上，本想遇見敵人，給他一下，試試此寶威力，目光到處，前面一個脅生兩翅，身材高大的怪人，口噴火球，兩翅橫張各有丈許來寬，由翅尖上射出千點火星，和一個青衣女子、兩個十二三歲的幼童鬥得正急。少女和兩幼童都是身劍合一，用一道白光，兩彎朱虹和兩團金光與敵惡鬥，一望而知是本門家法。

申、阮、李三人對於開府後所收新同門十九不曾見過，只認出對頭是「翼道人」耿鯤，這三人形貌極像凌雲鳳師徒。阮徵用傳聲詢問：「這位道友可姓凌麼？」那青衣少女正是凌雲鳳，帶著前古至寶「宙光盤」去小南極赴援，途遇「翼道人」耿鯤，爭鬥起來，一聽傳聲相喚，不禁大喜，連忙回應：「小妹正是凌雲鳳，同了小徒沙佘、米佘路過此地，被這妖孽無端攔阻，諸位師兄貴姓，望乞見示！」申、阮、李三人一面通名答話，各人的飛劍法寶早先飛將出去。神鳩也早飛向雲鳳身前。

申、阮二人因知耿鯤邪法甚高，不可輕敵，忙令李洪放起「金蓮寶座」，飛身其上，神鳩倏地一聲長嘯，便朝寶光叢中耿鯤飛撲上去。

阮徵因知耿鯤乃人與怪鳥交合而生，生具異秉，又在一無人海島上得到一部道書，修煉多年，邪法神通，橫行東南兩海，性又凶殘，犯者無倖。此人飛行神速，來去如電，日前正當一般同門下山行道之際，一旦狹路相逢，稍為疏忽，難免不遭毒手，實是未來隱患！竟欲就勢將他除去，上來便用傳聲令眾留意。

那古神鳩神目如電，早看出敵人秉賦奇特，介於人禽之間，腹中煉有內丹，起了貪心，欲撿便宜，此時飛撲上去，勢又絕快，搶在阮徵前面，已先發難！一聲怒嘯，身子暴長十倍，看去直是展翅金鵬！同時鳩身上又現出一十八團栲栳般大的金光環繞全身，比大碗公還大的火眼金睛精光電閃，遠射數十百丈，威勢越發驚人！把口一張，立有六、七尺粗一股紫焰激射而出，耿鯤翅尖上的火星挨著便被衝散消滅，護身光氣也被吸住。

耿鯤覺出身子已被紫焰吸緊，驚惶失措之下，一時情急，忙把苦煉多年新近才得煉成的一粒內丹火珠噴將出去。神鳩一見，立時奮力一吸，那粒內丹被紫焰裹住吸入腹內。耿鯤見此情形，嚇了一個亡魂皆冒，乘著紫焰收回，慌不迭飛身遁走。剛一回身，猛又瞥見空中現出三朵畝許大的金碧蓮花，各射出千重血焰，無量毫光，帶著轟轟雷電之聲三面環攻而來！身後寶光大亮，「天璇神沙」已化作大片金光星雨，鋪天蓋地潮湧追來，內中並還夾著許多法寶飛劍和兩環佛光祥霞，電馳飛到！

當下千百丈金光雷火密如雨雹，上下四外一起夾攻，震得天驚海嘯，濁浪排空，精光萬道，上燭雲霄。古神鳩吸完內丹，又二次鐵羽橫空飛撲上來！耿鯤不由心膽皆裂，哪裡還敢停留！只得自殘肢體，運用玄功變化，由兩翅卸下三根長翎，化作三個化身，迎敵上前，真身卻在暗中隱形遁去。眾人見終於被耿鯤逃走，都大嘆可惜，收回法寶，眾人一起上了鳩背，往南極天邊飛去。

神鳩飛行甚快，不消多時便由南極荒原雪漠之上飛越過去，到了地軸之下。眾人除阮徵外，多是初次經歷，只覺天體有異，所見星辰都較往日為大，地面上凹凸之處甚多，時見方圓千百里的深穴，天氣奇冷，有的地方長河千里，繡野雲連，只是鳥獸大而不多，形態特異。忽見天宇漸低，身外似有霧氣籠罩，前途一片渾茫，天星早已隱跡。

神鳩雙目金光，電炬般直射濃霧之中，先能照出數十丈遠，此時也在逐漸縮短。眼前暗沉沉一片氤氳，似無量數的圓圈密層層旋轉不休。阮徵猛覺得手中所持寶鼎似被甚吸力吸住，知道飛近天邊氣層之外，前途不遠就是子午、來復兩線交匯之處，極光太火相隔漸近。

凌雲鳳道：「昨奉乙師伯轉來仙示，恩師所賜『宙光盤』和師兄『二相環』中『天璇神沙』，均能穿越元磁真氣和極光太火，有一已可無害，何況會合一起。不過此寶用時費事，愚妹功力不濟，須先準備，不似師兄神沙可以隨心運用罷了。」

申、阮二人早知「宙光盤」乃本門最珍秘的法寶，封藏多年，連自己也未見過。想就此觀察此寶的威力妙用，便對雲鳳道：「師妹既然奉命，無須客氣。我用神沙防護，請師妹獨立前面準備應付罷！」雲鳳依言行事，將「宙光盤」取出，眾人猛覺眼前一亮，原來前面極光已現，橫著一道其長無比的光牆，上邊整齊如削，下半如山如林，如崗如阜，又如劍樹刀峰和人物花草之形，只是倒立芒尾，根根向下。奇光燦爛，幻為五彩，氣象萬千，不可名狀，極盡光怪陸離之致。

阮徵喝道：「我們來快了一步，正當元磁真氣最盛之時，吸力甚大，雖有制他之寶，仍以小心為是！那磁光說來就來，神速無比，凌師妹先把『宙光盤』準備，以防萬一！」

雲鳳聞言，立把手上「宙光盤」往上一揚。立有長圓形一盤奇亮無比的五色金光，飛出神沙光層之外，懸向前面，一同飛馳。

眾人見此寶脫手便自暴長，約有六、七尺長、三四尺寬，盤中滿是日月星辰躔度，密如蛛網。中心浮臥著一根尺許長的銀針，針尖上發出一叢細如游絲的五色芒雨，比電還亮，耀眼欲花，不可逼視。再往前飛不遠，針頭上的精芒，朝前面自行激射，伸縮不停。

神鳩一離大地氣層之外，飛不多遠，兩翼便即停住扇動，未再前飛，被吸力扯著疾行。內有兩次，並往後掙退神氣，口中鳴嘯不已。

正飛行間，眼前倏地一暗，那橫亙左側天半的大片極光忽全隱去。阮徵知已飛入磁氣死圈之內，忙喝：「師妹留意，右側面如有白影黑點出現，速用此寶朝正南方衝去！」

雲鳳寶光照處，看出連人帶鳩已飛入一股粗大無比的黑氣之中，最前面現出一團灰白色的影子，相隔極遠。眾人本對那團灰白光影正面急飛，剛一發現便覺身上由冷轉熱，白影圈中突現出飯碗大小的黑點，料是陰衰陽盛，太火將現。

雲鳳聽阮徵一說，格外留心。一見白影黑點相繼出現，立將法訣一揚，盤中針頭上光線突然電也似急往斜刺裡黑氣中射去。初出時光細如髮，宛如萬千根比電還亮的銀針刺向前面。一經射入前面黑氣之中，便似百萬天鼓同時怒鳴，雷聲轟轟震耳欲聾。「轟」的一聲巨震，光化為大片暗赤色的奇怪火花爆散，對面便衝破了一個大洞。

神鳩將頭一偏，兩翼往裡一束，便往新現出的黑氣衖中急穿進去！

第六回　柔絲情網　大動嗔火

同時眾人均覺身後奇熱，百忙中回頭一看，黑氣爆散以後，來路一帶已成了一片暗赤色的火雲往四外蔓延過去，火力之猛熱力之大，從來未見！眾人那高法力，又在寶光籠罩之中，俱都烤得難受。幸仗神鳩飛行神速，一路急馳，阮徵又發出千百丈的星沙擋住後面燃燒之勢，才得穿過。

等到飛出磁圈之外，雲鳳隨令神鳩停飛。回身將手一指，盤中針頭上立有一串細如米粒的銀星朝那暗赤色雲氣中射去。磁圈本是一道長大無比的暗虹，橫亙天心，無邊無際，兩頭望不到底。這一串銀星無異大千世界著上一粒微塵，相形之下渺小得可憐。可是一經射到火雲以內，遙聞一連串風濤交鬨之聲過處，便由濃而淡，轉眼恢復原狀，變成了一股長大的青氣，作一環形靜靜的橫湧天邊，神鳩也自調頭前飛。

飛行神速，光明境已然在望，只見當中瓊原翠峰之間，寶光劍氣電舞橫飛，霞光萬道，雷火千重，霹靂之聲密如擂鼓，晃眼便自飛近。

申屠宏獨當中路，剛把遁光飛到妖窟所居宮殿上空下落，便見一座極廣大的玉殿金亭已被震毀擊碎，只剩前面一座殘破的玉平臺，中心坐著一個貌相醜怪的矮胖子，懷中抱定一個身披黑衣的赤足美女，年約十三、四歲，口噴一股灰白色的光氣將男女二人全身護住。身前坐著一個小和尚，周身佛光環繞，乃「小神僧」阿童。另外十來個少年幼童，各用許多飛劍法寶將那平臺籠罩了一個風雨不透。

內有三人正向前面發出數十道慘碧刀光和一道形如火龍的寶光，朝湖心中飛出來的一個牛首人身、兩翼四手的怪物夾攻。怪物並未使用什麼法寶，只由左右四手上發出二十來道紫黑色的妖氣與眾對敵。不時口裡噴出一團比血還紅的火球向前打去。金蟬胸前玉虎周身祥霞閃閃，虎口內噴出大股銀光星雨擋在前面，兩下才一接觸，火球便自退回口內。

申屠宏輕悄悄掩向湖底細一查看，不禁吃了一驚，原來那湖深達數十丈，面積甚寬，怪物所現竟是元神，本身其形如龍，在百丈以上，約有一丈多粗。前半節生著兩片肉翅，四隻龍爪後半近尾之處卻生著兩排粗約尺許、長約三四尺的獸足，尾作扇形，約有三四丈方圓，上面盡是逆鱗倒刺，通體滿生三角鱗片，其大如箕，閃閃生光，前半身近頭一帶昂起向上，口發鼓聲，不住怒吼。身軀竟將湖中心一帶盤滿，形態猛惡長大，平生僅見。

靠近玉臺正面湖底玉壁上，有一大洞，已被一片金光堵塞。料定是洪荒以前的龍類妖物，深藏地底不知多少年，乘著鬥法之際，穿地而出！

其實那妖龍和妖蛨均是前古最厲害的凶毒爬蟲，地底修煉將近萬年，並和妖蛨生性相剋，所具神通也不在妖蛨之下。只為當初本是毒龍遺種，當天外神山地震時，隨入地竅深處，那地方恰是地水火風微弱之處，因得長成，便潛伏在裡面修煉。因為所居地層太厚，性素喜睡。妖蛨又先出世，知道兩惡不能並立，百計防護。妖龍不似妖蚿詭詐，偶然發怒，想要衝出，吃妖蚿邪法阻住，不得如願，無可如何，只得罷了。不料妖蚿被干神蛛盜去元嬰，激怒忘形，妄施邪法暗算，想用湖中玉泉將敵人膠住，人未害成，反將湖水乾涸，並把泉眼堵塞。

下面地竅中氣候混濁，奇熱如焚，妖龍雖然生長其中，一樣難受，全仗泉眼通氣呼吸，歷久相安，才得無事。日前泉眼一閉，妖龍氣悶不過，情急拼命，裂地而出。上來本想用原身禦敵，因金、石二人受有指教，一照面，各把飛劍、法寶、太乙神雷先給了牠一個下馬威，妖龍身長吃虧，受了點傷，見不是路，忙即縮退回去，改用元神化身出鬥。

妖龍眼看好些肥肉，相持數日不能到口，正在饞極。忽見雲鳳師徒自空飛下，自恃飛遁神速，復體甚快，元神竟然離體飛起。就在這時機瞬息之際，佛光一起，恰巧隔斷。等到警覺退回，已是無及。雲鳳早命沙、米兩小將「牟尼珠」隱去寶光，暗中護住全身，那專一剋制水陸精怪的至寶「神禹令」也早準備停當。

一見妖龍化身飛起，將「神禹令」一揚，一股百十丈長青濛濛的光氣剛射出去，妖龍急於回護原身，已不戰而退。經此一來，妖龍鬧了一個首尾受敵，哪一頭也未顧上，佛光首將回路擋住，不特無法衝過，元神反被吸住。驚悸惶急之中，正要掙逃，禹令神光又罩將下來，妖龍元神立被裹住。申屠宏佛光向上一圍，佛光寶光會合一絞，立成粉碎。申屠宏見妖龍元神雖死，下面原身仍在蠢動，恐有疏失，又將佛光裹住殘餘妖煙連連絞動，直到妖魂消滅方始停手。

金、石諸人見妖龍被申、凌二人手到除去，好生欣喜，各自飛將過來合力消滅妖龍原體。法寶飛劍到處。妖龍原體化為殘煙消滅。同時一道長虹自空飛墮，正是阮徵。見面便道：「可惜！」

眾人問故，阮徵笑道：「此是前古妖龍元黿，神通廣大，所煉元丹送與干道友的夫人，至少可抵兩三千年功力。平白毀去，豈不可惜。否則干夫人只須轉世十餘年便成仙業，豈不是好！」

說時，干神蛛同那懷中幼女也自雙雙趕來，聞言拜謝道：「多謝阮道友好意，我和內人歡喜冤家，互相糾纏已好幾世。她因前生被仇敵暗算，投身異類，只好長年附在我身上。幸蒙諸位道友下交，因得附驥來此。初意只想求得一粒毒龍丸，使其脫去妖形，仍復人身，已是萬幸。她雖女體，實是純陽之性。不料此行竟將妖蛇元嬰得到，不特藉此恢復人形，得益實在不小。我夫妻也不想成什麼天仙，只想長相廝守，永不離開，也就是了！」

眾人見他那附身妖蛇元嬰的愛妻，美如天仙，容光嬌豔，因為沒有衣服，穿著他一件又肥又短的道衫，上半露出雪白粉頸，下面赤足如霜，玉腿半裸，依附丈夫身前隨同向眾禮拜，越顯得嬌小玲瓏，楚楚可憐。干神蛛生得又矮又胖，貌相奇醜，長衣脫去，其狀更怪。二人一美一醜相去天地，偏又那麼恩愛，如影附形不可離開。全都好笑，又替他歡喜。

眾人見面一說，才知乙休惟防丹毒之氣為害，特意送往離地萬七千丈以外兩天交界之處，借著乾天罡煞之氣與法寶之力將其消滅，再回來與妖蛇門法，妖蛇元嬰已失，又連受重創，被乙休用六合旗門困住，正在大展神通，要將其消滅。

眾人正在說著，一片金光祥霞忽自空中飛墮，現出一個少年神僧。眾人一看，正是師門好友「采薇僧」朱由穆，連忙上前拜見。

朱由穆見干神蛛夫妻也隨眾跪拜在地，尚未起立，便指二人道：「你夫妻本是怨偶孽緣，只為前兩生至情感召，反成了患難恩愛的夫妻。儘管磨難重重，受盡苦痛，居然一靈不昧，如非向道真誠，深明邪正之分，如何能有今日！我知你妻將妖蚿元嬰奪去，藉她所煉形體恢復人身。那元嬰乃妖蚿精氣凝煉而成，暫時或者無妨，將來修為上難免不受其害，還是由我用大旃檀佛光將惡質化去，永絕後患，索性成全你們這一對苦夫妻，此女以後就叫『朱靈』罷。」

干神蛛夫妻聞言喜出望外，口宣佛號膜拜不已。朱由穆隨令干神蛛走開，將手一揚，立有一片極柔和的祥光朝少女身上當頭照過，同時聞到一股旃檀香氣。再看少女臉上，立改莊容，不似先前那麼輕佻神氣，容光也更美豔。夫妻二人俱知受佛力感化，雙雙跪拜。

朱由穆又對眾說道：「乙道友今日功德不小，我此時急於帶了小師弟回轉雲南石虎山去，不及往見。可對他說等他事完回轉中土再相見罷。」說罷，又是一片金光祥霞飛向阿童身上，只一晃便全沒了蹤影，眾人竟未看出怎麼走的。

金、石諸人因和阿童至交，未及敘別，自是戀戀，不提。

雲鳳見朱靈通身全裸，只披著干神蛛一件道袍，滿臉嬌羞，甚是可憐。便對她道：「朱道友，這樣如何往見大方真人？我下山時曾蒙恩師賜我一身仙衣，一直帶在身邊，如不嫌棄，送你如何？」朱靈聞言大喜稱謝。話未說完，忽聞殿後神雷大震與古神鳩怒嘯之聲，眾人飛身趕去。

眾人齊往後面雷火寶光飛湧之處趕去，還未飛到當地，便見前面山野中現出六座高達百丈以上的旗門。申、阮、金、石等十餘人分立六門之下，金光祥霞上出重霄，雷火星沙籠罩大地，把方圓一二百里的陣地一起佈滿。坎宮陣地上現出一座寶鼎，大約丈許，被一片金霞托住。由頂上飛出畝許大的一張口，口內射出大片金紅色的火花，中雜一青一白兩股光氣，匹練也似正在朝空激射。

一個近百丈長，雙頭雙身，口噴邪煙的怪物剛由震宮旗門前面衝光冒火而起，看神氣似要向空遁走。說時遲，那時快，寶鼎怪口中所噴光氣已將妖蛭當頭裹住。妖蛭似知不妙，正在掙扎，不料全身早被「天璇神沙」吸緊。上面青白二氣便是「九疑鼎」中混沌元胎，具有無上威力，想逃如何能夠！剛掙得一掙，阮徵也發出全力上下夾攻，互相對吸。妖蚿長身立被拉成筆直。

空中神鳩早得指示，猛然凌空下擊，身子比較平日長大了好幾倍。物性各有剋制，神鳩正是專剋制她的前古對頭！妖蚿知道萬難再逃，自將天靈震破，兩條長約三尺的妖魂，各含了半尺方圓一團翠色晶瑩的寶珠向上激射，神鳩突然大鵬也似猛伸開丈許大小的鋼爪分頭向下抓去，同時口中噴出大股紫焰裹住妖魂，兩聲慘嗥過處，全被吸入腹內。

先噴佛光也已飛回，神鳩張口接住，身形暴縮復原。兩翼一展，風馳電掣往左側飛去，晃眼不見。阻力一去，寶鼎威力大增，那麼長大的妖蚿死屍，竟似靈蛇歸洞，飛一般往寶鼎怪口之中投去，晃眼無蹤。

阮徵也率眾人往坎宮墮地趕到，手中靈訣往外一揚，寶鼎立復原狀，縮成尺許大小。眾人料知妖蚿已被寶鼎煉化，前古至寶果是神妙莫測，互相驚讚不已。

妖蚿消滅，眾人正在等待乙休現身，忽見一道金光，比電還疾飛來，阮徵看出乙休所發，連忙趕向前面接到手內，落下一封柬帖，金光重又飛去。阮徵打開一看，不禁大驚失色，忙喊：「大哥、洪弟、蟬弟，快來！」眾人早紛紛湊向前去，看完俱都驚急非常。

申屠宏隨道：「我早料到此事必有後文，不想連靈嶠二仙也會牽入！事甚扎手，二弟還不便去，只好由我蟬洪二弟送凌師妹四人一行罷！」

干神蛛道：「愚夫妻可能同行，少效微勞麼？」

申阮二人同聲笑答：「二位道友如肯同行，自是佳事。」

此際，眾人所帶告急傳音法牌，突又發出緊急信號，必知定是眾同門有難，俱都急於啟程。但由於天外神山，將來是眾人別府，需留人看守，匆匆商議，由申屠宏、李洪、石生、干神蛛、朱靈、錢萊七人同行，按照乙休柬帖行事。由凌雲鳳帶了古神鳩開路，逕由子午線上衝過，到了中土，再和眾人分手，送還寶鼎。

眾人傳觀乙休柬帖，只覺語焉不詳，只說「神劍峰屍毗老人，忽然大舉與各正派子弟為敵，已有多人在魔宮被困，急速往援」等語。屍毗老人大舉與各正派子弟作對，事情由於當日李洪、金蟬、仙都二女在神劍峰強救阮徵而起。當時屍毗老人之女，拼死犯禁，衝入法壇，豁出身受金刀解體、魔火焚身之厄，欲以身殉。老人因保全愛女，未下絕情，用一陣巽地罡風將李洪等四人送出五千里以外。

屍毗老人嗣後想起此事，分明有人暗中佈置，冷不防將人救走，別人無此法力，斷定妙一真人所為。他幾生鍾愛的女兒幾乎為此形消神滅，越想越覺欺人太甚。為此運用大修羅法設壇推算，得知峨嵋門下弟子，情侶頗多，都因得玄門真傳，各運慧劍斬斷情絲，欲證上乘仙業，未成連理。為此立意將內中諸人相繼請來，也不怎麼為難，只在魔宮住上些時，如能以道力戰勝情魔，立即放走，否則，來人自然不能回去，只好合籍雙修，同參「阿修羅魔法」。

屍毗老人自來目空一切，想到就做，他法力又高，峨嵋門下「白俠」孫南，首被魔法攝至魔宮，由田琪、田瑤接見，對孫南說明了其中情由。

孫南在被攝來之際，用盡方法，未能脫身，也知道厲害，聽了田氏兄弟說明用意之後，慨然說道：「小弟道淺力薄，見聞孤陋，實不知令師與二位道友來歷，我想雙方素無仇怨，家師對人寬厚，公正和平，不問敵友均所深知，還望令師三思而行。如能使小弟末學後進免此難關，是非曲直終有水落石出之日，必欲考驗後輩功力，一般同門師兄姊妹均曾得有本門心法，定力還有幾分！」

孫南話未說完，遙聞空中一老人哈哈笑道：「無知孺子，均善賣弄口舌！只有本事脫出我的魔宮，老夫甘拜下風，非僅不再為難，並還助你從此隨心所欲。就使老夫看看你們玄門上乘道法！」聲才入耳，一道寬約數丈，其長無際的黃光，早如長虹經天，由東北方遙空雲影中斜射過來，飛落在面前。猶如金河倒掛，懸向當空，光中現出一個老人。

這一對面，只見那老人身材高大，貌相奇古，生得白髮紅顏，修眉秀目，獅鼻虎口，廣額豐頤。頷下一部銀髯長達三尺，根根見肉，手白如玉，指爪長約二三寸，頭綰道髻，身穿一件火一般紅的道袍，白襪朱履，腰繫黃帶，手執一柄三尺來長的白玉拂塵，塵尾又粗又長，作金碧色，精光隱隱，形態甚是威嚴，直與畫上仙神相似！

孫南見了這等勢派，也不由有點氣餒！老人一落下便笑道：「峨嵋派中，我揀了四人，你和齊靈雲是一對，朱文和金蟬是一對，兩對皆是天生佳偶，正好相配，此次脫我手自無話說，如在宮中成了夫婦，我必以全力助你們成就這段神仙美眷。老夫忿人取巧，一時負氣，用我『大阿修羅法』試你們能否以定力智慧脫出我的柔絲情網！」

孫南聞言駭然，忙道：「老前輩如此神通，何苦與後輩一般見識！不知他三人可曾來否？」

黃光忽連老人一齊隱去，田瑤便道：「你師妹齊靈雲已然早到數日，見面自知。朱文與家師路遇，剛剛尋到。只齊金蟬遠在天外神山，我們嫌遠，不願往尋。朱文不久必用法牌傳音求救，日內自會投到！」

孫南先以為靈雲自從重返紫雲宮，照著師傳道書勤習，法力大進，下山時又得了聖姑留賜的好些法寶靈丹，加上紫雲宮中異寶藏珍全部發現，神通更大，又遠在南海海心深處，禁制重重，多高法力休想妄入一步。及聽這等說法，料無虛語，心疑靈雲在魔宮不知受了多少苦難，一時情急過甚，未免現於詞色！

當下耳聽田琪低語道：「照孫道友這等情勢，恐怕難脫身呢！」

田瑤道：「我們這裡情欲兩關最是難度，休說峨嵋道友修為年淺，定力雖堅，畢竟功候不純。連靈嶠仙府赤杖真人那些徒孫，雖都具有好幾百年功力，尚且被困在此，結局如何尚不可知呢！」

孫南一聽靈嶠三仙門人也被困在此，不禁大驚，忍不住問道：「靈嶠諸仙也有人被困在此麼？」

田氏弟兄答道：「此事說來話長，不久自知分曉，這裡是天欲宮，齊道友便在裡面，愚弟兄不能入內，暫且失陪，請進去罷！」

田氏兄弟在大咎山與仙都二女鬥法時，曾得李洪暗中幫助，心存好感，有意相助，但終因乃師脾氣古怪，是以也不敢明言。當下孫南見前面是一池清泉，波平如鏡，池旁繁花盛開，倒映水中，花光水色交相映照，景甚清麗，並不見有宮殿形跡。再往兩側和前方一看，到處琪花瑤草，香光如海。正看間，眼前倏的一亮，換了另一副景象，存身之地，乃是一座極華美壯麗的宮殿園林。

殿前林中，齊靈雲正在六根長才齊人的青竹竿中趺坐。孫南先還疑是幻象，不敢就此過去，繼見竹竿中靈雲招手相喚，才奔近去，只見青光閃耀，人已進了竹竿之中，和靈雲見面一問，才知靈雲被攝來魔宮之前，曾遇大荒山枯竹嶺老人，贈了她一副旗門，一到魔宮，便仗旗門護身，並未受害。

孫南也久聞枯竹老人神通，聞言自是大喜，二人正在商談，忽又聽屍毗老人喝道：「你們如當老怪物的『太乙青靈旗門』有老怪物在遠方主持，不致受我『大阿修羅法』禁制感應，你便錯了！」

靈雲聞言，朝魔宮恭身遙答道：「弟子等怎敢以防身法寶自滿，不過志切仙業，不甘墮落，耐得一時是一時而已。舍弟金蟬、師妹朱文，還有靈嶠諸弟子，望老前輩念他們修為不易，勿下辣手！」

靈雲一面說，一面運用寶鏡查看，寶鏡照到西方，定睛一看，不由大吃一驚！原來前面乃是一片花林，林中有一丈許方圓法臺，朱文獨自一人坐在中心，身上穿著一件紫色仙衣，寶光閃閃，不知何處得來，一片紫光將人護住。另外身上套著兩圈金紅光華，似是嵩山二老所用朱環，手中除一面「天遁鏡」外，別的法寶似均失效，一件未用。這時滿臺俱是烈火血焰籠罩，更有千萬把金刀金叉四面攢刺。頭上一朵血蓮花，花瓣向下，發出無限金碧毫光正在向下猛射，身外血火中更有好些魔影環繞出沒。

朱文護身寶光竟擋不住魔火金刀的來勢，已被迫近身只有尺許。頭上那朵血蓮其大如畝，全臺均被罩住，火焰刀叉合圍夾攻，光芒更是強烈。那面「天遁鏡」的寶光也不如往日所見興盛，光只丈許，僅能將那血蓮抵住。朱文滿臉俱是愁慘苦痛之容，好似力絀計窮。情勢萬分危險，偏又無法解救！

朱文年來功力雖然大進，因被困前連用「天遁鏡」、「霹靂子」等至寶向敵還攻，加以性情較剛，詞色強傲，致將屍毗老人激怒。所用魔法禁制格外厲害，如非事前也得前輩仙人暗助，早無倖理！

原來朱文在被擒來魔宮之前，正遇靈嶠三仙門下女弟子宮琳，兩人談得投機。靈嶠三仙道術通靈，早算出今日之事，特借宮琳之手，贈朱文仙衣一襲。二人在途中忽遇屍毗老人，強要攝她們去魔宮，說道：「因為你們師長對我冒犯，為此將你二人擒回魔宮。或是你師長親來解救，與我一見高下。或是本身道力堅定，不為我『慾界六魔』所困，也可以無事。乖乖隨我回山，免得動手！」

朱文天性剛烈，聞言氣道：「你想必是屍毗老人了？我師父從未提過你，有什麼仇恨！」話未說完，老人厲聲喝道：「賤婢竟然知我來歷，還敢無禮！即此已犯我的戒條，萬萬饒你不得！」說時揚手一片黃光罩向二女身上。朱文立覺身子一緊，連護身寶光全被黃光裹住，往上飛起。一時情急，不暇尋思，口喝：「老魔頭休狂！」揚手兩丸神雷打將出去。

神雷爆發，竟將黃光震散，身上一輕，心中大喜。屍毗老人自恃法力，一時大意，沒想到人已被擒攝起，竟會這樣膽大！如非功力高深，這兩雷便吃不住，就這樣，元氣也受了點損耗！不由大怒，正待二次施為，朱文身已脫出黃光之外。見老人二次現身，知他魔法甚高，來去如電，心想一不作，二不休，索性與之一拼！左手「天遁鏡」發出百丈金虹往前衝去，二次又取「霹靂子」要發！

怎知寶鏡光芒才發，陡地眼前一暗，伸手不見五指。只聽罡風呼呼亂響，甚是勁急，只不吹上身來。用「天遁鏡」向前照看，鏡光忽然減退好些，護身寶光更全失靈效，一片混茫，什麼也看不見。試用「霹靂子」打將出去，豆大一點紫光微微閃動，宛如石投大海，無影無蹤！

這一急真非小可！萬般無奈之中，只得回鏡護住全身，身上仙衣忽發紫色祥光。幾次左右衝突，始終不能衝出黑影之外。宮琳已早不見，連聲呼喚均無回應。

隔不多時，眼前一花，身子已落在魔宮法臺之上。那地方乃是屍毗老人所設「天欲宮魔陣」最凶險之處。朱文如非性剛冒失，老人本心只為了出氣，不想傷害這些少年男女的性命，因朱文詞色不遜，又用神雷震散魔光，由此激怒，立意將她困禁法臺之上，使受那魔火焚身、金刀刺體的毒刑。

朱文一到法臺之上，自知不妙，首把仙衣妙用施展出來，紫光立即大盛，剛護住全身，臺上已然發火。魔火熊熊帶著千百把金刀由四面潮湧而來。同時頭上又現出一朵畝許大的血蓮花，由花瓣上射出萬道魔光朝頂壓到。

上下四外金刀血焰層層包圍，雖吃護身寶光擋住不得近前，其重如山，只中間丈許方圓空地，休想移動分毫！當時心神稍懈，便覺魔火奇熱，炙膚如焚，難於忍受。只得鎮定心神，索性在臺上運用玄功打起坐來。這樣果然要好得多。也不知道過了多少時候，連經過無數次魔難幻景，仗著夙根深厚，始終守定心神。到了後來，由靜生明，神與天合，宛如一顆智珠，表裡通明，通無塵滓，功力無形中大有進境，身外痛苦，已如無覺。正在澄神定慮返虛生明之際，忽聽得一聲大震，隨聞金蟬用本門傳聲急呼。

朱文定睛一看，金蟬頭上插了一片青竹葉，奇光閃閃，附身在玉虎銀光之上，所有法寶全數施展出來將身護住，雙手連發「太乙神雷」，霹靂之聲宛如連珠。法臺上的魔火金刀已被虎口所噴銀色毫光衝破了一面。

金蟬一面衝來，一面急叫道：「姊姊快來與我會合！老魔頭好容易被我徒兒冒險引開，特來陪你受難。老魔頭因見你和大姊、靈嶠諸仙女一個未傷，老羞成怒。對於大姊和孫師兄還好，對你卻是狠毒，立意置死，必將『大阿修羅法』發動！如非有一老前輩暗助，你此時非重傷不可，稍為延遲便來不及了。」

此時金蟬身外已成血海刀山，四面受圍，只虎口前面銀光射向臺上，將正面魔火金刀衝散，成了一條血衖。兩下相去只兩三丈，好似被那血光膠住，怎麼也衝不過來。

朱文急道：「我法力全失，法寶無功，只仗『天孫錦』和『朱環』、

『天遁鏡』護身，如何可以飛將過去？你又衝不過來，時機坐誤，如何是好！」

金蟬聞言大驚，知道危機頃刻，稍為延誤，朱文凶多吉少！一時情急，怒吼一聲，正待拼命前衝，忽聽空中一聲鳩鳴，甚是洪厲。剛聽出是古神鳩的嘯聲，丈許粗一股紫焰已由殿頂缺口斜射下來。跟著一片鏗鏘鳴玉的巨響過處，半邊殿頂全被揭去，古神鳩突在空中出現。

只見古神鳩比平常所見大過十倍，兩翅橫張，宛如垂天之雲，將殿頂全部遮蓋，凌空翔止不動，兩隻鐵爪比樹幹還粗，拳向胸前。頭有小房般大，兩眼宛如斗大明燈，身上環繞著十八團栲栳大的佛光，口中所噴紫焰宛如星河倒瀉，剛一射下，大片血光魔火立似血龍一般被紫焰裹住吸起。金蟬身子一輕，乘機衝破殘煙，只一衝便到了法臺之上，揚手一雷將臺震成粉碎，緊跟著一把抱起朱文同附玉虎之上往殿外急飛。

朱文見被金蟬抱緊，未免羞慚。無如一手運用「天遁鏡」，難於掙脫，好生為難。

金蟬見她撐拒，一面緊抱不放，急喊：「姊姊，當此危急之際，避甚嫌疑！」話未說完，兩道黃光已如電掣飛來。空中神鳩雖將血焰吸去，並未入口，一見黃光飛到，突把身形一收，晃眼由大而小。

同時身也破空飛起，帶著那血龍也似的百丈火焰向遙天空中飛去，其急如電，晃眼便投入遙空密雲之中不見。血焰依然甚長，斜射空中，似已脫離鳩口。那兩道黃光破空追去，快要追上，那條血龍忽似朱虹飛墮往下射去，黃光也跟蹤下落。

這時，朱文因聽金蟬這等說法，想起累世深情，以及適才孤身犯險、捨命來救情形，不禁感動。知他心地光明，道力堅定，儘管愛好，從無別念，便不再強掙。

金蟬回顧道：「申屠宏師兄，洪弟、石生和新交好友干神蛛、朱靈夫婦，還有新收弟子錢萊先後都來魔宮，老魔頭被他們絆住，也許能逃出去，少受些苦難！」

說時二人附身玉虎銀光祥霞之上，直往前衝，先前只顧說話，不曾留意。後見只三畝大一片殿堂殘址，竟會衝不出去。心想：「少說飛行已過百里，就有殘餘魔火阻路，因較前弱，寶光一擋便退，怎麼也不應有此景象。」二人方在驚疑，頭上血蓮倏地連閃兩閃隱去。緊跟著眼前一暗，連人帶寶陷入暗影之中。

朱文嘗過滋味，惟恐法寶失效，忙喊：「蟬弟留意！魔法實在厲害，留神法寶失效。」及見寶光依舊朗耀，才放了心。金蟬見被困，不由激怒，法寶神雷二次施展出來。只見寶光劍氣雷火金光橫飛爆炸，勢甚猛烈。但是雷火一消，依舊沉溟黑暗，僅剩各色寶光在暗影中飛舞。

這時玉虎已然發揮全力，所發銀光祥霞遠射數十丈外。二人並坐虎背之上，吃虎身上的祥光擁護全身，靈雨霏霏，銀霞閃閃。法寶飛劍結成一個四五丈大光幕籠罩身外，珠顏玉貌，掩映流輝。宛如一個金童、一個玉女、騎著一隻毫光萬道的玉虎在天花寶蓋籠罩之下，挾著千行寶炬行於黑霧之中，端的儀態萬分，妙曼無儔！

屍毗老人在暗中查看，見這一雙金童玉女實在可愛，連將朱文厭恨也減去了好些，不忍便下毒手，只想使二人成為夫婦，收到自己門下便即罷休。待了許久，漸看出二人天真無邪，純任自然情景，試一施為，那麼陰柔狠毒的魔法竟自無從施展！方在驚奇，二次想要加功施為，忽聽金鐘響動，玉磬頻敲，知道又有人來擾鬧，不禁大怒，飛身追去。

朱文、金蟬二人一時也無法脫困，朱文問起金蟬此來的經過。原來金蟬自得警報，心如油煎，當即同眾人辭別錢康往援。剛一飛進中土，凌雲鳳帶了古神鳩馳去以後，金、石等飛行神速，已然飛近雲貴交界。忽見前面雲霧迷漫，高湧天半，擋住去路。金、石二人心急趕路，當先衝入。李洪、錢萊也跟蹤飛進。申屠宏和干氏夫妻遁光稍為落後，猛瞥見前行四人穿入雲中便自不見！

申屠宏心中一凜，忙即止住。干氏夫妻也自警覺，一同停飛，留神往雲內查看，一片白茫茫，雲層甚厚，四人蹤影皆無！試傳聲一問，雲中並無回應，也未見人穿雲飛去。

三人一著急，立即行法施為，一面放出飛劍法寶，申屠宏揚手又將「太乙神雷」一齊往前打去。哪知連響都未響，飛劍法寶和那未炸裂的神雷火團全似石沉大海，無影無蹤，投入雲影之中不見。方自驚疑，一片白影已電也似急朝三人頭上漫將過來，想逃自已無及！

申屠宏情急之下，正想施展「二相環」，放出「天璇神沙」，忽聽金蟬急呼：「大哥，干兄，你們快下來，這是枯竹老仙！」同時目光到處，下面現出大片森林，滿是松杉古木。一個一手執青竹枝的白衣少年，仙風道骨，瀟灑出塵。金蟬等四人分立兩旁，正向上空招手。

申屠宏久聞枯竹老人大名，不料在此路遇，不由驚喜交集，立同飛降，到地便自通名跪拜，請恕無禮之罪。少年笑道：「你三人法寶飛劍還你，下次不可如此冒失！」申屠宏為人恭謹，諾諾連聲。

少年看了干神蛛一眼，笑道：「你不服麼？」

朱靈聞言連忙下跪道：「弟子夫妻怎敢無理！」

干神蛛也忙跪倒，少年手指朱靈道：「你這蜘蛛精倒有一點靈性，休說你們，便司太虛見我也不敢有半個不字！」干氏夫妻起立，直生悶氣。

少年轉對眾人道：「屍毗老魔空自修煉多年，仍受魔頭禁制，倒行逆施。你們此去難免不為所算，尤其金蟬與朱文經歷最險。我算計你們由此飛過，特意引來林中，現賜你們一片『竹葉靈符』，防身隱遁。金蟬師徒賜每人法寶一件，一名『天心環』，專護心神。懸向胸前，任何魔法均難侵害，此係紫虛仙府奇珍，我向大荒山無終嶺絕頂神木宮青帝之子用一粒寶珠換來。錢萊所得名為『六陽青靈辟魔鎧』，穿在身上，不論水火金刀，均難傷害，更具隱形妙用！」

金、錢二人聞言大喜，眾人也都喜謝拜命。接過二寶一看，那環形如雞心，非金非玉，不知何物所製，大僅寸許，外圈紅色，中現藍光，晶明若鏡，冷森森寒氣逼人。

那「六陽辟魔鎧」看似青竹葉所製，拿在手上其軟如棉，竹葉小僅如米，約有三寸見方一疊，隱隱放光。照著所傳用法隨手一揚，立化成一身形似蓑衣的鎧甲緊附身上，通體滿是竹葉形的鱗片，寒光若電，晶芒四射，立成了一個碧色光幢，隨心隱現，端的神妙非常！

那「青靈竹符」具有防身隱形妙用，也是萬邪不侵。少年傳完用法，令眾演習之後，笑道：「此符乃我初得道時所煉，曾費不少精力，共只三百六十五片，歷時千餘年，用得已差不多。雖只三數十日靈效，威力妙用卻非小可。用完仍可重煉，務要保存。十年之後，可命錢萊與我送來，等我煉過帶回，三次峨嵋鬥劍還有用呢。本來我與老魔並無嫌怨，只為我承齊道友盛情，老魔妄犯嗔恚，無故將峨嵋門人擒去，恰值我來中土行道，偶然發現，贈了靈雲一副『太乙青靈旗門』。本心只打算稍為救護，免得少男少女為他魔法暗算。不料這廝出口傷人，為此我才略為指點你們幾個後輩，便要教他手忙腳亂，如再無禮，你對他說可去東溟大荒山尋我便了。」

申屠宏知道枯竹老人得道千餘年，也是出名氣盛、最重恩怨，少年乃他每一甲子神遊中土所附化身，法力雖高，比起無終嶺坐枯竹禪的化身功候自差得多，否則早已親身出馬！明明假手眾人代他出氣，卻這等說法。方覺此老神通廣大、法力無邊，怎的積習難忘？

少年似已察覺，面色微微一沉，對申屠宏道：「你那『天璇神沙』雖與神泥化合，但是魔法厲害，你非此寶原主，只知用法，功候尚差，如無我這片竹葉，便難免不被奪去！為何對我腹誹？」

申屠宏知被看破，不便多言，忙答：「弟子不敢，偶起妄念，還望老前輩寬宥！」說罷，虔心誠意，恭謹侍側，不敢再作他想。

少年方轉笑容道：「無怪人說峨嵋門下多是美材，果然管得住自己心念。我平生最喜天真幼童，能見到我便是有緣，不惜以全力相助，否則這兩件法寶均是古仙人遺留的仙府奇珍，內中一件我費許多心力方始到手，保藏多年，輕易不使用，豈是隨便與人的麼？」又指石生、李洪道：「你這兩個小孩，十分可愛，可惜機緣不巧，此寶與你們無甚切要。他年大荒山送還竹葉，你二人同來，再行補送。」石生、李洪大喜拜謝。金、錢二人知道此寶乃稀世奇珍，關係重要，越發感謝。

金蟬想：「我已兩次蒙此老指點傳授，又賜我這等至寶奇珍，將來何以為報？只盼他早證天仙位業，或是能為他效點力才好。」

眾人告辭枯竹老人離去，加催遁光，眼看飛近滇緬交界，遙望前面亂山雜遝，中有一條峻嶺，本身已然高出天漢，嶺頭上更有一峰突起宛如長劍，卓立雲空，形勢奇險。知道火雲嶺神劍峰已然在望。

眾人按照枯竹老人指點，由錢萊先由山腹潛入，眾人將遁光按落，眼看錢萊穿入山石，方始前飛。錢萊剛一穿入山腹之內，便將寶鎧取出，手掐靈訣往上一抖，寶光閃處，全身便被碧光裹定。再試往前飛行，比平日地遁要快得多，幾乎能與石完天賦異秉的人並駕齊驅，隨將寶光連身隱去，加急向前飛馳，箭一般穿行山石泥土之中，不覺已到神劍峰山腹內。

屍毗老人法力雖高，畢竟明不敵暗，人又驕狂自恃，以為人在方圓五千里內，言動如同對面，便敵人諸長老前來也瞞不過，萬沒料到幾個後生小輩如此大膽，敢於深入虎穴！

屍毗老人在魔宮之中行法查看被他攝來的各派弟子，盛氣之下，不惜損耗元氣，一口真氣噴向所煉寶鏡之上。仔細一看，齊靈雲、孫南這一對在「太乙青靈旗門」之內，已各運用玄功入定，一任魔法環攻，毫不為動。再看其餘被困的人，只海外女散仙余媧門人毛成、褚玲二人本是夫妻，易受搖動，成了連理。靈嶠男女諸仙共十七人，只有丁嫦之徒趙蕙和「赤杖仙童」阮糾之徒尹松雲，二人本是情侶，先為魔法所迷幾乎敗道，眼看快要入網，忽又警覺。雖備受苦難，仍能支持。

最可氣是朱文，頭懸寶鏡，身有朱環、仙衣，休說魔火金刀不能近身，那諸天五淫、慾界六魔連現諸般幻想，也都視若無睹！自覺萬一滿了時限，全都脫困出去，自己這等大舉，連此末學後輩一個也奈何他不得，甚非奇恥！正在氣惱，忽聽破空之聲傳來，轉眼之間已自到達峰頂。未容放出魔光去破隱形，來人已先現身，乃是一個十五、六歲的美少年，星眸秀眉，面如冠玉，仙風道骨，俊美無倫。

老人本來極愛俊美幼童，方覺來人好根器，如能收到門下豈非快事？口角微露笑容，未及開口。金蟬來時早有準備，一見落處乃是大片園林宮殿，到處珠光寶氣，美景無邊，一心想尋朱文下落，無心觀看，剛由一片高大花林之中飛將出去，瞥見殿前白玉平臺玉榻之上坐定一個白髮銀髯，手持白玉拂塵，身材高大的紅衣老人，身旁分列著七、八個美貌宮裝的侍女，面前懸著一團黃光。

見人飛到，面帶笑容，似要開口。情急太甚，不問青紅皂白，開口便喝道：「你便是屍毗老魔頭麼?你將我兩個姊姊和師兄困在何處，快些說來，免我動手！」

老人戒條最恨人呼名冒犯，喝道：「無知孺子，憑你這點微末道行，也敢孤身來此捋虎鬚！我不值與你動手，既敢前來，當有幾分定力。朱文本是你的情侶，想要見她不難，我送你往天欲宮五淫臺上結一對小夫婦，永在我的門下如何？」

金蟬因想聽他說出朱文下落，本在強忍憤恨。聽到末兩句，不由怒火上衝，大喝：「放屁！我今天與你拼了！」

金蟬本極膽大，這時救人情急，哪還顧什麼厲害，竟想冷不防施展全力與之一拼，萬一能勝豈不是好！口中喝罵，左手持「太乙神雷」，右手一揚，「七修劍」全數發將出去，一時電掣雷轟，聲勢猛惡已極！

哪知他這裡剛一發動，猛瞥見黃光一閃，臺前立湧起百丈黃雲，霹靂聲中耳聽老人厲聲喝道：「大膽小狗，竟敢如此！且讓你往我魔陣之中見識見識！」同時所有法寶、「太乙神雷」全被黃光擋住，只「修羅刀」二十七道寒碧精光衝入黃光雲層之中，跟著便覺飛刀有了吸力。惟恐有失，忙照瑛姆所傳運用真氣奮力回收，居然收轉。就這樣收時也頗吃力，似由敵人手裡強行奪回，猛覺眼前一花，黃光忽似匹練升起懸向空中，又寬又長，敵人又在光中現身。

另一平臺上飛起幾個魔女，內有二女似已受傷，縱起一片遁光往左側宮殿中飛去，知為「修羅刀」所傷。方想這些魔女決非好人，何不順便殺她兩個出氣！揚手一雷還未發出，倏地一片黃雲已當頭罩下！知是老人所煉魔光，一經上身，法力便失靈效。忙掐靈訣，把頭一搖，金冠上所插竹葉靈符立發出一片青熒熒的冷光，一閃即隱。

老人怒道：「怪不得小狗敢於無禮，原來求得大荒山老怪物的『青靈符』而來！今日你已落網，看你此符保得幾時！我先給你吃點苦頭，再送你與情人相會。」說罷，將手中拂塵往外一揮，立有大片千萬點金碧火花暴雨一般打到，這時金蟬法寶、飛劍已然連成一片，將身護住，只把神雷往外亂打。哪知打在敵人身前只管紛紛爆炸，敵人言笑自如，並無用處，黃光未震散分毫。

金碧光華似傾盆暴雨當頭罩下，身外寶光竟受震動，上下四外的壓力一時重如山嶽。正自惶急萬分，忽聽金鐘亂響，蕩漾雲空，遠遠傳來。老人兩道壽眉倏地倒豎，鬚髮皆張。同時瞥見一幢寒碧精光電馳飛來，看出是愛徒錢萊誘敵以後，發現自己被困，竟不顧死活，仗著乃父不夜城主錢康的兩件法寶來此拼命！

老人拂塵一揮，大片金碧火花已朝錢萊飛去，自己身上當時一輕，眼看火星到處，碧光一閃，錢萊不見，金鐘撞動更急。同時遠遠天空中又有佛光閃動，耳聽李洪大喝道：「老人別來無恙！你道高輩重，修煉千餘年，何苦與我們後輩為難作對！」

老人只冷笑一聲，先揚手一指，空中立被黃雲佈滿，將整座神劍峰一齊籠住，同時手掐靈訣朝後一揚。李洪已傳聲說老人修煉陰陽神魔的根本重地已被攻開，封禁多年最難制服幾個魔頭已逃了出來。金蟬正想回答，眼前倏地一暗，面前現出大片金紅光華，已然被倒轉魔法引入天欲宮血焰金刀魔火之中。金蟬憑藉玉虎之力，硬闖了過去，和朱文會合。

另一方面，屍毗老人正待擒錢萊洩憤，忽聽金鐘零亂敲打甚急。夾著愛女與門人侍者驚呼求援之聲。猛想起愛女所居西魔宮前有一魔牢，昔年所煉十三神魔全被禁閉在內已有多年。鐘聲傳音，正是魔牢有警！這些神魔俱都神通廣大，自己為想歸入佛門，又念這些神魔曾經苦心祭煉，歷時多年，立功甚多，不忍消滅。

第七回　以身啖魔　天龍禪唱

他特意費了三百日苦功，用法寶設一魔牢，全數封禁在內，欲待自己皈依之後再以佛法度化，消去凶煞邪氣送往投生，使其改邪歸正。不料竟會有人來犯，莫要被他攻穿魔牢，放出神魔，大是不妙！

老人心念一動，神目如電，目光到處，瞥見那深藏在西魔宮平湖水底的魔牢已被人用法寶攻破一洞，內中神魔已然逃出了四個！一個個赤身露體，白骨如霜，身高丈許，白髮紅睛，張牙舞爪，正與愛女和宮中門人侍女追逐惡鬥。

愛徒田琪、田瑤正以全力施展魔法堵住魔牢出口，不令下餘八魔逃走，一面將手連指，使鐘樓上所懸的金鐘發聲報警，一面則傳音求救。

牢中八魔見洞口被阻不能脫身，急得咬牙切齒，呼嘯如雷，神情獰厲已極。經過了多年禁閉，威力又加大了好些，田氏兄弟已有不支之勢！同時愛女剛受逃出來的神魔追撲，這類神魔，感應之力最強。對方一被相中，便如影隨形，不將那人精氣吸去決不罷休。

另有兩個相隨多年的侍者已為神魔所殺，頭陷一孔，屍橫就地，點血俱無。餘人被餘下三魔追得四下亂竄，內中有一個門人已然快被追上！這類神魔均是昔年所攝修道人的元神，功力甚高，再加禁閉湖底多年潛修，凶威更盛！

老人一見這等情形，又驚又恐，立時飛身往援。

那魔牢正是被錢萊在地下潛行，照枯竹老人指點的所在下手攻破。老人一面趕去魔牢，一面已施展魔法中的「冷燄搜魂大法」，錢萊在地下亂穿，猛覺一種冷氣由上下四外一齊撲上身來。當時機伶伶打了一個冷戰，幾乎暈倒！知是中了魔法暗算，忙即強攝心神時，那冷氣越來越盛，更具極大壓力，幾乎連骨髓都要凍僵！護身寶鎧並無用處，同時又覺心旌搖搖，元神欲飛！

錢萊一面強行抵禦，一面把那竹葉靈符如法施為。一片冷熒熒的青光照向身上，心神剛剛重轉清明，驚魂乍定，魔法已然生出變化。本來奇冷，如墮寒冰地獄，忽然眼前一紅，上下四外全是血光包沒，隨發烈焰，如在火海之中！雖仗神符、寶鎧防護心身，仍是奇熱難耐，氣透不出。剛剛運用玄功，停住呼吸，使靈元真氣流行全身，自閉七竅，在內裡調和坎離，倏地金光亂射，又有無數金刀、叉、箭暴雨一般雜在血焰烈火之中亂斫亂射而來，風雷之聲轟轟震耳。

那血光將身膠住，宛如實質，壓力大得出奇，心脈皆震，寸步難行。錢萊被困，屍毗老人知他精於地行之術，本心又愛這個小孩子，不願傷他。意欲強迫歸順，恐其穿入地層深處將地肺攻穿勾動地火，一面還要兼顧天欲宮中被困諸人，一面又須收禁那逃出來的幾個神魔。

這些神魔均具有極大神通，以前收禁便費了不少的事，多年被困，憤怒已極。禁制神魔的法寶又為錢萊所毀，倉促應變，全出意料！

老人趕到魔牢，先用法力封閉破口，再去追擒逃走諸魔。無如那些神魔均經老人多年祭煉，變幻無方，狡詐非常，老人本心也實不願傷害。神魔看出主人心意，越發有恃無恐，老人急切間竟收伏不住！幾次想將被困的錢萊擒來使神魔飽啖，然後乘機迫其就範。又以此舉違背昔年的譬願，加以性情奇特，最愛膽大靈慧的幼童。上來只管痛恨錢萊是個罪魁，及至將人困住，又不忍下毒手。

等到老人費了好大的氣力，將逃魔困住，逃魔雖被困住，怒吼猛撲，一任威嚇利誘，只是不肯降順，同時牢中諸魔也在暴動，稍一疏忽就許被其攻破！越想越恨，立即召回門人愛女，各在法寶防身之下，揚手飛起七十九面魔旛，佈就魔陣，將魔牢罩在中心，然後施展「大阿修羅法」，將手一指，收回封洞魔光。

牢中諸魔立即厲聲吼嘯，張牙舞爪猛衝出來，都是身材高大，白骨嶙峋，一雙紅眼，滿頭銀髮，塌鼻陷孔，凸嘴血唇，利齒森列，手腳又長又大，鋼爪也似，在紅綠二色煙光的圍繞之下環陣飛馳，朝眾門人侍者抓去，口中厲嘯連聲，怒吼如雷。

老人自從神魔全數飛出，兩臂一振，上半身立即裸露，獨自坐在一朵血蓮花之上。眾神魔朝著老人狺狺怒吼，作出張牙舞爪朝前攫拿之勢。

老人獨坐中央，始終不動。群魔朝眾門人飛撲了一陣不曾得手，越來越情急，一個個白髮倒豎，滿口獠牙利齒挫得山響，怒吼越急，忽然撥轉頭一窩蜂朝老人身上撲到。老人竟似不曾防備，等快上身，忽把兩條手臂往上一揚，張口噴出一片黃光，將前後心和頭一齊護住，雙臂立時暴長丈許，群魔也一齊撲到，張口便咬！

因正面已被黃光擋住，恰好咬嵌在兩條手臂之上，每邊六個，剛一咬中，老人座下血蓮花瓣上忽發出千層血焰毫光，高射數丈，到了空中再倒捲而下，化為十三個血光火罩，將老人和神魔一起罩住。

神魔一見血光飛射，想要飛逃，無如利齒咬緊老人臂上，急切間竟被嵌住，休想掙脫。晃眼便被血光籠罩全身，只聽一片慘嘯之聲，神魔身形暴縮，身子不見，各變成一個拳頭大的死人骷髏，依舊白髮紅睛，利齒嶙嶙，咬緊老人雙臂之上。

神魔始而厲嘯哀鳴，各向老人雙臂猛吸精血。無奈老人早有準備，臂堅如鋼，毫無用處。跟著那環繞魔頭的一層血光忽化烈焰，中雜無數細如牛毛的金碧光芒向內猛射，神魔方始支持不住，哀鳴求恕，嘯聲也由淒聲轉為極慘痛的哀吟。

老人知已降服，厲聲喝道：「你十二人以前也是修道之士，只為惡孽太重，被仇敵擒去日受煉魂之慘，好容易機緣巧合被我救出，既然認罪服輸，為此特降殊恩，以身啖魔，索性將我本身精血分賞你們每人一分，由此便與老夫重合一體，日內只要敵人敢於來犯，任你嚼吃便了！」

眾神魔聽老人如此說法，齊聲歡嘯，老人兩道銀眉向上一揚，正待施展「阿修羅大法」，以身啖魔。魔與身合之際，忽聽一聲大震，祥光四射，老人知有強敵到來，揚手大片黃光，同時雙臂一振，群魔全數飛起，聚在一處，仍是十二骷髏，方要掙扎，血蓮精芒電射，一起包住。老人也脫出血光之下，大喝道：「老夫決不食言，等我擒到敵人自有道理！」

老人正待行法，忽聽男女笑語之聲起自前面小山上空，又聽有人笑道：「凌化子，我還有事，去去就來。你把妙光門開放，教老魔頭看個仔細吧！」同時血光中祥光一亮，小山那面現出五六畝大五六丈高一幢五彩輕雲，看去薄薄一層，祥輝閃閃，光甚柔和。內中裹著數十個道裝男女，有的雲裳霞帔，羽衣星冠。有的貌相古拙，形態滑稽。另有一道金光擁著一個身材高大駝背老人正往東魔宮飛去。

老人一見，不由氣往上撞，揚手千百枝火箭夾著無數血團朝前打去。駝子哈哈大笑道：「無知魔頭，少時教你知我厲害！」說完金光電閃，人已不見。那火箭血團竟反擊回來，射向魔女所居宮殿之上，血火星飛中，整座魔宮被震碎了小半！

這才知道敵人不是易與，還是看清敵勢，仗著煉就不死之身相機一拼，或能轉敗為勝。強捺心神定睛朝前一看，只見仙雲之中那凌虛而立的數十個男女，除一個化子打扮的道裝怪人和一個滿頭銀髮美婦而外，下餘全是天欲宮中先後被困的少年男女。峨嵋門下只齊靈雲、孫南未見。金蟬、朱文、李洪，還有幾個不認識的幼童，先前用「青靈辟魔鎧」護身，借著地遁逃走的小對頭也在其內。

那麼薄薄一片明霞輕雲，一任血焰如海上下緊壓，金箭金刀四外環攻，休說不能侵破分毫，並還在血海之中若沉若浮，十分悠然。雲中少年男女有的本具師門淵源，各話前情，便余媧門下那些男女弟子，經對方援助脫險，也各笑言宴宴，對於上下四外的這等猛惡攻勢簡直視若無睹，笑語喧嘩，隱約可聞！

老人又驚又怒，一時之間也不知對方如何脫身的。原來魔宮之中，眾弟子受困，「神駝」乙休早已知道，也知各人有枯竹老人暗中相助，但仍恐自己一人力量不夠，約了「怪叫化」凌渾、「白髮龍女」崔五姑夫婦以及靈嶠三仙一起前來。事先又施展顛倒陰陽之法，以致屍毗老人那高法力，也推算不出，一到便用靈嶠三仙的「五雲幛」將眾少年弟子救起，再現身和老人相見。

這時在五雲幛之中，連靈嶠男女弟子、余媧門人，共是四十七人。「白髮龍女」崔五姑看出老人表面鎮靜，臉帶冷笑，實則眼蘊凶毒，鬚髮欲張。身後宮眾已全遁去，一手掐著「五嶽真形」法訣，一手拿著白玉拂塵，一言不發，料發難在即。隨聽老人大喝：「賊駝子，既敢來我魔宮鬧鬼，便應現身一鬥，似這樣藏頭縮尾作甚！」

隨聽空中有人接口道：「老魔頭休要猖狂，別人怕你『阿修羅魔法』，我卻偏要見識見識。凌道友夫妻不過想將你所煉死人頭一齊消滅，免被你那對頭乘機劫盜助長邪焰，多留後患。時機未至，暫緩動手罷了，真個怕你不成！」

老人一抬頭，已見「神駝」乙休空中現身，雙手齊揚，十股金光直朝老人射去。老人手中拂塵一擺，發出數十百道金碧光華，夾著無數血色火星迎敵上去。同時一片黃光宛如匹練懸空，老人附身其上，連那十二神魔也全護住。

乙休動作快逾閃電，身材又極高大，看去天神也似，在一幢亮燦燦的金光之下凌空而立。那四外的血焰金刀湧上前去，只一近身，便被消滅；血光火彈被那十道青白光一衝射，也全紛紛爆炸，未容近身，便被消滅。老人大怒，左手「五嶽真形」訣往上一揚，空中忽現出五座火山，發出大片風雷之聲，緩緩往下壓來。

五座火山才一出現，由高空中突然射下一股千百丈長的「五色星沙」，宛如天河倒傾，凌空直射，來勢比電還急，分佈極廣，晃眼便將那五座火山一起裹住，從千重血海之中吸出，懸向高空。「神駝」乙休手指老人哈哈笑道：「老魔頭，你已大難臨身，多年苦煉的五塊小石頭已被『天璇神沙』吸起，一彈指間，便將這座神劍峰震成粉碎，你那不死之身照樣也禁受不住！」

那五座火山乃老人採取五嶽精氣多年辛苦煉成的魔法，原體只是五塊拳大山石，與五嶽形勢一般無二，用時只消手發訣印，立隨心念發揮妙用，威力之大無與倫比，自從煉成以來尚未用過。不料千丈星沙自空飛墮，晃眼便將五座火山裹住上升，同時目光到處，一個鵝卵大青白二色的氣團已由乙休手上飛起懸向空中，看去不大，上面雲光隱隱，懸在血海之中，心靈上便起了警兆！

再定睛一看，那瀰漫全山的血焰、金刀、火箭、飛叉，就在此晃眼之間竟消去了大半，下餘的正電也似急朝那小小氣團湧去，好似具有不可思議的吸力，自己竟制止它不住！

老人畢竟識貨，看出敵人所持氣團乃是元磁真氣所煉至寶。無如敵人動作神速，所有法寶魔火已被收去。剛怒吼得一聲，那五座火山忽然當頭下壓，空中星沙忽隱，一個大頭麻衣矮胖少年正朝對面仙雲中飛去，暗道：「不好！」不顧還攻，總算應變尚快，在火山壓離頭頂數丈，眼看爆發之際，搶前收去，手中法訣往上一揚，火山不見，總算不曾作法自斃。

這一驚，真非同小可，當時怒髮皆張，厲聲喝道：「老夫今日與你們拼了！」隨說隨將手一指，那朵血蓮本已縮成丈許大一團血光，包圍住十二魔頭附在黃光之中，懸停老人足下，忽然暴長畝許，千層蓮瓣一起開張，花瓣上先射出暴雨一般的金碧光芒。中心蓮房共有十三孔，各有一股血色火花，「轟轟隆隆」帶著雷電之聲直升數十丈，到了空中再結為一蓬天花寶蓋反捲而下。先前黃光匹練已然不見，老人身形忽然暴長，周身仍有一層黃色精光緊附其上，巨靈也似立在蓮房中心，由當中那股血焰托住，凌空而立。

那十二骷髏魔頭也同時飛起，一個個大如車輪，面向老人環成一圈，口發厲嘯，七竅內各有一股血焰黃氣火射而出，神態獰厲，口中獠牙利齒挫得亂響。老人揚手一個訣印，由十二蓮房中各射出一蓬彩氣，射向魔頭頸腔，神魔全被吸住，分毫動轉不得，號嘯之聲與雷鳴風吼交相應和，震得四山齊起回音，聲勢越發驚人！

老人所行「大阿修羅法」，是將本身精血真氣餵完神魔，兩下便合為一體，連自己也成了魔頭，當時飛出，法寶不能傷，對於敵人可隨意吞噬，吸取他的精血元神，所殺越多，威力越大！

老人行法正急，不理錢萊、石完等在旁冷嘲熱諷，拍手笑鬧。忽聽李洪大喝道：「屍毗老人，你休妄動嗔恚，你那兩個真正對頭，到你緊要關頭齊來夾攻，暗下毒手，你如何抵擋？你只顧倒行逆施，可知『陰陽十三魔』最是凶毒，你昔年自恃法力，只將十二陽魔閉入牢內，那主要陰魔以為是你前師所賜，附有他的元靈，又只一個，一向與你相合。其實他陰柔凶毒，如影隨形，表面從無違忤，暗中卻在主持播弄，誘令遠善就惡，恣意橫行。只等待時機一至，使你在萬惡所歸之下身敗名裂，形消神散，至死不悟！否則以你那高法力智慧，早已皈依，何待今日！」

老人正在行法，一邊留神查聽，聞言心中一動。猛想起還有兩個強敵，一是「赤身教主」鳩盤婆，一是女仙余媧，照此說法，許要乘機來犯！越想越覺李洪之言有理，暗忖：「此子真個靈慧，自己本來早立志歸佛，只為無師引渡，遷延至今。魔宮歲月也頗安閒，只說靜待機緣一到，立成正果，誰知會有今日之變！」

李洪雖向老人當頭棒喝，無奈此際老人心靈已受陰魔暗制，心神不定，轉念之間，想起敵人可惡，重又怒氣勃發！兩道其白如銀的壽眉微微往上一揚，一聲冷笑，張口一噴，立有十二血團飛出，分投神魔口內。神魔立時張口接住，齊聲歡嘯。

老人隨大喝道：「爾等也知我的法條，先前忘恩反噬，就罷了不成？」話未說完，將手一揚，指尖上立飛五把金刀朝當前魔頭挨個斬去，一下劈成五六瓣。

魔頭見老人突然變臉，方自哀鳴求恕，金刀已電射而出。刀光一閃，當時斬裂。只聽一片慘號之聲，五把金刀環身繞了一圈，老人把手一招，便自收回不見，魔頭雖各斬成齊整整的六片，但未見血，也無腦漿，六片頭殼被那彩氣托住，當中擁著一團暗綠色的鬼影，依舊慘號不已，聲甚洪烈淒厲，風雷之聲幾為所掩，甚是刺耳難聞。

老人見此慘狀，意猶未足，眉頭一皺，忽又有兩蓬銀針由那兩道長眉上飛射出去，分兩行射向魔頭鬼影之中。號叫之聲越發慘酷，聽去令人心悸，老人方始冷冷的問道：「你們今日知我厲害麼？少時經我行法以後，雖然與我本身元靈重合一體，但是稍有忤犯，便受諸般慘痛，卻休怨我無情！」

老人把話說完，那細如牛毛長約寸許的銀針忽然全隱向鬼頭之中不見。緊跟著老人左手掐一法訣，右手一招，當前一魔的鬼影便帶了六片頭殼迎面飛來。老人將左手訣印發出，照準魔頭一揚，雙手一拍，頭殼立時合攏，仍復原狀，神魔便向老人肩膀上飛去，依舊縮成拳大一個骷髏頭附在老人肩臂之上，口中嗚嗚，意似獻媚，態甚親馴，迴不似先前猛張血口想咬神氣。老人也不理他，二次又掐訣印如法施為，動作甚快，似這樣接連十二次，神魔一齊復原。老人隨將左膀露出，將手一指，群魔各將血口微張，露出兩排利齒，分列在老人左膀之上咬住。

老人隨將左臂膀露出，將手連指。群魔本全依傍在老人肩膀之上，老人連指兩次，俱都未動，口中嗚嗚媚嘯，意似不肯再噬主人，迫於嚴命，不敢過分違背神氣，各將血口微張，露出兩排利齒，分別在老人左膀之上輕輕咬住，並不咀嚼吮吸。

老人態本嚴肅，到此方露出一絲笑容，回顧群魔道：「對面敵人均是有根器的道術之士，待老夫行法助威，憑爾等快意飽餐便了。」說完張口一片血雨噴向左臂之上。群魔立同飛起，各自一聲怒吼，重又暴長，大如車輪，兩隻時紅時藍的凶睛明燈也似在那百丈血蓮火花之中略一飛舞，全身突現，全都恢復初見時形狀。

群魔不只身材高大得多，神態也越發兇惡，周身俱是黑煙圍繞，碧光籠護，張牙舞爪，分列空中，朝著仙雲中人連聲怒吼，作出攫拿之勢。

老人自將十二神魔制服以後，人便趺坐血蓮花上，恢復原來形狀高矮。那激射空中的百丈火花金碧光焰隨著往下一落，將老人緊緊護住，血蓮也縮成丈許大小。老人隨將雙目垂簾，彷彿入定。那蓮瓣上所射出的金碧血焰越來越強，卻不向外發射，齊朝中央聚攏，漸成實體。宛如一朵丈許大小還未開放的千層蓮萼凌空浮立，當中包著一個鬚髮如銀的老人。

廣場上靜蕩蕩的，這一面是仙雲滯空、冠裳雪映，那一面是紅萼高矗、精芒麗霄，照映得滿天雲影齊幻朱霞，琪樹瓊林同飛異彩，端的氣象萬千，壯麗無倫。再加上那十二個身材高大的神魔一陪襯，更顯得光怪陸離，奇詭驚人。

眾人料知魔法將成，方自注視，那千葉蓮只剩蓮萼頂尖還未合攏，老人身坐其中，寶相美嚴，神態越發安詳。加上那副慈眉善目，直似上方仙佛偶現金身，哪像內中隱蘊無限凶機！眼看蓮萼頂尖已將頂層包沒，合成一尖，忽聽遠遠一下極清越的金鐘響過，蓮萼尖上忽然激射起十三絲極細微的彩色精芒。

中央一根剛升起丈許，頂尖上「波」的一聲現出一團黃影。晃眼彩絲消滅，黃影暴長，先現出一個與老人貌相差不多的魔頭。跟著現出全身，身材形貌與老人一般無二，只胸前圍著一片碧葉戰裙，通體赤裸，下餘彩絲早分朝神魔飛去，其急如電，那十二神魔立時回身相待，各把血盆大口一張，分頭接去，一聲歡嘯，跟著怒吼飛舞而起。

血蓮上面主魔正是老人元神，也同飛起，口中厲嘯連連，似在發令，那情態與神魔一般無二，只是比較沉穩。群魔本朝眾人存身的雲幄撲來，聞得主魔嘯聲，忽然收勢，先四方八面分將開去，騰空而起。到了半空，各將那板門般大的利爪往下一揚，立有五股暗赤光華朝下飛射，急如雷電。似這樣二十四隻魔手齊揮，晃眼之間整座山頭又成了一片血海！

眼看八面受圍，魔爪鬼影重重交壓，正緩緩往下降來，猛然一聲雷震，先是一團紫氣、九朵金花由下面飛將上來。緊跟著又是一道紫色金光連同往上飛起，群魔手上所發出的碧光立被九朵金花照滅。同時一片五色雲網電也似的飛起。

眾人認得那三件法寶正是凌渾的「九天元陽尺」、崔五姑的「七寶紫晶瓶」和採取五嶽輕雲煉就的「錦雲兜」，凌氏夫婦已同現身，凌渾手指前面笑罵道：「老魔頭縱魔行凶，眼看大難將臨，還不醒悟！我們先將你這十二殘魂朽骨的邪氣破去，省得少時措手不及，被人趁火打劫！」

這原是瞬息間事，凌渾話未說完，崔五姑「七寶紫晶瓶」內早飛出兩股寶光，看去和火一樣，但是色彩鮮明，從來不見。最奇是初出好似兩根火柱，百丈朱虹。才一出現，前頭忽然爆散，化為龍眼般大的火珠，霹靂連聲，整座魔宮立被火雷佈滿。只聽神魔一聲慘嗥，全身震成粉碎。

老人識貨，認出那是專破魔法邪焰的「雷澤神沙」，知道難於抵禦，忙即回收，神魔全身已成粉碎，仍化作十二拳大骷髏，一路哀鳴慘嗥，往血蓮上飛來，看出受傷慘重，不由急怒交加，切齒痛恨。

正待行法還攻，猛又聽敵人笑罵：「老魔頭，少時自有人來制你。我不過見你行凶欺人，看了有氣，稍為多事，誰耐煩和你這老不死一般見識？」

說時遲，那時快，那「雷澤神沙」也真神妙，本已由無量火星化為百丈紅雲，火海一般籠罩全山，除一朵血蓮外，全魔宮的景物已成灰燼。就這晃眼之間，老人為神魔所煉法身一經消滅，那火海一般的紅雲只一閃，仍恢復原狀，變成兩根火柱朱虹，由大而小，仍往那小才寸許的七寶紫晶瓶口中射去，連人帶寶一起不見。

老人重又暴怒，張口一噴，那十二骷髏立時暴長，大如車輪，凶威再振，老人主魔也隨在後面離開血蓮上空，一同磨牙張唇，呼嘯怒吼，飛舞而來。凌渾大喝：「老魔頭，你那兩個對頭就要來到，當真要作死麼？」

老人在後督隊，正往前飛，不料那雲幄在仙法妙用之下，暗中另有埋伏，已由凌渾在現身破法以前，趁著主魔一意傷敵，心無二用之際，暗中佈置停當，仙法禁制已生妙用，如何能夠近前。老人畢竟法力高強，見這晃眼即至之地，竟會不曾到達，已覺不妙。猛聽風雲破空之聲，與尋常劍遁不同，又聽凌渾這等說法，料知強仇勁敵已快飛來。對面敵人不知用甚仙法，顛倒挪移，以自己這高法力，竟會追他不上？在未查明虛實以前，追也無用，還是抵禦另一強敵要緊。

老人心中一驚，立令群魔停住待敵。又聽凌渾發話道：「我本不難代你擋住，不令你那對頭欺凌孤老，無如你這老傢伙不知好歹，且將來人放進，看你有多大神通，敢於如此狂妄？」

老人先聽敵人風雲破空之聲，尚在千百里外，方在戒備，向空觀察，就這幾句話的工夫，一片純青色的仙雲已馭空凌虛，乘風而來，晃眼飛到上空，雲上現出三個仙女。

內中一個穿素羅衣、背插如意金鉤、手捧玉盂的正是「冷雲仙子」余媧。另兩仙女一個穿一身雪也似白的仙衣，年約二十左右，手執一花，面帶微笑。另一個是一中年道婆，拿著一根珊瑚杖，上掛尺許大小的鐵瓢。這兩人是靈嶠諸仙的好友，名叫「霞華仙子」溫良玉和「瓢媪」裴娥。雖和余媧道路不同，但都同在小蓬萊西溟島上修煉。料被余媧強約了來，助其報仇。

仙雲停住，余媧怒容滿面，更不發話，左肩微搖，背後如意金鉤化作一道百丈金虹，朝群魔飛去。出手便自暴長，寶光強烈。只一閃金山便在環繞之下。老人看出仙府奇珍，不是常物，一聲厲嘯，群魔一起後退，主魔突現全身。看去好似一個又高又大一條黃色人影，上面頂著一個大如車輪的魔頭。雙方動作均極神速，老人魔影先被金虹圈住。連絞幾絞，黃影立即被絞成數段。

旁觀諸人方覺老人魔法不過如此。余媧已怒喝：「無知老魔鬼，我不過有事羈身，便宜你多活幾日！在我手下，還想逃命麼？」隨說，手朝外一揚，一口真氣噴將出來，金虹立似急電驚掣，寶光大盛。只閃得兩閃，便將主魔裹住，在裡面上下衝突起來。這時那金虹已繞成一個十多丈方圓的金球將魔頭包住，眼看主魔在裡面由大而小，漸復原形，只是跳動越急。

余媧只當已然得手，猛聽驚天動地、萬金齊鳴一聲大震，金虹光團竟被震成粉碎，上下飛射的殘光金雨立時籠罩全山，高湧百丈。日光之下宛如平地冒起一座金山，聲勢猛烈已極！余媧如非法力高強，幾被震傷！心驚急怒之下，正待施為，忽聽身側溫、裴二仙同聲大喚：「老魔頭你待如何？」

余媧先見金塵高湧，仇敵所化主魔已由百丈光雨中沖空飛起。為了至寶被毀，心中恨毒，想要下手報仇，剛把手中玉盂一舉，一片冷光還未發出，聞言心中一驚，料有變故，忙把護身青霞飛起時，猛覺心頭一涼！同時瞥見仇敵仍是初見時原樣，頭下黃影並未絞散，突在面前現身，滿臉笑容注視自己，立有一層黃影當頭罩下！當時心神便覺有些迷糊，通身冷戰！幸而應變尚快！護身青霞同時飛起。雖未昏倒，已中魔法暗算，忙用玄功抵禦。

另一面，溫、裴二仙一個將珊瑚杖上鐵瓢一指，一股紫氣飛向百丈金塵光雨之中，神龍吸水一般只一裹，一片金鐵交鳴之聲響過，全數收去。一個將手中所持非金非玉、形如幽蘭、其大如杯的奇花微微向外一點，立有青白兩股雲氣朝前飛射出去。

余媧本已為老人魔法所算，雖仗功力高深，還能支持，但極勉強。尤其仇敵魔影老在面前含笑而立，自身法力竟會失效，正自悔恨驚惶強攝心神，幸而溫、裴二仙雙雙發動。老人準備就勢反擊的碎寶殘金首被收去，溫良玉花上青白雲氣再飛射出來裹向身上破了魔法，余媧神智立即恢復。平素雖然驕狂，畢竟修煉千年。好容易在千鈞一髮之間把身前魔影去掉，元氣已然損耗不少，如何還敢戀戰，飛退回來，滿面愧憤。

屍毗老人一舉擊敗余媧，還想趁機進攻，猛聽遙空中似哭似嘯，傳來一種極淒厲的異聲。知道又來強敵鳩盤婆。微一遲疑，敵人已經飛到。雲幄中眾人先前覺著余媧等三仙來時仙雲馭空，凌虛飛瀉，快得出奇。不料鳩盤婆來勢更快，聲到人到。異聲才一入耳，一個年約四旬的醜怪婦人，已隨著一股黑煙飛落場中。雖然好多人均未見過，但那來勢早有傳聞，一望而知是那赤身教主鳩盤婆親自趕到。眼見之下，比起傳聞更覺醜怪。

原來那鳩盤婆身長不過四尺，生得又瘦又乾，和殭屍差不多。頭作鳩形，面黑如墨，一雙碧眼凶光隱隱。通身赤裸，只在腰間圍著一條烏羽、樹葉交織而成的短裙，上身穿一件同樣材料的雲肩，金碧輝煌，好看已極。

和魔女鐵姝裝束差不許多，只是有一蓬黑紗籠罩全身，看去似煙似霧，不知何質所製。她的手腳均和鳥爪一樣。左手拿著一根鳩杖，鳩目閃爍放光，口中時有彩煙嫋動。此外並未持有什麼法寶。不似鐵姝頭肩等處，均有刀叉那等全身披掛。神態也極嚴肅，身外黑煙厚約尺許，宛如一條七八尺高的人形氣團，當中裹著這麼一個怪人。黑煙也停在地上，並不飛動。

眾人正看之間，鳩盤婆已先發話：「屍毗老人，別來無恙？老身本定今日抽暇前來領教，到此才知尚有多人與你鬥法。我素不願乘人之危，但又不肯虛此一行，多少須見一點意思，你那神魔留他無用，事急反噬，更多操心，不如暫借老身一用，隨時請往我那裡親自討回如何？」說時雙方已自動手，先由老人主魔頭上發出五色奇光朝鳩盤婆射去。鳩盤婆忙把鳩杖一搖，鳩口內也噴射出大把彩煙將其敵住。

開頭雙方還能扯直，兩句話過去，魔口內又噴射出大股黃光血焰。

鳩盤婆臉色立現緊張，兩臂一振，上身所著雲肩名為「秘魔神裝」，乃赤身教中五寶之一，立發出一蓬暗碧光華將其敵住。同時鳩盤婆左手向頭一拍，隨見一個長約半尺與鳩盤婆同樣的小人由頭升起，在一幢尺許大的碧光籠罩之下懸在頭上。意似戒備，並未出鬥。

雙方都是魔教中的高明人物，互知深淺，為防兩敗，所煉神魔均未使用，各憑本身功力拼鬥，看去反沒有先前火熾。老人身形已幻化為二，一個去與溫、裴二仙相鬥，一個去與仇敵互用魔火邪煙噴射，相持不下。老人分身應敵，那鳩盤婆也是絲毫不敢鬆懈。魔光火焰對面衝射，互相時進時退，急切之間也看不出誰占上風。

正相持間，老人猛聽群魔厲嘯之聲，同時瞥見魔女鐵姝同了幾個赤身魔女忽然現身。另有八個粉妝玉琢女嬰，電也似急，齊朝身後神魔撲去！兩下一撞，十二魔頭立時縮成拳大，被那八個女嬰和魔女各抱了騰空便起！老人一時疏忽，竟被鐵姝用「九子母天魔」冷不防將他所煉神魔乘隙盜去。老人一著急，不願再與敵人爭鬥，立縱魔光追去。

鳩盤婆早有準備，元神電一般急飛而起，只一閃便到了老人前面攔住去路。兩下撞在一起鬥將起來。就在這微一停頓之間，鐵姝已帶了神魔長嘯一聲，化為一溜煙往空射去。猛瞥見一片金霞，光牆也似橫亙天半，攔阻去路。鐵姝素性恃強，見狀大怒，左臂一揚，三把金刀剛剛飛將出去，忽聽滿山梵唱之聲。同時接到師父鳩盤婆的警號，令其放下神魔速逃！百忙中定睛四顧，梵唱之聲與平常和尚念經差不多，阻路金霞雖然神妙，憑自己的法力並非不能抵敵，何故如此膽怯？

鐵姝心中暗自奇怪，鳩盤婆原身本在黑煙籠護之下凌空而立，元神正與屍毗老人主魔相持，發完速退警號，碧光一閃，連元神一起不見！屍毗老人立時回頭追來。又聽乃師在歸途上連發傳音警號，催令速回。同行魔女已然奉命先逃，天空路斷，非由地底逃走不可！心念一動，立即往下飛逃。雙方動作俱都極快，鐵姝剛剛飛出不遠，猛見一道經天白虹，中雜無量亮若銀電的毫光，自對面飛射過來。鐵姝猛覺冷氣寒光從頭下照，全身立被裹住，知道不妙，忙用金刀自斷一節手指，化為一溜血焰穿地逃去。

那道銀光正是余媧所發，因自先前敗退以後正在切齒痛恨，忽見鳩盤婆隱形遁走，老人隨後追去，忙把玉盂中寶光發出。本心是想乘機下手將那十二神魔除去，見老人追來，又射向老人，老人方要施展魔法，白光忽然一閃收去，猛覺心靈上起了警兆，回頭一看，魔宮上面忽現六座數十丈高大的旗門，整座神劍峰魔宮已被金光祥霞佈滿，仙雲遍地，瑞靄飄空，照得大千世界齊幻霞輝。

內中湧著六座旗門，約有三五十丈高下，在祥光彩霧之中時隱時現，那十二神魔已被困入旗門之內，閃得一閃便即無蹤。同時心靈大震，才知敵人暗中設有六合旗門，神魔已為所毀。老人急怒交加之下，意欲施展「大小諸天、十地陰雷」與敵拼命，更不尋思，飛身便往旗門之中衝去。

這時余媧已被「白髮龍女」崔五姑趕往婉勸，說道：「此人煉就『阿修羅不死身法』，只能化使歸善，除他極難，他必情急拼命，施展『諸天十地如意陰雷』，這座神劍峰方圓千里之內不論人物齊化劫灰。道友暫時請作壁旁觀，容貧道等代勞除魔如何！」

余媧一聽老人竟不惜損耗三數百年的功力，為此兩敗俱傷之計。知道這類「秘魔陰雷」比軒轅老怪、九烈神君所煉不同，以本身真氣助長兇焰，威力至大，不可思議。方圓千里死圈之內仙凡所不能擋！溫、裴二仙也在示意相勸，只得帶了眾門人一同飛去。

老人飛到陣前，祥光一閃，人便陷入陣內。金光祥霞宛如泰山壓頂，怒濤飛湧，上下四外一起擁來。怒極之下，忙即施展魔法，將全身縮成一團碧光，他這裡剛剛準備停當，快要發難，忽聽先前梵唱之聲越來越近，四山應和，也不知人數多少！

老人原是復仇心盛，拼卻斷送數百年苦功，將在場敵人連那旗門一齊震碎，「陰雷」爆發時，本身元神為了加長威力，本應隨同雷火震散。不知怎的在眨眼之間猛覺得身子一緊，面前一條暗綠色的鬼影閃得一閃便即自行震散，化為一蓬碧光黑煙四散消滅！同時霞光耀眼，身外一緊，全身均被金光祥霞裹住，知道護身陰魔已被敵人消滅。

老人心中方自一凜，忽聽對面有人大喝道：「你那附身多年的陰魔已被我們除去，齊道友和靈嶠諸仙委曲求全，特將尊勝、天蒙、白眉三位老禪師求請到此，用極大佛法為你化解惡孽，還不就此皈依，等待何時！」

老人抬頭一看，先前雲幄中的長幼敵人正分立在對面廣場之上。

「神駝」乙休同了靈雲、孫南也在其內。面前一個破蒲團上坐定一個身材矮瘦、面黑如漆的中年枯僧，身上一件百衲衣已將枯朽，東掛一片、西搭一片，露出鐵也似的精皮瘦骨，左手掐一訣印，右手拊膝，安穩合目坐在對面，態甚莊嚴。

空中各立著一個神僧，正是以前嚮往的天蒙、白眉二老。同時身上一輕，再看仙陣已收，祥霞齊隱，只剩梵唱之聲蕩漾空山，琅琅盈耳。同時又發現愛女門人已全跪下，正向蒲團上枯僧膜拜頂禮。知是初學道時受自己魔法禁制，後來苦搜不見，也就不再理會的那個想要度化自己的和尚！當時醒悟，元神復體，走向蒲團前面頂禮下拜，口說：「弟子愧負師恩，不敢多言，望祈佛法慈悲，恩賜皈依！」

祝罷一看，一個破蒲團在地，想是千年舊物，質已腐朽，當中現出一圈打坐的痕跡，已快深陷到底。心方驚疑，忽然身後說道：「徒兒，我在這裡，你向何處皈依？」忙即回頭一看，尊勝禪師端坐，天蒙、白眉二老揚手一片金霞照下，禪師頭上隨現出一圈佛光，身已涅槃化去，有三粒青熒熒的舍利子飛起。老人立時大喜下拜，更不說話，向破蒲團上坐定。一陣旃檀香風吹過，滿天花雨繽紛，祥霞閃處，三神僧連老人和所坐青蓮團一齊不見，四山梵唱之聲頓寂，魔宮人眾也都悲泣起來。

乙休笑道：「你們先前已得神僧點化，你們師父此去便成正果，有甚傷心？各照禪師和我所說自投明路去罷！」

眾人俱都收淚應命，只有田琪、田瑤慨然說道：「家師現往師祖昔年打坐之處，尚須三年始正成果。弟子等感念師恩，在家師未證果以前實不捨離開，何況鳩盤婆師徒深仇大恨，早晚必來侵害，望乞各位真人仙師恩准弟子將魔宮封閉以後，去往家師洞前守護三年，略報深恩。」

乙休、凌渾同聲笑道：「你兄弟二人志行可嘉，令師魔孽甚重，我們索性成全你罷。」

凌渾首喚老伴：「將『雷澤神沙』取點出來！」隨說早由崔五姑「七寶紫晶瓶」內倒了一十二粒綠豆大小的紅珠，傳以用法，賜與田氏兄弟。

乙休隨向眾人道：「這次將屍毗老人度化，並代尊勝禪師、麗山七老居士了卻千年心願，同歸正果，實是快意之事。」

眾人之中倒有一大半人，不知將屍毗老人度化的尊勝禪師和麗山七老是何來歷，眾小輩更是不明，紛向乙休詢問。乙休說起他們來歷，原來屍毗老人原是藏族人，初得道時遇見一位高僧，便是那尊勝禪師，想將屍毗老人度化。不料道淺魔高，雖然老人不肯傷他，仍被魔法所困，受盡苦痛，禪師不稍畏縮，並發誓願，如不將此魔頭度化，絕不離去塵世！老人神通本大，又因禪師欲以虔心毅力感化，施展「金剛天龍禪唱」，經魚之聲日夜不斷！始而因對方純是好意，又為至誠所感，雖然不願歸入佛門，但也不忍殺害，後嫌梵唱之聲老是縈繞耳際，無時休息，不由激怒，便施展「大阿修羅法」將禪師封禁在高麗貢山一座巖洞之中。

老人將禪師禁閉之後，笑道：「我本不想傷你，是你惹厭，我今將你禁閉在此，只知悔過服輸，將我洞口所留鐵牌翻轉，立可脫身無事。否則這裡夏有酷熱，冬有奇寒，夜裡陰風刺骨，日間瘴毒蒸騰，還有毒蛇猛獸，你禪功雖高，無甚法力，如何禁受！死活在你自己！」

禪師笑道：「我已對你發下誓願，如不將你親身度化，甘墮地獄，否則我門下七弟子均具佛道兩家降魔法力，焉知不是你的對手！」

高麗貢山本有七名無名散仙隱居在內，法力甚高，新近才被禪師度化，起初也和老人一樣不肯皈依，並將禪師擒去用法力禁制，受諸苦痛，禪師始終堅持不受搖動，七老終於悔悟感動，決計歸入佛門。

發現禪師被老人擒去，大怒趕來，見面便要動手，被禪師攔阻笑道：「你們既然皈依，如何又犯嗔戒？你們各自回去，禮佛虔修，只等度化了這孽障，便是我師徒功行圓滿之時！」說時老人已先狂笑而去。

時經數百年，老人始終未得所留法牌的感應。有一次行法推算，得知門下七居士每隔一百二十年必往送一蒲團。直到三百年前，忽然改變心志欲歸佛門，想起前事，覺著禪師志行堅苦，大是可敬，心生悔恨，忙即趕去。哪知踏遍全山都找不到那所在，也推算不出一點因由。

老人生性強傲，也不再去找。佛門種一因便有一果，尊勝禪師既已發下誓願，此事不了，不能飛升，終於在屍毗老人千鈞一髮之際，和白眉、天蒙兩老一起趕到。屍毗老人畢竟得道千年，陰魔一去，心靈空明，洞悉前因後果，立時皈依，了卻了這件大事。

眾人聽乙休說起經過，都讚嘆佛法微妙，當時長幼各輩仙人，分頭離去。金蟬、石生、朱文帶了石完、錢萊一路，到半路上，李洪因奉乙休之命要去見麗山七老，與各人分手自去。餘人繼續向前飛，忽見一個山谷之上，密雲無風自收，眾人好奇，一起向山谷中飛投下去。

才一入谷，便聽谷盡頭有一女子口音微帶愁苦說道：「貧道接引諸位到此，並無惡意，貧道俞巒，乃幻波池『聖姑』伽因昔年好友，與現已轉世改名『易靜』的白幽女全是至交，請到谷底一談，幸勿見疑如何？」

三人聽那語聲十分嬌柔，口氣不惡，又是聖姑和易靜前生之友，聞言好生歡喜。朱文首道：「我們無知冒犯，道友幸勿見怪！」

各人循聲向前走去，只見一個道姑駕一道紅光飛來。縞衣如雪，霞帔霓裳，人本絕豔，遁光又是紅色，互相映照，越顯得朱顏玉貌，儀態萬方。

第八回

群邪奪寶　天心雙環

道姑剛一飛到便急喊道：「地底乃是火口，本早爆發，被先師在此勉強鎮壓了二百餘年，眼看制不住，火山仍要爆發，請快隨我走罷！」

眾人飛起空中，已見火口濃煙直噴，聲勢十分猛惡，晃眼整座山谷已煙光迷漫，耳聽道姑大喝：「留神妖物遁走！」話未說完，忽見下面連聲「嘶嘶」怒嘯，緊跟著天崩地裂一聲大震，整座山谷連地皮突然爆裂崩塌，無數大小山石向空激射。又聽錢萊、石完同聲大喝，先是一股十來丈粗細的烈火濃煙，由火穴裂口沖霄而起，那聲勢之猛烈從來少見！

同時，火頭上飛起一個猴形怪物，周身通紅如血，頭和前後心約有數十隻怪眼，金光閃閃，奇亮如電。直似一條血影帶著一蓬金星，破空直上！火頭隨著向上高起，勢極猛惡，神速無比！緊跟著火裡又衝出一幢冷熒熒的碧光，中裹兩人，正是錢萊、石完。一個手持「千葉神雷沖」，寶光電射，飆輪電旋，朝怪物追去。一個手指墨綠色的劍光隨同夾攻，又將「靈石神雷」向上亂打，霹靂之聲連同「轟轟發發」的風火之聲，震得山搖地撼。

怪物似已受傷，左膀已斷，但那火勢隨同怪物起處晃眼升高百餘丈，當時滿天通紅。三人又聽道姑急喊：「千萬莫放火妖逃走！」各將飛劍、法寶、「太乙神雷」一起施威。那怪物猛朝朱文撲去，朱文「天遁鏡」首先迎面照去。金、石二人也自發動，各把「太乙神雷」連珠發出，滿天金光雷火齊朝前面打到。怪物好容易衝出寶鏡光霞之外，滿天雷火又連珠打到，將頭一擫，負傷逃走。

下面道姑本在法寶防身之下準備封閉火口，一見怪物不往上走，只往橫裡飛去，知道所過之處不論山石林木齊成焦炭，城鎮森林盡化劫灰，不顧下面火穴，跟蹤追去。怪物雖然連受重傷，飛行起來仍和電一般快，所過之處下面林木立即著火。

眾人見勢不佳，忙催遁光朝前急追。那怪物與火相連，始終不曾離開火頭，後半雖被禁法隔斷，但它本身能夠發火，火勢越來越盛。前後數十點金星，帶著一條火龍，橫空亂雲而渡，不論大小雲層，挨近便成了紅霞。下面是隨著怪物所過之處，先起了一條火衖，再往兩旁燃燒過去。

眾人雖然飛遁神速，轉眼追近，但火勢猛烈，怪物飛行又快，忽聽怪物轟轟連聲厲吼中，前面忽有破空之聲，一道青虹迎面飛來。怪物一聲怒吼，迎面衝來。金蟬、石生遠遠望見青光眼熟，只見青光中飛起一道斧形碧光，一出便自暴長，朝怪物當頭劈下。怪物躲避不及，一聲慘嗥，劈成兩半。兩半邊怪身剛往起一合，又有一團酒杯大的暗碧光華由青光中發出，隨聽來人大呼：「諸位道友勿發『太乙神雷』，待我除此火妖！」

聲才入耳，碧光已自爆散，化為千萬點鬼火一樣的碧螢，約有數十百丈大一片，暴雨也似一下便將怪物裹住，那麼強烈的火，吃碧螢裹住，登時消滅，只剩兩半邊紅影在螢網星雨中左衝右突，轉眼由急而緩，紅影變黑，螢光忽收，空中落下兩片尺許長的黑影，吃先前斧形碧光往下一壓，立成粉碎，斧光也自收去。來人現身，乃是金、石等人曾經見過的黎女雲九姑，她的法寶「碧靈斧」與「陰磷神火珠」，正是火怪的剋星。

火怪一死，眾人施法救熄了大火，和俞仙子、雲九姑一起同赴峨嵋開府之後，金蟬等人暫居的洞府金石峽而去。石生所收的弟子韋蛟一直在谷中石洞留守，一見各人飛來，大喜奔出，高呼：「師父、師伯，古仙人留藏的奇珍出現了！」

金、石二人在谷中停居之際，便覺寶光隱隱，谷中似有異寶，此際一聽韋蛟這樣說，忙同跟進去一看，俞巒當先飛進，眾人跟入，便見前面俞巒手指一片紅光，正以全力施為。內裡金霞紫焰，亂飛亂閃，還有兩道形如龍蛇雲水的奇光，帶著風火雷聲在裡面往來衝突。

三人忙指寶光衝上前去，忽聽霹靂一聲，前面三團其大如碗的紫色火焰，後追一道龍形銀光，已將那厚約十丈的崖頂衝破，向空激射而起。

朱文一見不妙，「天遁鏡」照將過去，擋了一擋未擋住，僅將裂口封閉，金蟬看見法寶遁走，一著急，放出霹靂劍，身劍合一飛身直上，那條銀光先被「天遁鏡」一照，勢已略緩，金蟬紅紫兩道劍光急追上去，圍著一絞，當時收下。那三朵紫焰已逃走，不知是何法寶，其勢比電還快，晃眼射向高空密雲之中，一閃不見，無法再追。一看所得之寶，乃是一根龍形玉尺，剛往下飛，便聽一片鏗鏘鳴玉之聲響過，眾人歡呼四起，忙即飛落下去一看，錢萊、石完、韋蛟三人各拿著一件法寶。

錢萊拿的是一心形玉環，與枯竹老人前贈專護心神的「天心環」形式一般無二，只是外圈藍色，中現紅光。一是冷氣森森侵人肌髮，一是光氣溫暖照在人身，彷彿兩環一陰一陽可以合璧交用。

金蟬忙將枯竹老人所賜取出一比，不特大小形式相同，更具互相吸引的妙用。知道原是一對，不知怎會分開，陰環被枯竹老人得去，陽環卻被古仙人封閉此洞石穴之內，歷時千百年方始出世，分明定數應為己有，才有這等巧事，不禁大喜！便將兩環分開，陽環遞與朱文道：

「文姊，你我魔宮共同患難，全仗枯竹老仙始得脫險。此寶具有鎮懾心神妙用，帶在身上萬邪不侵，你我每人帶上一環，恰好又是心形，一陰一陽，以後同心努力共修仙業，豈不是好！」

朱文見他喜極忘形，情不自禁，隨口說話，全無顧忌，不禁秀眉一皺，微嗔道：「這多的人，寶只四五件，知道是否為你所有？何況又是錢萊取到，如何隨便送人！」

錢萊忙道：「這幾件法寶弟子用盡心力制不住，後來裂頂破壁相繼逃走，幸虧朱師伯寶鏡一照才全落下。定是師父、師伯與石師叔所有無疑。」

金蟬見朱文玉頰紅生，面含薄慍，想起此寶一陰一陽，又是心形，分贈朱文，隱寓同心之意，當著眾人，難怪臉紅！自知失言，方要開口，石生已含笑走了過來，對朱文道：「此寶名為『天心環』，與枯竹老人所贈本是一對，陽環應為文姊所有，你看這柬帖就知道了。」

金、朱二人已看見石生手裡拿著一張青紈仙柬。石生等三人所持法寶也是三寸圓徑的寶環，非金非玉，上刻古篆和天風海濤、雲雷龍虎之形。各具青、紅、黃三色，精光外映，時幻異彩，是三環合成一套的至寶奇珍。

二人接柬同觀，才知原來當地最初是秦時修士艾真子所闢洞府。後得到一部天府秘笈，道成仙去。飛升以前推算前因後果，特將平日煉魔鎮山的四件仙府奇珍埋藏後洞石室地穴之內，留賜有緣。除已飛走的「兜率火」另有得主外，一名「天心環」，一名「玄陰簡」，一名「三才清寧圈」，並說「天心環」本是一對，當年苦尋陰環下落未得，直至道成前數年，才知此寶為東溟大荒山無終嶺青帝之子所有，將來輾轉與陽環合璧，得寶的人與艾真子有極深淵源。除已飛去的「兜率火」外，下餘三寶均歸持有陰環的人隨意領受，任其轉贈或是自用。柬上附有口訣用法，如乙太清仙法煉上六十四日，威力更大。雖未說出得寶人的姓名與艾真子是何淵源，但歸金蟬所有無疑。

金蟬看完，忙和朱文、石生、錢、石、韋諸弟子一同向空跪下，禮拜通誠，叩謝古仙人的恩意。柬上除了用法之外，並注明只「玄陰簡」是一人用，下餘三寶全可分用。便將那「玄陰簡」轉贈石生，「三才清寧圈」分賜三弟子，錢萊得「天」、石完得「地」、韋蛟得「人」，三弟子拜謝不迭。錢萊等三人自將三才圈分得到手，便去一旁互相傳觀，看出好些妙用，全都喜歡非常。

石完得的是地圈，恰與天賦本能相合，再妙沒有。又經錢萊看出此寶總名「三才清寧圈」，每圈上還有古篆：一名天象、一名地靈、一名物神，各有名稱，越發大喜不已。

金蟬手持仙柬，本打算將古仙人的手澤帶往前洞珍藏，剛出石門走不幾步，柬上字跡忽隱。緊跟著銀光亂竄，如走龍蛇，柬上忽現好些符籙。心方一動，猛覺手中微震，仙柬忽化作一片銀霞，飛向前去，只閃得一閃，一聲雷震，由先前寶穴中爆發。

那數十丈高大的一座小山石室，忽然拔地而起，在一蓬銀光籠罩之下，電也似急，往前山飛去。同時地面上陷落了一片廣約數十畝的大坑，隨著數十股清泉由內湧出，高出地面好幾丈，化為好些水柱，向上噴射不已，轉眼便成了一片湖蕩。

石完見水直往上漲，便喊：「師伯快將水禁住，漫上岸來，滿地皆水，就無趣了。」

朱文也說：「這數十根水柱噴泉，又為此地添一奇景，果然不令上岸才好。」

俞巒笑答：「不會。文妹你看，這位艾仙長法力多高，相隔近兩千年，先機佈置，如此周密，連水道也全留下，真令人敬佩無地呢。」

眾人往所指處一看，原來平湖側面有一缺口，恰與原有廣溪相連。那一帶地勢較高，水順缺口往溪中直瀉，宛如一道兩丈來寬的匹練，銀光閃閃，橫捲而下，水聲浩淼，與那數十根水柱噴濺之聲相應，如奏宮商；又似數十株玉樹瓊林，森列湖心。下面珠飛玉滾，翠浪奔騰；上面靈雨飄空，銀花四射，飛舞而下，端的又好聽又好看，耳目為之一新，仙法神妙，俱都讚佩不置。

因為仙柬之上有「所得各寶需經太清仙法重煉」仙語，是以各人商議結壇煉寶。由金蟬、石生主持，先設下仙法禁制，煉了五十來天，眼看功候時刻已到，金、石二人手掐太清訣朝前一揚，一口真氣噴射出去。一道銀光同了一紅一藍兩團心形寶光首先暴漲，緊跟著「三才圈」天、地、人三環寶光也突然大盛，並還現出風、雲、雷、電、龍、虎、人物、五行、仙遁各種形影妙用。當時毫光萬道，霞影千里，照得整座金石峽到處奇輝眩目，精芒電耀，五光十色，交織燦爛，照眼生輝，不可逼視。

朱文等在壇外守護，見寶光外射，正在小心戒備，唯恐有人來奪。忽聽南方破空之聲洪烈異常，從所未聞。心驚側顧，一片紅雲帶著千萬點火星，正由遙天空際急駛而來。想不到寶光剛一外映，敵人便來得如此快法。猛又聽西北、西南兩方異聲大作，鬼哭啾啾，宛如狂潮怒湧，由遠而近，中雜陰風雷電之聲，由遠而近，鋪天蓋地而來！

雙方來勢均快絕異常，一片紅雲，萬點火星，其急如電，晃眼便到鄰近，剛看出那是南海著名妖仙「翼道人」耿鯤。西南、西北兩方一是唧唧啾啾，鬼語如潮；一是厲聲洪嘯，尖銳刺耳，由極遠處劃空而至，毫不間斷，三起來勢，全都神速猛惡已極。聲才入耳，晃眼已飛近，耿鯤更是當先飛到。

只見一個身材高大，脅生雙翅，各有丈許來寬，由翅尖上射出千萬點火星銀雨的怪人，宛如銀河瀉天，火雨流空，電馳飛來。到了金石峽上空，揚手先是大蓬火雨，挾著風雷之聲往那寶光湧處射下。火星剛一爆炸，下面禁制立被觸動，千百丈方圓一片祥霞突然湧現。

耿鯤上次在南海上空遇見凌雲鳳，欲上前加害，不料弄巧反拙，被中屠宏、李洪等師徒飛來，結果一粒內丹被古神鳩巧計奪去。如非長於玄功變化，命都難保！這次路過，發現寶光上升，認出是前古奇珍，想來揀便宜，及至發妖火試探，將禁法觸動，才知下面有人煉寶，所用禁制正是峨嵋仙法，不由又急又怒。知道禁制神妙，暫攻不破，飛身而起，忽聽異聲鄰近！

耿鯤一轉頭，那由西北方來的大片綠雲，已擁著好些惡鬼頭的影子，都是白骨猙獰，奇形怪狀，面如死灰，利齒森列，一雙豆大凶睛，碧光閃閃，一路浮沉翻滾，鋪天蓋地而來。身後三個身材高瘦，貌相猙獰，裸臂赤足，手持一個上畫人頭白骨錘的妖人，也自飛近。想是看出下有禁網，一到把手一揮，那千百鬼頭便隨著大片綠雲展布開來，將整座金石峽一齊籠罩在內。立時異聲大作，如泣如訴，鬼語如潮，哭嘯起來。鬼聲淒厲，令人聞之心神皆悸！

這時整座金石峽均有祥霞籠罩，上面再鋪著大片綠雲，中雜無數惡鬼頭時上時下浮沉往來。再上層又有一個脅生雙翅的怪人，帶著大片銀光火星凌空飛翔，上下相映，頓成奇觀。

耿鯤認出那妖人乃是昔年在東海居羅島神尼心如手下慘敗漏網的「天惡真人」談嘻。當時自己也曾在場，因知難而退，不曾動手。但是主持約去與心如鬥法的九烈神君曾為此人引見，有過一面之緣。本來相識，多年未見，不料在此相遇。彼此是熟人，不特視若無睹，並且一到便施殺手，來勢猛急，如非飛升得快，差一點沒被妖雲裹住！尤其那「惡鬼呼魂」的邪法，似連自己也算在內。這類邪法最為陰毒，全由行法人心靈主持，照此形勢，分明又貪又狠，竟想冷不防陰謀暗算，連自己元神也攝了去！

耿鯤本來性如烈火，見對方這等凶橫，立被激怒，怒喝一聲：「談道友，認得我麼？」談嘻陰沉沉獰笑了一聲，更不發話，把手一指，立有數十百個惡鬼頭各帶著一股綠氣，一窩蜂由下面飛起，哭喊著「耿鯤來呀」的鬼嘯飛湧上來。

耿鯤見對方竟施毒手，不由怒火上撞，怒嘯一聲，身形一晃，真身立隱。用一根長翎化成一個替身迎上前去，與惡鬼頭鬥在一起，本身一面施展隨身法寶，一面朝談嘻隱形撲去。

耿鯤練就獨門玄功，擅長隱形飛遁，長翎化身照樣能顯神通，發出大片火星銀雨，閃變神速，敵人決難看出。

談嘻原因居羅島一敗，逃回陰山妖窟以後，因所煉三屍元神被心如神尼以及屠龍師徒二人連斬其二，心膽皆寒，隱藏了一個多甲子不敢出頭。後將妖書《陰魂秘籙》煉成，自恃邪法，重又驕狂起來，耿鯤隱遁變化時，竟未發現，見由下面分出來的百餘個鬼頭擁上前去，耿鯤已在數十丈碧雲邪氣包圍之中，不能衝出重圍。但是惡鬼呼魂，連聲哭嘯，心神又似未受搖動。心方奇怪，綠雲中的千百個惡鬼頭忽然同聲慘號，滿空火星銀雨飛射中，全數炸成粉碎。

原來耿鯤身上翎毛根根俱有妙用，把身一抖，立似暴雨一般朝眾惡鬼飛去，乘其張口哭喊之際投入口內，然後化為火星爆發。那經過數十年苦煉而成的妖雲惡鬼立被炸成粉碎。當時心神大震，元氣也受好些損耗。方自激怒，猛又瞥見空中鬼頭同樣消滅，敵人化作一道三丈來長亮若銀電的火光，對面射將過來。

正忙行法抵禦間，忽然腦後風生，耳聽頭上有人大喝：「無知妖孽，教你知我耿鯤厲害！」同時眼前一亮，耿鯤兩翅橫張，腳上頭下，翅尖上火星銀雨密如飛蝗，已自凌空下擊！

談嘻如非應變尚快，邪法一破，先飛起一片綠雲將身護住，早已不保。就這樣，仍是受傷不輕，附身邪氣差一點沒被震散！不由一聲怒吼，化作一道暗綠光華破空便逃。耿鯤性烈心凶，又知如不就此除去，將來又是強敵後患。索性一不做，二不休，狂追上去。

談嘻因對頭追迫太緊，正自心慌忙亂，猛聽一聲厲嘯，由斜刺裡飛來一片黑光將二人隔斷。同時上空也是黑色光網佈滿，天幕一般飛壓下來。二妖人看出那是千萬年前海底陰煞之氣祭煉的「七煞黑眚絲」，知道被來人制了先機，急切間無法與抗，只得隨同飛墮，想往橫裡飛去，避開來勢再與對敵。誰知來人準備嚴密，未容旁遁，滿空黑絲已朝四邊飛降，其勢比電還快。

這一來連人帶金石峽一帶全被罩住。二妖人驚急之下，正自戒備，怪聲已自空飛墮，落下一個形如鬼怪的妖人。定睛一看，來人高只四尺，瘦骨嶙峋，其形如猴，通身漆黑，被一片薄如蟬翼的黑色妖光緊裹身上，好似未穿衣服，一到便嘻著一張闊口笑道：「敵人一個未見，自家人打些什麼？如肯聽勸，便請旁觀，由我一人下手，得到以後，我只要這兩件心形法寶，下餘四件由你二人平分，豈不是好！你們真要火拼，便請一旁鬥去，免誤我事，還教敵人笑話！」

這妖人一現身，耿鯤和談嘻便認出是被極樂真人禁閉在澎湖島海心礁二百多年的「惡鬼子」仇魄。知道此人有名的笑面虎，素來一意孤行，遇事專斷，開頭總是一張笑臉，稍有違忤，立遭毒手，端的兇橫已極，生平只敗在長眉真人與極樂真人手下兩次！

耿鯤心中雖怒，卻不發作，也不甘就此示怯，冷笑一聲答道：「道友解圍雖是好意，無如我生平不願無功受祿。」

談嘻也道：「法寶各憑法力，誰取得便算誰的！」

仇魄冷笑道：「你兩個都要動手麼？既不願坐享現成，請各自便。如再火拼，卻休怪我不講情面！」說罷，人影一晃，連滿空妖網一齊失蹤。

耿鯤天生神目，竟未看出去向，才知對方果然名不虛傳。看這情勢，也許另有通行之法，或用地遁入內。耿鯤固然志在報仇，那幾件法寶也頗重要，如被捷足先登，豈不可惜！不禁又驚又急，也不再理談嘻，大喝：

「峨嵋鼠輩，速出納命！」連喊兩聲無人答應，重又飛起，兩翼一振，翅尖上火雨銀星立似暴雨一般，朝對面彩光層中射去。

談嘻看出耿鯤施展全力向前猛攻，唯恐落後，也由囊中取出一件上畫鬼頭，大約尺許的鐵盾。將手一晃，鬼頭七竅中，便射出七股綠光，噴泉火花一般由側猛衝。二人一左一右各自施為，那五彩祥霞，將金石峽籠罩了一個風雨不透，二妖人連攻打了二日，仇魄始終未見。

耿鯤情急，見火星打到祥霞之上紛紛爆炸，枉自激射千層霞影，電旋星飛，一毫也攻不進，打了多時，仍是原樣未動。一時性急，咬牙切齒，把心一橫，拼捨一根救命長翎。左翼一抖，立有一道紅光朱虹電射，朝對面祥霞中衝去。到了祥霞外層，突然爆炸，驚天動地一聲大震，祥霞果被衝散一個洞，眼看光雲飛湧，快要合攏，耿鯤更不怠慢，將身一閃，通身齊發烈火，銀芒四射，電一般急跟蹤往裡衝去。

這一來果然衝進重圍到了峽內。落地一看，身外祥霞已然合攏，面前人影一閃即隱，耳聽仇魄哈哈大笑道：「你果然還有一點門道，等將法寶取得，決不令你空手回去！」聽到末句，聲音似已入地。才知仇魄竟是隱藏身後，等自己衝破外層堅陣，立即跟蹤飛入，自己毀了一根珍如性命的長翎，卻被對方撿了現成！

隨著仇魄笑聲，一片黑光突然向上飛起，只聽「波」的一聲，那籠罩峽上的祥霞立被震破，一閃不見，黑光也自隱去。朝前一看，當地是大片平地，法壇設在前面，大只三丈，被一幢金光似一口大鐘將壇罩住。前面不遠是一玉石牌坊，料知坊下必有埋伏，正待前進，忽見談嘻手持妖盾，自空飛墮，朝法壇撲去。

九姑先見一下來了三個強敵，本就驚惶。後見太清禁制神妙，到第二日尚無一人攻進，心方略定。不料敵人已破禁而入，援兵不到，更加愁急。這等厲害強敵，憑自己姊弟和俞巒所留的兩件法寶及禁制埋伏，決非敵手。哪知壇上金、石諸人已早有人指教，所煉法寶關係太重，非得煉完，不能鬆懈。九姑姊弟不知底細，如何不急。

正在愁慮，紅光已被談嘻「陰雷」衝盪，相形見絀。耿鯤又噴出三團連環銀光。兩人知道此寶乃耿鯤用數百年苦功，聚斂月魄寒精煉成，昔年與恩師黎母鬥法，曾經見過，剛一出現，便被人勸住，不曾發揮威力。

嗣後聽說此寶威力大得驚人，一經爆炸，方圓數百里內山崩地陷，奇冷無比，所有生物全數毀滅，不震成粉碎，也都凍成堅冰，休想活命。照著昔年所聞，即便金、石諸人能耐奇冷，自己決不能當。這麼好一片仙山靈境，也必化為死域。

越想越發心驚膽寒，只得硬著頭皮，強笑答道：「耿道友，我知你『九天寒魄珠』的厲害，但是此寶一發，要傷無數生靈，這裡諸位道友與你無仇無怨，何苦造此大孽？徒傷生靈，於事無補，你還討不了好去。」

耿鯤大怒，喝道：「賤婢，你敢出言頂撞？峨嵋師徒老少皆我仇敵，只要肯獻出法寶，跪下納命，聽我處死，還可保得元神去轉輪迴，免傷這幾百里內的生靈。」

正在此際，忽然耳聽空中有人說道：「大哥，你看這扁毛畜生和那妖孽多狂！」話剛說完，猛瞥見一片銀光，擁著一個形實如初生嬰孩小人，突然出現。那小人高還不到二尺，頭綰抓髻，短髮斜披，穿著一身粉紅色的短衣短褲，赤足芒鞋，兩肩後各插著一枝金光閃閃的寶劍，長才八、九寸，貌相甚是英俊，身材雖似初生數月的童嬰，但是神情老練，動作如電。

同時又瞥見一道數十百丈金霞，連同一道形如火龍的紅光，後面有一粉面朱唇，與前面嬰童差不多的道裝小人隨同自空飛墮，耳聽談嘻慘叫一聲，百忙中也未看清，這原是瞬息間事，就這轉身一瞥之間，兩口金劍迎面飛來，看去長才七、八寸，與尋常劍光不大相同，直似兩口小劍對面射來，但是劍鋒精光奇亮，來勢又快，突然出現，一任精通玄功，驟不及防，連轉念功夫都不容！

耿鯤微一疏忽，劍已由火星銀雨中穿進。猛覺奇熱如焚，知道不妙，慌不迭再用玄功變化飛遁，已自無及。總算功力尚高，飛遁得快，未將兩翅齊根斬斷。內中一劍穿翅而過，另一劍又將長翎斬斷了三根，差一點便非全數斬斷不可！大驚之下，立時飛遁，小人隨後追去。

那一面，另一道裝小人發出數十百丈金霞，連同一道火龍自空中飛射下來，談嘻驟不及防，先吃金霞罩住，火龍飛到環身一繞，立時煙消火散，連人帶「陰雷」一起消滅。道裝小人揚手又飛起一團銀光，出時甚快，晃眼加大，到了空中，宛如一輪初生明月，約有丈許方圓，懸向空際徐徐轉動。光並不強，但是銀霞閃爍，寒輝四射，照得山石林木全變成了銀色。緊跟著，光中現出一條黑影，正是妖人「惡鬼子」仇魄，看光中所現景象，似由地底剛剛衝出想要逃遁神氣。

那來的兩個小人，先將耿鯤重創的，是拜在韓仙子手下的玄兒；道裝小人，是被極樂真人收去的健兒，已改名李健，此來本是奉極樂真人之命而來，專對付「惡鬼子」仇魄，那幢銀光便是專破隱形至寶。仇魄也是惡性太凶，明見耿鯤受傷不見回轉，談嘻元神也未保住，仍不想逃走，李健一見妖人隱形已破，忙把手中寶鏡一揚，百丈金霞帶著連珠霹靂朝前射去。仇魄一雙鬼爪，發出大蓬「黑眚絲」，猛見金霞電射照向身上，數十百丈金光雷火同時打到，知道不妙，想逃已自無及！

連珠霹靂紛紛爆炸中，雖仗邪法防身，沒有當時炸死，身已重傷，元氣也被震散了不少。寶鏡、金霞具有極大吸力，將身裹緊，難於逃脫，「太乙神雷」又連珠打到，如何禁受得住！驚慌情急中，咬牙切齒，把心一橫，一面施展全力抵禦，一面運用邪法，身外化身，保了元神遁走。

李健因向道堅誠，深得極樂真人鍾愛，用功又勤，近來法力越高。見仇魄已被鏡光困住，以為絕逃不掉，手指神雷朝前猛擊，忘了另用法寶防備。正在得意，忽見一片黑光似花炮一般爆散，妖人全身震成粉碎，只當形神已滅，就這麼微一疏神之際，三縷黑煙突由雷火煙光中激射而出，轉眼之間，那黑煙已化成三條黑影，和妖人一般形相，晃眼合而為一，黑影也由淡而濃，與人無異，厲嘯一聲向空逃去，李健一見妖魂逃走，好生惶急，飛身便追。

妖孽恨毒已深，便李健不追，也想一試毒手。回顧仇敵追來，正合心意，揚手正是大蓬「黑眚絲」似暴雨一般打來。

李健想不到妖人已死，元神尚具神通，一見滿天黑絲飛來，慌不迭飛身往上遁避，一面用鏡光去照，妖絲被鏡光照散。妖魂原想驟出不意加以暗算，一見鏡光射出，知難如願，立時乘機遁走。

李健見妖魂逃遠，方悔追時疏忽，忽見遙天空際突然現出一片紅霞，長城也似橫亙天半，正擋妖魂逃路。

妖魂吃紅霞一擋，凍蠅鑽窗般上下左右連閃了幾閃，不論逃向何方均被紅霞擋住，晃眼便向金石峽原路上空逼來。

妖魂周身妖光、「黑眚絲」爆射如雨，李健見狀知有前輩仙人相助，忽聽空中一聲雷震，當空突又現出大小六十四面雲旗，妖魂投入雲旗陣中，紅霞立似電一般捲到，圍向雲陣之外。這時晴空萬里，碧霄之中突現出數十片祥雲，各擁著一面靈旗，凌空招展，本就仙雲如焰，瑞靄浮空，光景奇麗。再吃那經天紅霞圍擁上去，映得滿天空齊幻異彩，好看已極。

李健立時停在半空，只見紅雲裏上去，妖魂轉眼之間由濃而淡，消滅不見。隨見朱文現身，一招手，滿空雲旗盡收，依然晴空萬里。李健曾見過朱文，忙上前參見，說明來意。朱文勉慰幾句，回頭看去，只見壇上所懸六件法寶，寶氣精光忽全斂去，各懸向金、石諸人面前，漸復原質。知道大功告成，俱各欣喜。

轉眼之間，神光忽隱，禁制齊撤，那法寶共是三種六件，已由金、石等六人收下，持在手內傳觀，互相慶賀，李健向眾人分別禮見。

眾人正在說笑，忽聽石生道：「大家快莫說話，聽這是什麼？」

眾人側耳一聽，原來是一種極淫豔的樂歌之聲，起自地底。

女仙俞巒首先面上變色，道：「大家小心！」各人只覺樂音傳來，心神搖搖，神魂欲飛，忙各鎮定心神，一起向俞巒望去。

俞巒神色凝重，道：「這樂音是魔教中有名的迷魂大法，擅此者只有屍毗老人的師弟金神君，莫非他潛伏在此處附近，見到寶光，也想來奪取麼？若能趁機除去，也算是為世除害！」俞巒說著，隨即行去，手掐靈訣，面前不遠立現出一座法壇和眾人幻影，有幾個已先昏倒壇上，剩下三兩人也自作出昏昏欲睡情景。

俞巒又對眾人說道：「我已佈置停當，這廝魔法雖然不如屍毗老人，也是魔教中殘留的有名人物。素來行事謹慎，休看魔法發動，還有一會才行出現，照我這樣作法，便他另有同黨飛空來探，也看不出我們真相。諸位自作準備，等我把手一舉，一起發難，便不怕他跑上天去！」

眾人聽那地底樂聲時遠時近，久等不來，方自不耐，樂聲忽止。

俞巒笑道：「這廝真個狡猾，行法已久，還不放心，又退了回去，也許命同黨飛空來看，大家最好照我手勢行事，免被漏網。」

石完忽道：「我和錢師兄先往地底埋伏斷他歸路可好？」

俞巒笑道：「去得，只是事要隱秘神速。」

二人領命往地底隱形遁去，耳聽破空之聲，兩道青光忽由峽口飛來，到了法壇面前凌空停住，現出兩個道裝男女。

金、石、朱認出來人正是崑崙門下被逐出門的女仙陰素棠，男的一個便是陰素棠的情人赤城子。這兩人一到便互打手勢，竟似混水撈魚，就便殺他兩個報仇。陰素棠行事也頗審慎，細看了看，柳眉一豎，揚手一道青光便朝壇上金、石二人的幻影飛去。不料劍光到處，壇上忽起了一片紅霞將壇護住，青光幾被捲落壇內！同時地底樂聲又起，陰素棠也自失驚飛起。

赤城子說道：「我早知道這些小狗男女雖然昏倒，所設禁制埋伏尚未失效，殺他不易，我們走吧！」

赤城子話才出口，忽聽地底有人哈哈笑道：「二位道友何必太謙，這幾件法寶我雖有用，二位道友如若心愛，只管取去，聽便好了！」話未說完，先是「喳」的一聲，壇前不遠裂一地縫，現出一個穿著華麗的中年道裝男子。陰、赤二人看出道人正是魔頭金神君。

陰、赤二人本來也是前輩劍仙，但倒行逆施以來，法力已大不如前，又素知金神君厲害，正在吃驚，猛瞥見各人背後突然現出一個貌相猙獰、其紅如雨的魔鬼影子往身上撲到，一閃即隱。當時打了一個冷戰，知道金神君有名心辣手狠，魔鬼附身，這附骨之疽，如影隨形，何時才可去掉！

陰、赤二人焦急驚駭之際，金神君已冷笑道：「二位不是想揀現成便宜麼？如何還不下手？」

二人知金神君之意，是要他二人去打頭陣，陰魔已然附身，不能不從，但若此時聽命於他，難免一生受制，從此苦不堪言！二人俱是一般心思，互望一眼，猝然發動，不向法壇攻擊，反向金神君攻去！

二人情急拼命，金神君以為神魔附身，已制先機，動念即可制人死命，未曾防備，只見七、八種各色劍光、寶光一齊電掣飛出，內中一件最厲害的法寶本是陰素棠昔年瞞心昧己，由亡友金針聖母洞中巧取偷來，為防人知，改名「泥犁玄陰輪」，又經仙法重煉，恰是降魔至寶，威力絕大。只閃得一閃，耳聽一聲怒吼，一片血光過處，一條人影先自飛起。

同時，又是一聲慘叫，金、石諸人定睛一看，金神君已然斷去一臂，兩腳也被飛劍齊膝斬斷，身受重傷，成了殘廢。在一片比血還紅的火焰環繞之中滿空飛舞。

陰素棠身上魔影已現，仍指飛劍法寶向敵人攻擊。另一面赤城子身受卻是慘極，魔鬼血影突然出現，緊附全身，幾成一體。因受魔制，自將飛劍收回持在手內渾身亂刺，人和瘋子一般，不住哭喊號叫，滿地亂蹦亂滾，不時回手向身上亂刺，晃眼便成了一個血人。

金神君一面厲聲喝罵，一面將手一指，赤城子立即回手一劍斫落半條手臂，化為一股丈許長的血光朝寶光叢中飛去。跟著接連幾劍，殘肢斷體紛紛化為血光飛起，將空中法寶、飛劍一齊敵住。赤城子只剩了半截身子、一條手臂，人在魔鬼血影附持之下，滿地滾跳，哀嗥之聲慘不忍聞。

金神君將空中寶光分別敵住以後停了一停，哈哈狂笑道：「賊淫婦，我將你情人慘殺，餵了神魔，再把你慢慢切割，你先看個榜樣！」

陰素棠知他要下毒手，哭喊一聲，猛撲過去。撲到赤城子身前，一把將人抱起，赤城子還在猛掙不已，忽聽敵人喝罵，跟著胸口一涼。就這心神一分之際，附身神魔，立即施威，周身火熱針刺，奇痛麻癢，同時交作。驚悸亡魂之下大聲哭喊：「我背叛師門，勾結左道，雖死有餘辜，但此邪魔也太慘無人道！我也不望生還，只求諸位道友看在同是三清門下，速即現身，用飛劍賜我一死，並去附身邪魔，為世除害，感謝不盡！」說到末句，人已昏迷。

眾人見此慘狀，早就不忍，因俞鑅注定魔頭，尚未發令，只得隱忍未動，及見陰素棠也為魔所制，金神君飛向二人前面，用魔法殘害，陰素棠滿面流血慘嗥，實在看不下去！內中石生、韋蛟正要動手，忽聽有人接口罵道：「該死魔鬼，如此凶殘，你的惡報到了！」一幢青熒熒的冷光擁著石完、錢萊，突由地底飛出。

金神君手一指，空中的碎血、殘屍化為血焰朝二人飛湧上去。陰素棠口中哀號：「二位道友所用法寶想是枯竹老人所賜，此寶專制邪魔，休要放他逃走！」

石完笑道：「你這女人放心，他逃路已被我用『靈石真火』封閉埋伏，決逃不掉，放心好了！」話未說完，那數十百丈魔火血焰吃錢萊手掐法訣一揚，身外青光突然大盛，二人再聯合一衝，紛紛震散消滅，同時眾人一起現身擁殺上前！

金神君陡見對方一起現身，各指飛劍法寶夾攻而來，認出內中一女仙竟是多年夙仇，心正發慌，一青一紅的心形寶光突在上空出現，晃眼合而為一。內圈先變青、白二色，寶光立時加強百倍，外圈射出紅、藍二色的萬道精芒，日輪也似，比火還熱得多。剛射上身，身外魔光一齊化盡！想要逃遁，全身已被寶光裹住。

俞巒令錢萊將「太乙青靈鎧」照向陰、赤二人身上，那兩條血影立由二人身上躍起，在青光中略一掙扎便自消滅無蹤。陰素棠也是周身傷痕，血流遍體。總算青光收去，魔法全破，抱著赤城子的殘體，滿臉悲愧之容，走向眾人面前下拜說道：「我二人今日也無話可說，可惜回頭已遲，仇人已被諸位困住，我也無力報復。欲求諸位道友成全到底，賜我二人一劍，感恩不盡！」

俞巒道：「昔年我蒙好友伽因贈我幾道護神靈符，現贈你二人兩道，以免此去萬一遇上有力量的妖人為難。我再令石賢侄用他祖父的『靈石劍』送別，免被太白真精之氣所傷如何？」

陰、赤二人聞言感激涕零，俞巒隨命石完將劍放起。一道墨綠光華繞向二人頸間，立有兩道青光擁著二人的元神飛起，朝眾舉手謝別，電也似急往外飛去，只剩兩條殘屍橫倒地上。

這時金神君在「天心環」寶光籠罩之下，慘嗥不已。金、朱二人手指處，心環寶光大盛，裹著魔影一絞，便由濃而淡，聲影齊消。妖魔消滅，法寶煉成，眾人盡皆大喜。

正笑談間，忽見一道青光飛來，落地現出一個少女，年約十五、六歲，生得仙骨仙根，秀麗入骨，又穿著一身雲也似白，非絲非帛的雲裳仙衣，宛如奇花初胎，自然娟秀，美玉明珠，光豔奪目。一見面，便向金、朱、石三人跪拜在地，口稱：「師叔，弟子上官紅拜見。」三人才知少女是易靜愛徒上官紅。情知她忽然來到，必有事故，忙問情由。

原來易靜、癩姑、李英瓊同米、劉、上官紅，神鵰鋼羽、靈猿袁星等師徒諸人，自從煉化豔屍之後，在洞中佈置仙府，修道煉寶，三人功力大進。情分越處越厚。仙山歲月逍遙，法力與建佈置，把幻波池仙府點綴成了玉室瑤宮，比前更多靈景。原有五遁禁制威力已極神妙，三人又悟徹玄機，比起從先威力更大得多。外人休說深入五宮重地，只一進門，不用三人動手，門人、鵰、猿先自警覺，略一伸手便可將人困住。

眾門人之中，上官紅根骨最厚，最得師長憐愛。易靜初次收徒便得到這等美質，期許自不必說。癩姑、英瓊也都對她愛極，全都盡心指點傳授。上官紅奮勉勤修，對眾同門和神鵰始終恭敬謙讓，從不以此自滿。英瓊想起袁星近年功力也頗精進，米、劉二徒限於根骨天賦，比起上官紅雖有遜色，但也都知道向上，從未犯甚過錯，對師也極忠誠。自己末學後進，收到這樣徒弟，也非容易。只是癩姑具有佛道兩家之長，人更誠厚仁俠，三人中獨她一個門人都沒有。

這日三人閒中談起癩姑尚無門人，未免委屈，英瓊又想至交姊妹中，只有余英男親如手足，身世可憐，欲往山外訪看余英男和諸同門，詢問各人近況，並代癩姑物色門人。三人一商議，由英瓊帶了上官紅同行。英瓊行時似見米、劉兩矮怏怏不樂，料是不能隨行所致，忙於起身，也未在意，隨帶上官紅往山外飛去。

遁光迅速，飛到天目山松篁澗。剛要下落，忽見下面飛上一道白光，中一青衣少女見面笑問：「二位道友可是來尋家師的麼？」

二女早看出對方是峨嵋家數，一個名叫楚青琴，乃余英男新收女弟子，見她新學本門劍術已有根基，心中甚喜，便說來意。青琴一聽二女是師父至交，嚮往已久，不禁狂喜，忙請入洞中禮拜。英男因事他出，說要第三日才回。

英瓊、上官紅在青琴招呼之下，等英男回來。到了晚上，正在洞外賞月，西北方遙天空際忽有三點紫色星光遊動，英瓊近來法力大高，已看出那紫光似是無主之物，載沉載浮，在皓月明輝之下互相激撞引逗，時緩進快，迎面飛來，相隔已近。忙用太清仙法設下禁網，並將聖姑留賜的一面寶網拿在手內，準備此寶如係無主之物，便用「分光捉影」之法收下再作計較。

剛佈置好，忽聽側面起了破空之聲，一道暗紫光華電馳飛來，似向前面三朵紫焰追截上去。這時那紫焰相隔英瓊只十來里，空中望去，宛如三朵如意形的燈花，時大時小，舒捲無常，靈焰流輝，精光明豔，好看已極。本來飛不甚快，晃眼便被暗紫遁光追上。

那三朵紫焰剛吃妖光追上，略一接觸，忽然由慢而快，電掣星飛，迎面射到，後追紫光中，一個妖道也自現身。那妖道才一現身，數十道暗綠光華夾著大片陰雲慘霧，狂風鬼嘯之聲急湧而來。英瓊認出是武夷山飛雷洞妖人「七手夜叉」龍飛。

英瓊低喝：「妖光厲害，青琴不可動手，紅兒先代迎敵，我收完三朵紫焰再同除害！」說時遲，那時快，英瓊話剛說完，紫焰朝人直飛，已然自投太清禁制之內，吃太清禁制一擋，光焰突然暴漲，上下亂衝，想要掙逃。英瓊立將身劍合一朝那紫焰圈去，一面施展「分光捉影」之法，一面發出手中寶網，大蓬其亮如電的銀絲朝上網去，三管齊下，自是成功。

紫焰被英瓊接去落在手上，見是三朵形似燈花，若實若虛，溫軟輕浮的寶光，急切間看不出是何質地，知是異寶奇珍，心中大喜！恐其遁走，仍將寶網網住，同放法寶囊內，再看上官紅與妖道交手。

龍飛邪法原高，近年加以苦煉，較前更凶，看出對方劍光強烈，為想生擒敵人，暗使陰謀，先把隨身飛劍放出迎敵，再將一套「子母陰魂劍」化為數十道慘碧妖光，想將對方圍住，稍為沾上邪氣，人也暈倒。哪知凶星照命，上官紅膽大心細，見來勢猛惡，滿空妖雲邪霧，陰風鬼號，早有準備，不等妖光圍攏，玉臂一振，身穿「白雲訶」立化為一幢銀霞將身護住，緊跟著揚手便是一粒「彈月弩」，酒杯大一團寒光出手爆炸，妖雲邪霧也被震散了一大片！

龍飛見狀大怒，正待再下毒手，猛瞥見三朵紫焰已被收去。緊跟著一道紫虹電掣飛來，忽想起敵人這道劍光頗與傳說中的「紫郢劍」相似，心方失驚。

英瓊心靈手快，劍光剛飛出去，緊跟著把新煉成的「青靈髓」和「燧人鑽」一起施為，再將「太乙神雷」連珠打出！當時金光百丈，霞彩千重，雷火瀰空，精虹飛舞，一齊施威。滿空妖雲邪霧固是轉眼消散，龍飛的「九子母陰魂劍」吃紫虹、青霞、火鑽、神雷四外夾攻，立成粉碎！

龍飛嚇得心膽皆寒，忙縱妖光想逃，已自無及！紫虹先自上身，一團六角形的青色奇光又相繼迎頭打下。猛覺周身如墮洪爐，其熱如焚，知道不妙，只得運用邪法將右膀往上一揚，施展「化血分身」，化為一溜紫紅色的妖光，電也似急刺空飛去！

英瓊如何容他逃走，忙喝：「青琴速回守洞！」隨帶上官紅飛身追去。雙方飛遁均快，宛如驚虹渡空，流星趕月，向前急駛。妖道回顧敵人窮追不捨。咬牙切齒，暗中咒罵，正自惶急萬分，忽見前面高山入雲，峰巔雜遝，前途正是越城鎮黃石洞，左道中名人秦雷、李如煙夫婦所居。這兩人邪法甚高，以前本是同道至交，何不假作托庇，引鬼上門，仗他所設「八反風陣」，將敵人煉化報仇？毒念一生，立往黃石洞飛去。

這日秦雷正和乃弟秦遲、妖婦李如煙母女在洞外，看到遁光飛來，先還以為龍飛有甚急事相求，剛起招呼，妖光才一到地，一道紫虹一道白虹跟蹤追到。看出來了兩個女敵人，秦雷之弟秦遲和龍飛交厚，首先揚手一道黑光，放過龍飛迎上前去。英瓊、上官紅追敵時為求迅速，除遁光外，法寶神雷全都備而未用。一見下面現出一條山谷，風景甚好，龍飛正往右崖洞中逃去，已疑對方定是妖邪一流，再見妖黨迎敵，如何能容，法寶、神雷一同發下！紫虹迎著妖光只一絞，立時粉碎。

秦遲見狀大驚，正待施展妖陣，數十百丈金光神雷連同各色寶光飛劍已同時夾攻而來，端的比電還快！未容施為，先吃上官紅一「彈月弩」，將身子炸成粉碎！妖婦李如煙母女更是措手不及，剛驚呼得一聲，想往左側閃避，妖女先被「燧人鑽」一道帶五色火花的紅光穿胸而過，粉身碎骨。妖婦情急欲援，「青靈髓」已當頭壓下，人被青光罩住，當時奇熱，空有一身邪法異寶，一件也未用上，當時慘死！二女劍光神雷再往下一壓一絞，連元神也一起消滅。

英瓊殺完三妖人，一指飛劍法寶，正往洞中攻進，忽聽一聲怒吼，眼前一暗，天日全昏。只見愁雲漠漠，慘霧沉沉，四外陰風颼颼，風雖不大，吹上身來，竟有寒意。雷光寶光照耀之中，四外都是一樣，先前崖洞花樹已全不知去向。知陷妖法之中，雷火寶光雖仍強烈，但只衝不出去。

心正奇怪，忽見上官紅飛近身來，面有寒色，笑問：「師叔可覺冷麼？」一句話把英瓊提醒，暗忖：「自己近來功力大進，休說微風，便是狂飆巨颶，連北極冰洋陷空島奇寒都無奈我何，怎會身上有了寒意？紅兒雖然不如自己，但也曾服『小還丹』和聖姑指名留賜的『毒龍丸』，怎會冷得臉都變色！」

英瓊心中一凛，首將「定珠」放起。那粒「定珠」與心靈相合，煉成第二元神，一運玄功，一團佛家慧光祥霞立自頭上飛起，晃眼加大，竟達畝許方圓，陰寒之氣立止。就這轉眼之間，忽聽八方風動，狂飆怒號，因風聲猛惡，沒想到妖陣已被佛光破去，剛把遁光合在一起，打算衝出陣外再說，猛覺那風並不上身，似往四面吹去，晃眼瞥見天光，當空陰雲也齊化為殘痕敗絮，急如奔馬，隨著狂風往外捲去，一閃不見，天色重轉清明。

二妖人剛由洞前駕了妖光向上飛起，因由「定珠」慧光出現，以至破陣，共總一兩句話的功夫，一見不妙，連忙飛走。英瓊、上官紅銜尾追趕，秦雷飛在前面，猛見一道朱虹迎面飛來，繞身而過，當時形神皆滅。龍飛機警異常，瞥見對面飛來一個少女，手發朱虹，正是持有「南明離火劍」的余英男。

身後又有兩個強敵，不由亡魂皆冒，慌不迭往斜刺裡飛去。英瓊見英男飛來，心中歡喜，略一緩勢，龍飛又被逃走，匆匆不顧說話，一聲招呼，聯合一起，急追下去。

第九回　巧收三小　老怪龍姬

這時龍飛驚魂皆戰，不顧命般朝前飛馳，三女只管窮追，追到了廬山五老峰上空，到了半夜，月照中天，碧空如洗。眼看龍飛在前，已將追近，忽由五老峰上飛起一片暗紅色的妖光，將龍飛接了下去，三女也自飛近。見峰腰磐石上坐著一個奇形怪狀醜胖妖婦。三女來勢神速無比，神雷帶飛劍法寶同時下擊！

當下數十百丈金光電火連同紅、紫、銀三道劍光同時壓到身上，便是天仙也難禁受，當時全成粉碎，連殘魂一齊消滅！

三女方自快意，忽聽身後崖洞中鬼哭之聲，心中奇怪。英瓊湊近前，便聽鬼聲哭喊道：「外面可是李英瓊、余英男二位道友麼？」

英瓊一聽語聲頗熟，只想不起是誰，便問：「你是何人？怎會知我二人名姓？」

隨聽壁中答道：「我二人現為妖法所困，不能脫身，肉體已在日前兵解，不料途遇司空湛門下男女妖徒，將我二人攝來此地，欲與妖婦合謀用我二人生魂祭煉法寶。多虧三位道友將妖婦殺死，彼此原是熟人，我們以前也非無名之輩，此時一敗塗地，無顏自解，只請三位道友念在玄門一派，用貴派『太乙神雷』朝著正面離地三丈的崖壁上打去，再用李道友佛家『定珠』朝殘魂一照，邪法自解，那時再說詳情吧！」

英瓊聽那語聲以前聽過，偏生想他不起，及聽說起人已兵解，正要下手解救，忽聽英男向壁間笑問道：「你二人怎不說名姓，我們知你好人壞人？」

隨又聽壁中女子微微嘆息了一聲說道：「英男賢妹，我的聲音你聽不出來麼？」

英男笑道：「我早聽出你口音，不然我也不問。想當初你雖強迫收我為徒，並非惡意，我雖因心志不投背你逃走，受盡苦處，但我並不恨你，何必藏頭縮尾？」

只聽壁中聲音嘆道：「說來話長，一言難盡，擒我二人的乃是一男一女，均得司空湛真傳，淫兇狠毒，幾無人理，隱形飛遁更神速。仇敵來去如電，說回就回，我不敢再說師徒情分，念在當初我雖強迫拜師，終是好意，請念昔年香火之情，先將我二人放出再談詳情，以免萬一仇敵趕回措手不及！」

英瓊聞言，想起男的正是前在峨嵋強迫自己隨他同行，後在莽蒼山把自己放在古廟內的赤城子，女的是陰素棠。暗忖這兩人以前也是崑崙派有名劍仙，怎會落到這般光景！聞言心腸早軟，笑說：「男妹，他二人既受邪法禁制，必多苦痛，放出再問也是一樣！」

英男剛一點頭，猛瞥見紅影一閃，忽聽驚呼：「二位道友救我！」聲才入耳，離地三丈的崖壁突現一洞，一片粉紅色的妖光裹著陰、赤二人的生魂電也似急飛起！同時紅光中現出男女二妖人，手指一片同色妖光朝三女當頭罩下！李、余二女手中「太乙神雷」正往外發，雙方正好撞上。接連兩聲震天價的大霹靂，雷火金光四下橫飛中，二女兩道飛劍也自出手。

妖人向上斜飛，二女看出陰、赤二人生魂被另一女妖人攝了先飛，惟恐妖人隱形逃走，不易追上，方自作急追去，忽聽上官紅笑說：「妖人決逃不掉，二位師叔放心！」說時一片青霞，中雜無數巨木影子，忽由上下四外突然出現，齊向中心壓到！二妖人已然先後離地飛起數十丈高下。猛覺青霞照眼，看出是「乙木仙遁」，便已入伏！

上官紅正想施展全力，用「乙木神雷」將二妖打死，忽聽英男疾呼：「紅侄且慢，不可傷那生魂！」

上官紅把手一指，青霞連閃幾閃，便將陰、赤二人身外紅雲蕩向一旁消滅，再把手一招，二人生魂便脫出了重圍，向三女面前飛來，口中急呼：「妖邪詭計多端，留神遁走！」

上官紅原本細心，見妖人被困青霞之中，四外神木寶光正在疾飛電旋往上壓去，聞言猛想起：「妖人邪法頗高，怎會身困陣內，毫無抵禦？」

忽又聽英瓊一聲清叱，一道紫虹往上一絞，只聽接連兩聲慘嗥怒吼，兩條紅影突往左側地底穿去！

女的一個稍為落後，吃英男飛劍攔腰一絞，揚手一片金光雷火震成粉碎。男的斬斷雙腳受傷逃去。陰、赤向三女下拜，說起兵解經過。三女覺對方也是前輩劍仙，落得這般光景，又自稱從此悔悟，改邪歸正，越動憐憫。一面還禮，問其意欲如何。

陰素棠淒然答道：「我二人本意想往人間選一積善人家投生，最好求賢師徒深恩成全，助我二人輪劫重生，感恩不盡！」三女俱都心慈，回憶昔年，也頗有知己之感，英瓊首先應諾，英男、上官紅自無話說。

三女帶了陰、赤生魂向前飛去，不多久，忽見前面崖後，立著兩幢紅影，正是先前受傷逃走的妖人同妖女生魂。面前倒著兩個少男少女死屍，正在行法想要借體重生。余英男見男女妖魂已然飛起待撲上去，猛想起陰、赤二人正尋找廬舍，一時心急手快，飛劍神雷一齊發動。二妖已成為驚弓之鳥，劍光雷光一現，立時遁走。

陰、赤二人便對三女道：「這兩人不知是何人，想必也死在妖人之手，借用他的軀殼無妨，但是這類旁門中人道路不同，身上邪氣也還未淨，最好仍請李道友用佛家慧光照一下，我二人便可回生，永拜大恩了！」

英瓊將「定珠」放起，照定死屍頭上，陰、赤二人隨運玄功往上一合，當時復體重生，坐了起來伏地拜倒，三人連忙避謝不迭。一看那兩具肉身，功力甚厚，又是一男一女，俊美非常，佛光照後，不帶一絲邪氣，均代他們歡喜。

陰素棠道：「李道友眉間殺氣甚重，前兩月偶遊黃山，雲路中突遇沙紅燕同了辛凌霄師妹，說起幻波池諸位道友仇深恨重，正在約人前往報復。所約人中內有兩個乃是潛伏東海已二百多年的妖人，妖法甚高，不可不防。以我猜想必在日內往犯，三位道友如無甚事，最好回山待敵，比較穩妥。」

英瓊聽完猛覺心靈上起了一點警兆，忙向二人稱謝辭別，同了英男、上官紅回山。途中英男想起愛徒楚青琴尚在天目山留守，意欲回轉帶了青琴，就此移往幻波池。英瓊便令英男師徒後去，自帶上官紅，先返幻波池。

當地離依還嶺約三千里，二人飛遁神速，不消多時便飛了一天半。天已過了中午，沿途雲白天青，晴空萬里，到處山光如黛，晴空萬里，天風不寒。二人破空急駛，飛得甚高，轉眼已到巫峽上空，遙望前面一山高矗雲外，只要再飛過去三數百里，便到依還嶺對面的寶城山。因飛得高，老遠望見隔山依還嶺上靜悄悄的，不消多時，依還嶺已然在望，二女將遁光降低。

正飛之間，瞥見下面一條白光，銀練也似蜿蜒於山半樹海之中。定睛一看，原來下面乃是一道廣溪，那發源處是一山谷，水由谷中疾駛而來，穿行叢林綠野之間，沿途分成許多支流，再順山勢往前面絕壑中化為大小瀑布飛舞而下。

一時好奇，想看這條溪峽到底多長。方和上官紅同往峽口下降，猛瞥見石口外峽溪岸旁泊著一條梭形的獨木小舟。心想：「這裡山高路險，與世隔絕，怎會有船停泊？」方要開口，上官紅忽將身形隱起，悄說：「師叔你看，那三小孩多好！」

英瓊目光到處，三個幼童年均十二、三歲，正由對岸草樹中飛縱出來，往獨木舟上一縱，各持雙槳，駕舟往溪中如飛駛去，不時回看，面帶驚慌之色。共是兩女一男，內中一女，生相奇醜，身材又極矮胖，最奇的是身上到處浮腫，東一塊、西一塊，墳起寸許高下。

這女童膚色也是紅白紫黑相間，鬧了個五顏六色，更嫌醜怪，下餘二童卻是粉妝玉琢、美秀入骨。三童每人腰背間均插有兩三件奇怪兵器，大都土花斑駁，似新出土不久，刃尖卻有金光外映，一望而知不是常物。三童操舟之術極精，轉眼便穿進峽口。

二女覺著奇怪，本要追去，因三童縱出之處似有光氣上升，知道下面藏有寶物，幼童既往峽中，不怕尋他不到，先未追蹤，趕往樹林中一看。見草地裡倒斷了一株大樹，似是連根拔起，下陷深穴，寶光隱隱，映著晴日，幻為異彩。

英瓊見穴甚深，試行法一招，一圈旁有五孔的金光突然飛起，忙用「分光捉影」之法收下，是一枚上刻五孔和十二元辰的金錢，背面還刻有不少風雲水火符籙，都是密層層疊在上面，雖然不明用法，便已看出是件異寶，不期苟得。心中大喜，再將遁光往下一照，見那地穴深達三丈，離地丈許以下便成六角井形，整齊如削，穴底還有一個陶罐，也用法力收了上來。罐大尺許，形色奇古，通體無口，拿在手上一搖，內有水聲。不知何用，料非常物，便交上官紅收好，穴中已空無所有，重又向峽中追去。

二女飛到谷中，見相隔二里的轉角上獨木舟和幼童影子一閃。等到趕去，就這晃眼之間，連人帶船不見。那地方兩崖上掛著好幾道瀑布，都是白練高懸，由上直下，噴珠濺玉，聲若雷轟，激起水煙溟濛，湧起數十丈寒霧。定睛四顧，前途哪有人舟影跡。方想：「這船怎會隱逃這快？」

忽聽上官紅喊道：「在這裡了！」隨說，便縱遁光往瀑布中穿去，轉眼間已把男女三幼童擒了出來。

三幼童連聲呼罵，叫道：「你們那裏來的？我們三人均有師父，絕不再拜別人為師。如殺我們，又和你們無仇無怨，再說仙人也不饒你，還是放了我們好！」

說時，英瓊已看出這三男女幼童全都根骨深厚，靈秀美慧，竟不在上官紅以下，聞言笑道：「我們絕不傷你，但問你姓名來歷，怎會在此居住，有無師長父母。至於強收你們做徒弟，絕無此事，就算你們肯，我還不一定收呢！」

三童之中，醜女搶道：「姊姊，三弟，等我來說！」隨對英瓊道：「我名竺笙，此是我姊姊竺生，三弟竺聲。三人同胞孿生，因是生相醜怪，身包厚皮，被父母棄往深山之中，為大鳥抓到本山竹林以內，幸遇仙人將怪鳥殺死救下，託一女仙撫養，指竺為姓，名聲相同。到七歲上，我姊姊三弟無意中吃了兩個奇怪草果，過了三日，他二人身上厚皮脫光，只我沒吃那果，如今還是醜怪。救我們的仙人，後來又來過一次，說我們三人各有師父，還說了我們師父的姓名！說我師父模樣和我差不許多，一樣奇醜無比！」

英瓊笑問仙人名姓，醜女答說：「仙人是個手持青竹枝的少年。」

英瓊再問形貌，知是枯竹老仙，不禁心動，便將癩姑形貌說出，問：「你所等師父可像此人？」

幻童聞言驚喜交集，同聲笑道：「我師父正是這樣，你怎知道？可能帶我們去尋她麼？」

英瓊隨說自己是癩姑師妹，以及幻波池同修之事。

竺氏姊弟大喜道：「原來你是李仙師麼？我們三人本該拜在三位仙師門下，早說也不敢無禮了！」說時早同跪拜。

英瓊看出三童都是極好根骨，又問知自己和易靜、癩姑各收一人為徒，枯竹老人並還留有一片竹葉為信，上寫：「三人仙根仙骨，福緣甚厚，務望器重，多加傳授，不消數年必有成就。」暗忖這三人只一個奇醜，偏又拜在癩姑門下！

方在暗笑，竺笙見英瓊對她注視，笑道：「李師叔嫌我醜怪麼？他二人未吃異果以前比我更醜，聽仙人說這身厚皮早晚脫掉，和姊姊長得一樣，就不討嫌了！」

英瓊見他姊弟三人資秉差不多，竺笙卻更靈慧機警，天真可愛，偏生著這等醜相，本代可惜，再一細看，果然身材形貌和乃姊差不多，只為些緊附頭臉身上的各色厚皮所掩，變成醜怪，聞言知能治好，越發喜歡，拉她手笑道：「我怎會討厭！這是你們師姊上官紅，見完禮一同走罷。」

竺氏姊弟和上官紅禮敘完，英瓊帶了他們正要起飛。忽聽身後冷笑一聲，同時一蓬粉紅色的煙絲已朝眾人當頭撒下！英瓊近來功力大進，身藏至寶有好幾件均能隨心運用，一團慧光祥霞先自飛起，恰好敵住，粉紅邪煙也自收去。就這樣，竺氏姊弟已中邪法，昏迷欲倒，幸被佛家慧光一照，方始復元。

百忙中瞥見一個面容妖豔，肩掛葫蘆，腰佩寶劍的妖婦一閃即隱。當時天旋地轉，四望昏沉，到處茫茫，一片灰色暗影，方才的天光雲影、橋色泉聲，以及大小峰巒全都失蹤！心中大怒，先將竺氏姊弟護住，跟著「太乙神雷」往外打去，想將邪法震破。

哪知往常出手千百丈的金光神雷，竟會無甚光焰，只現出百點酒杯大小的紅光，略閃即隱，雷聲也甚悶啞，毫不洪烈。灰沉沉的天幕愈來愈低，快要低壓到頭上，敵人卻不見影跡。

上官紅已放起一片青霞將三小姊弟護住，想請英瓊也藏身「乙木仙遁」之內。英瓊天性嫉惡，不肯聯合，命上官紅暫守勿攻，一面身劍合一，再將「定珠」和別樣法寶紛紛放起，朝前猛衝！

怎知正衝之間，偶一回頭，上官紅連護身青霞一齊不見，微一疏神，猛又覺出神思昏昏，身上有了倦意。再看環身飛舞的那道寶光，除「定珠」外，也漸漸減色起來！知道不妙，忙照師父傳授，運用玄功鎮定心神。總算功力精純，轉眼靈智恢復，那幾件與身心相連之寶重放光明，尤其那團慧光祥霞，分外晶瑩。可是四外的暗影卻越來越濃，吃寶光迫住，宛如霧海之中浮沉著數十百丈一團精光寶焰，閃起千重霞影，頓成奇觀。英瓊才了下心，立以全力朝前猛衝。

英瓊此際身陷邪法之中的「玄陰六戊陣」，是一個妖婦所布，那妖婦在此間潛伏，久想收竺氏姊弟為徒，此際又來了兩個同黨，妖婦在主持陣法，顛倒五行，想將敵人引入陣中心玄牝門內迷倒，同黨中一個正是沙紅燕。此時英瓊已被引到玄牝旗門之下，為了初上來神雷無功，又見上官紅失蹤，有些膽怯，未敢輕舉妄動，把「燧人鑽」持在手內相機待發，正往前衝。猛覺慧光照處，前面現出一個無底黑洞，無數黑影亂箭一般飛舞環射上來，吃「定珠」慧光一照全都消散。

英瓊還不知主要旗門已被「定珠」無意中所破，見前面黑洞洞的，心中一驚，待要後退，妖女卻著了慌，忙使邪法欲圖補救。就這倒轉陣勢之際，上官紅看出破綻，竟自帶了三小姊弟逃出陣去。

妖婦還要追趕，被沙紅燕攔住，說：「陣法困敵人不住，此陣早晚必破，轉不如將陣法收去，三人合力，先與一鬥，能勝更好，如不能勝，索性等各位道友前來再圖大舉！」說時，三妖人不知妖陣中樞已破，聲形已不能掩。英瓊早就躍躍欲試，聞聲揚手一「燧人鑽」朝那發聲之處打去！

此寶乃前古奇珍，發時一道兩頭尖的紅光，長只丈許，前鋒尖上射出五彩精芒和大股火星，宛如連珠霹靂，爆炸如雨，更能隨著主人心意追殺仇敵。妖婦名叫「寶城仙主」屠媚，昔年和幻波池聖姑尋仇鬥法，積下深仇，不久走火坐僵，藏在山頂崖洞之內隱跡多年。新近沙紅燕偶往東海尋一隱藏多年的妖人屠霸，才知妖婦乃是屠霸之妹，以及走火坐僵經過，意圖勾結與幻波池諸人為仇，特意趕回黑伽山把丌南公所煉「固形丸」偷了兩粒送去。

妖婦難得有此傾心納助她復體的死黨，自是喜極，雙方十分投機。沙紅燕當日新約到一個能手，要在三日之後才可趕到，妖婦驕橫，自恃煉就好些邪法妖陣，本想建功，沒想到初次出手便遭挫折！自覺臉上無光，仍想再用邪法試一試，不肯就收，微一遲疑，「燧人鑽」已當頭打到！

英瓊瞥見「燧人鑽」雷火強烈，一片霹靂聲中，煙霧紛紛消散，對面現出男女三妖人，沙紅燕也在其內，忙把法寶神雷一齊打去，慧光衝旗門而過，千百條黑影閃得一閃，全數消滅，清光大來，重見天日。

同時妖婦已被「燧人鑽」打中，負痛欲逃，吃英瓊紫郢劍電掣追上，只一絞，形神皆滅！沙紅燕同了另一妖人各放出一片碧光將身護住，另放飛劍法寶迎敵。

英瓊因不見上官紅和三小姊弟蹤跡，急怒交加，上來便使全力，雙方在當地惡鬥起來。另一妖人也是老怪丌南公的愛徒伍常山，生得扁頭大肚，身材矮胖，一雙魚眼，凶光閃閃，周身碧光籠罩，更擅玄功變化，隱現無常，手指三道鉤形妖光滿空飛舞，紫郢仙劍竟奈何他不得！別的光寶神雷打將過去，妖人竟似不曾在意，打得周圍碧光亂爆，宛如銀雨橫飛，不時化著一條兩三畝大碧光環繞的怪手朝下抓來，英瓊如非「定珠」護身，幾為所傷，連元神也被攝去！

英瓊正自小心應敵，忽聽有人笑罵道：「無恥妖婦，既敢上門現眼，便該到我幻波池走上一遭。」英瓊聽出是癩姑口音，心中一喜。伍常山一聽發音似在沙紅燕前面，幻化一大手朝發話之處抓去，初意自己所煉「仙人掌」勢急如電，手隨身到，只在百丈方圓以內，不論敵人隱形如何神妙，也是難逃毒手！不料一下抓空，敵人語聲又在左近發出！

似這樣時東時西時前時後，一下也未抓中。癩姑近來法力越高，又精地遁之法，特意引使分神，給他吃苦，仗著隱形地遁，挑逗戲弄。

妖人方自憤怒，忽又聽耳旁敵人喝道：「你有鬼手，我有神手，且先教你挨一巴掌，試試味道如何？」說時，面前人影一晃，猛伸怪手，一把未抓中，「波」的一聲巨震，後心上早挨了一下重的！此是癩姑師祖心如神尼獨門傳授「伏魔金剛掌」，多厲害的防身妖光也須受傷。

妖人以為人在前面，沒料到動作這等神速。這一下打得心脈皆震，元氣大傷。不由急怒交加，猛施全力，雙手齊揮，朝發話處抓去。不料就這轉身抓敵之際，左臉上又著了一掌，打得兩太陽穴金星亂冒，護身碧光全無用處！急痛昏迷中怒火上攻，將輕不取用的一件法寶取將出來，正要施為，忽聽敵人大喝：「師妹快走，這扁頭大肚子的醜怪物被我兩巴掌打瘋了心，竟把他師父那座牢門偷了出來，如為我們破去，老怪物必羞惱成怒，上門討厭！」

緊接著前面人影一晃，現出一個奇醜無比的癩女尼，拉了先鬥敵人，招回空中法寶飛劍一同往幻波池逃去。

伍常山所用法寶形似一座黃金牌坊，共有五個門樓，出手向空一擲，立時高達數十丈，在五彩雲煙環繞之中，由門內發射出狂風烈火、迅雷飛叉，挾著「轟轟隆隆」雷電之聲，怒濤一般朝前湧去，聲勢猛惡異常，無與倫比！

妖人一見敵人逃走，想起兩掌之仇，怒吼一聲，把手一指，那矗立半空的一排五座牌樓，聲威更盛，百十丈風火雲雷排山倒海一般朝前追去。二百來里的空路，一晃相繼飛到。英瓊回顧，風火牌樓在前，妖人在後，光焰萬道，照得滿天通紅，宛如一座大火山橫空直駛過來，更有無量金刀飛叉，朝前猛射，霹靂之聲彷彿連天都要震塌，聲勢猛惡從所未見！

英瓊、癩姑二人飛到幻波池，妖人在牌坊後追來。一片五色輕煙突然湧現，貼著全山地面，一閃即隱。伍常山一毫不以為意，沙紅燕見伍常山所約幫手，未到便先下手，已覺冒失，又見敵人不戰而逃，明是誘敵，一見那五色煙，認出此是昔年五臺派鎮山之寶「太乙五煙羅」，忙喝：「敵人已用『太乙五煙羅』護住全山，師兄且看清虛實下手！」

那「五煙羅」緊附地上，薄薄一層淡煙，在發生妙用以前，直看不出一點影跡。伍常山又是聞名不曾見過，見幻波池就在面前，心想沙紅燕言之過甚，把手一指，大蓬風火雲雷連同金刀飛叉，崩山倒海一般往下激射。滿擬這等猛惡的威勢，敵人縱有法寶防護，也難抵禦。哪知數十百丈雷火金刀，暴雨一般射向地上，竟被擋住！

伍常山素來兇暴，仗著私帶出來師父交他掌管的厲害法寶「落神坊」，見狀非但未存戒心，反倒激怒，大喝：「師妹且退一旁，豁出回山受責，我不將幻波池炸成粉碎，誓不為人！」說著話，手掐法訣往上一揚，那三十六丈高大的金牌樓立帶著數百丈風火雲雷、千萬把金刀火叉朝下壓到，但一近地面仍吃阻住。

伍常山越發氣憤，以全力施為，將手連指，一陣雷鳴風吼之聲過處，牌樓由合而分，列成五面，分對下面五座洞門，各發出大股風火雷焰朝下猛射。這一來，緊附地面的五色輕煙漸漸由淡而濃，雖將雷火刀叉勉強敵住，似有不支之勢。

二妖人以為乃師法寶神奇，只把「五煙羅」衝破，將靈景毀去，也可稍為雪憤。伍常山為想增加威力，竟照師傳佈成陣勢，把牌樓定在地上朝下猛攻。

又隔一會，沙紅燕見那麼強烈的雷火，除衝得五色彩煙越發光彩鮮明，不住起伏震盪而外，並不見有別的動靜，漸覺不妙，不便明勸，拿話點道：「敵人雖是幾個無名後輩，但都詭計多端，又各有兩件法寶，仗著幻波池原有五遁禁制，越發驕狂，今日之事甚是奇怪，其中必有詭計！」

伍常山接口怒道：「師妹平日何等自負，怎對峨嵋群小如此膽怯！為代師妹報仇，除這『落神坊風火牌樓』而外，又把師父『天罡雷珠』帶了兩粒，再隔一會如攻不進，拼著闖禍，將此山炸成平地，看他如何藏頭縮尾！」隨聽身後有人罵道：「放你娘的春秋屁！我師父師伯不屑與妖孽一般見識，隨便放點煙雲，你連草都不能傷一根，還吹什麼大氣！如若不服，無須各位師長出手，就憑我們幾個門人後輩教你知道厲害！」

二妖人聞聲回顧，見發話的是一個身材高大，手持兩枝長劍，貌如猩猿的怪人，不禁大怒，揚手一道鉤光朝前飛去，人已不見。跟著又在側面現形，仍在嘲罵，等飛鉤光過去，又是一閃不見！

沙紅燕看出敵人仗著「少清隱形飛遁」之法故意挑逗怒火，雖料對方在誘敵，卻也有氣，正準備冷不防下毒手，忽又聽左側有一人笑罵道：「袁師兄，你怎不出手？這妖婦是丌南公的小老婆，為防老怪拼命，容她多活些日也還罷了，這醜怪物有多討厭，還不早點打發他回去？」說時左側危崖上現出一個道裝矮子。

沙紅燕最恨人說她是丌南公的寵姬，不由怒極，立縱遁光追趕，矮子一閃不見。沙紅燕心中恨毒，立將邪法異寶一齊施為，揚手一大片青光，天幕也似電掣飛去，晃眼連人帶寶追出老遠，忽聽身後嘩笑之聲，回頭一看，不禁大驚！

原來沙紅燕追敵時，伍常山因被袁星譏嘲，激動怒火，見對方隱現無常，連用飛鉤不能傷他分毫，以為「風火牌樓」已然排成陣勢，暫時無人主持，不過威力略弱，並無大礙。怒火頭上一時疏忽，暗用邪法立下毒手。正施邪法，忽聽身後又有人笑罵：「狗妖孽，你的報應到了。」一蓬灰白色光絲已當頭撒下！

伍常山百忙中看出那是地底陰煞污穢之氣煉成的「黑眚絲」，沒想到敵人會有這類左道中最陰毒的邪法異寶！想用玄功逃遁已自無及，全身立被綁緊。情急之下，仍想將身畔「天罡雷珠」放起炸斷妖絲，索性毀滅全山與敵一拼時，妖煙邪霧突然飛湧，面前又現出三面妖旛環繞身外，妖旛上面飛起一片暗綠色的影子照向身上。對方正是英瓊門下袁星、米鼉、劉裕安三人，事先由高人支招，伍常山一時驕敵心粗，竟受暗算，空有一身邪法，並未用上。

那旛本是莽蒼山「妖屍」谷辰多年心血煉成的邪法異寶，事敗逃走時被米、劉二矮偷了主旛，伍常山當時覺得心神昏迷，自知無倖，怒吼一聲，情急拼命，竟在快要昏迷倒地以前，將「天罡雷珠」由身畔自行飛起。兩團酒杯大小的精光剛往上飛，眼看暴長，猛覺疾風壓頂，一片白影帶著兩點金星突自空中飛墮，宛如流星飛射，雙爪齊伸，將兩珠一齊抓去！

伍常山剛看出是一隻大白鵰，神志已全昏迷，倒於就地。滿山五色彩練忽然電也似急齊往中心掣動，閃得一閃，便將那五座牌樓一齊裹住。又有一片佛光往下一壓，立時雷住風停，火散煙消，仍化作尺許高一座小牌坊，被那彩煙裹住，穿波而下往池底飛降。

當沙紅燕回顧時，「風火牌樓」已被收去，對面崖上站定兩矮子和猿形怪，手指地上臥倒的伍常山說道：「無恥妖婦，我們因奉師命，不肯傷你同伴，還不將他帶走，要放在這裡示眾麼？乖乖帶了回去自行設法解救，否則此乃『妖屍』谷辰所煉妖旛，我們只能擒人，不能破解，不自想法，七日之內，你那同伴就沒命了！」

沙紅燕聞言急怒交加，無如同伴尚在敵人手內，空自咬牙切齒，無計可施。微一遲疑，對面三人一鵰，忽然一閃不見。沒奈何忙趕過去一看，伍常山已是面如死灰，昏迷不醒，周身均是「黑眚絲」交錯纏緊，更有一片暗綠色的妖光，深侵入骨，知道危險萬分，正想帶同飛起，尋人解救，忽聽西北方遙天空中傳來一聲長嘯，宛如一枝響箭破空衝雲而來，勢甚迅疾。聲還未住，一條紅影已隨嘯聲飛墮，不禁喜出望外，忙呼：「鄔道友先期而至，此仇必報無疑！」

晃眼一道純碧色的妖光擁著一個身材矮小，其瘦如猴，周身穿得火也似紅的赤面妖人，已隨嘯聲自空飛墮。來人正是被殺妖婦屠媚的情人，「赤手天尊」鄔勤！此人神通廣大，邪法高強，更擅長玄功變化，煉就「陰火碧雲」，人最陰毒兇狠沉著，動作如電，聲到人到，飛行絕跡，瞬息千里，又精五遁之術，甚是厲害。前被極樂真人與長眉真人禁閉在東海底水眼之內已數百年，新近方始脫困出來。

沙紅燕一見，便淒然說道：「鄔道友晚來一步，媚姊輕敵，已死於李英瓊賤婢毒手了！」

鄔勤妖光已先收去，聞言緊壓怪眼之上的一字濃眉微微一皺，陰沉沉獰笑道：「我早知道了，伍道友身上『黑眚絲』乃『妖屍』谷辰在地底苦煉多年之寶，任他法力多高，三日之後無救，此時救人要緊，幻波池這些小狗男女命在我手中。他們有『太乙五煙羅』，此時決攻不進，非我施展神通，煉成法寶，不能成功，我們走罷！」說完將手一招，一片碧光微閃，帶了伍常山與沙紅燕一同破空飛去。

妖人走後，袁、米、劉三人本來隱身在側，忽同出現，空中神鵰也自飛下。米、劉二矮首問袁星道：「師父回山必知此事，如何是好？」

袁星答道：「師父法令雖嚴，但你二人志在立功誅邪，與煉邪害人不同，平日又無過處，醜媳婦難免見公婆，況你今日又立下功勞，足可折罪，還是隨我一同回去見師父請罪的好！」

劉裕安道：「話雖如此，但是我們背師暗煉邪法，恩師對我二人出身左道，本不放心，必以為故態復萌，就怕怒火頭上追去法寶飛劍，不要我們為徒，那就糟了！適和師兄商計，意欲深入妖窟，立點功勞回來。」

劉裕安說完，袁星還待阻止，二矮將手一拱，道聲「再見」，身形一晃，便即飛去。袁星一把未抓住，人已無蹤，忙回洞中，迎頭遇見癩姑道：「他二人走了麼？」

袁星乘機跪稟道：「他二人雖然背師祭煉妖旛，實是貪功心盛，並無他念。現往妖窟去探虛實，意欲將功贖罪，此行實是危險，還望師伯開恩，念其平日無過，代向恩師求請，能以寬免！」

袁星正在求說，忽見英瓊走出，面有怒容，不敢開口，向前行禮叫了一聲「師父」。英瓊便問米、劉二人何往。袁星看出師父神氣不佳，便把前事委婉陳述，並代求恩。

英瓊怒道：「他二人就算心跡無他，即以隱匿妖旛，背師行事而言，已犯重規，如不念在相隨這些年，平日無過，早用飛劍斬首，還能容他們麼？你也專喜膽大妄為，如不以他們為戒，一旦犯過，悔也無及了！」袁星哪敢再說，諾諾連聲而退。

當癩姑未和伍常山鬥法之前，在洞外遇著了上官紅和竺氏姊妹，正要回返幻波池，身子忽被一股極大的潛力吸緊，往斜刺裡山頭上飛去，知有前輩高人接引，也未強掙。長幼五人一齊落在一座大只兩丈方圓、上下鐘乳如林的石洞之中。靠壁坐定一個面容清秀、白髮如銀的年老道婆，從未見過。癩姑知非庸流，便率上官紅等下拜，恭問：「弟子癩姑，同了師侄上官紅等被仙法接引來此，不知老前輩法諱，有何賜教？」

道婆微笑命起，說道：「我在東極大荒山南星原一住千年，偶然遊戲人間，也只元神來往，預先算定，事完即回，不似枯竹老怪有許多做作，連令師妙一真人尚少見面。我的行動均有法力掩避，外人推算不出，難怪你們不知我的姓名來歷了！」

癩姑一聽，知是齊霞兒上次所尋東極大荒山前輩女散仙盧嫗，不禁大喜，重又跪拜道：「你老人家便是盧太仙婆，弟子得拜仙顏，福緣不淺！」

盧嫗二次命起，笑道：「你無須如此恭禮。我癡長些年，雖與令師祖長眉老前輩為擒『血神子』鄧隱有過一面之緣，並無深交，不要如此稱呼，喚我一聲師伯叔足矣。當初令師借我『吸星神簪』，事完被我當時收回，實因此時尚有他用，不便在外久留。不料我那對頭得知此事，故意將他性命相連之寶『巽風珠』留在令師那裡以示大方，顯我小氣！我氣他不過，為此以元神飛來中土，欲助你們脫此一難！」

癩姑聽出盧嫗口氣，幻波池不日將有難事，連忙請教。

盧嫗笑道：「丌南公老怪物或許會來，此人法力奇高，不可力敵，只宜將他激走。我把『吸星神簪』借給你，到時或可有用！」說罷，先將「吸星神簪」交與癩姑，傳了用法。再命三小姊弟近前，將所得法寶取出分別傳授，指點用法。

癩姑暗中偷覷，盧嫗雖是元神出遊，精神凝煉無異生人，如非事先知道，決看不出來，好生敬佩。正自暗讚，盧嫗似已覺察，笑道：「你將來前途遠大，閒中無事，何妨到我南星原一遊呢？」

癩姑方率眾拜謝應諾，盧嫗又道：「我送上官紅去佈一陣法，以待強敵，就回山了。李英瓊現已將妖婦殺死，你快去罷！」說完將手一揮，一片奇亮如電的銀光一閃，立有一股極大的潛力襲上身來，將人托起往外飛去，晃眼便達戰場。癩姑為了誘敵，存心戲弄，先用地遁隱身，猛然出現，連打了伍常山幾下「金剛神掌」，隨帶英瓊往幻波池飛回。

當下各人一起回到洞中，為了米、劉二矮之事，英瓊心終不快。隨談起巧收竺氏姊弟之事，易靜笑道：「二師妹想收一個美秀門人，不料仍是難師難弟！」

英瓊接口道：「此話不然，我聽他們說紫斑厚皮乃是天生，服異草後，兩個將皮脫去，長得和金童玉女一般，只癩姑師姊令高足未服，至今皮還未脫。但我看他三人以她最為靈慧，一旦將皮脫去，必在她姊弟以上！」

癩姑接口道：「長得醜八怪才能與我相稱，這個無妨！」

英瓊隨將遇到余英男一事說了，又將所得法寶「紫靈焰」取出與眾同觀。易靜喜道：「此是『紫青燈兜率火』所結燈花靈焰，共有七朵，乃九天仙界至寶奇珍，與佛家『心燈』有異曲同工之妙！最大的三朵威力更大！只消煉上四十九日，便可由心運用了！」

英瓊聞言自是心喜，易靜便令英瓊往東洞煉寶。英瓊因念英男師徒二人在途中，現當多事之秋，恐與群邪狹路相逢，欲往接應，回來再煉。易靜答說：「此寶速煉為是，我代瓊妹接應余師妹回山，瓊妹就不必去了！」英瓊素對易靜恭謹，連聲應好。

易靜隨即飛走，到了嶺上，袁星見了易靜，便飛過來。易靜見他通身亮若銀霜，二目金光電射丈許。令等袁星出來代為傳示，由此便在谷中主持，聽傳聲和預定神雷暗號發動埋伏，無須再回仙府。並問空中可曾發現別的異兆？神鵰昂首長鳴，將頭連搖。易靜知牠神目如電，遠視千百里外，料知妖人未到，也許為時尚早，知道近來功力越深，甚是喜愛，誇獎幾句，便朝英男來的一面飛迎上去。剛過寶城山，便見英男同了楚青琴師徒二人迎面飛來，雙方會合，高興非常，略談兩句便同回飛。

易靜、英男飛到幻波池，正要同往谷中走進，忽聽空中厲聲怒喝：「余英男賤婢，今日休想活命！」五六丈方圓一團烈火已如火山崩墮當頭下壓！

空中現出一個火也似的怪人，雙手齊發火團，落地便即「轟」的一聲展布開來，晃眼之間，靜瓊谷一帶立成火海！

那怪人形如童嬰，貌相並不醜惡，來勢卻是又猛又急，突然自空現身，事前連點飛行聲息均無。

易靜那高法力，又是久經大敵的人物，直等敵人出聲發難方始得知！如非人在「太乙五煙羅」下，一任二女法力多高，驟出不意，也難免於受傷！不禁大怒，口喝：「大膽妖孽，敢來我依還嶺擾鬧行凶！」隨取一粒「散光丸」隔網往上打去。那「太乙五煙羅」，敵人法寶均難侵入，自己人不特出入由心，法寶飛劍也可穿網而出，應敵時分合由心。

那怪人天生神目，透視雲霧，遠及千里，由兩天交界之處御著乾天罡煞之氣飛來，其疾如電。到時發現仇人正在下面，立時凌空下擊！

滿擬所煉「太陽真火」猛惡無比，及其一團團的大火球隨手發下，雖將當地化為火海，隔火下視，好似有一層薄薄的彩煙將火托住，敵人除面帶驚忿之容外，一個未傷。知有法寶防護，越發暴怒，正待加功施為，猛瞥見一點銀光由下飛起，剛一入眼，「波」的一聲大震，前發烈火竟被震散大半！

怪人一見，立時將計就計，乘著烈火受震，四面發揚中，暗中行法一收，火便消散大半。

易靜不知是計，一見敵人好似手忙腳亂神氣，想這妖人能發這等猛烈的毒火，決留不得，意欲為世除此一害。也沒和英男說，立即行法由煙網中衝出，一面放出師傳飛劍和那護身七寶中的「阿難劍」，一面左手連發「太乙神雷」。剛把「六陽神火鑑」取在手中，未及施為，猛想起敵人所用明明是「太陽真火」煉成，如何以火禦火？一個不敵，豈不上當？

同時發現敵人身上飛出兩道赤虹將飛劍敵住，並無退意，看出是詐。耳旁又聽英男傳聲急呼：「師父有命，此人不可輕敵，必須小心！」

心中一動，未及將鑑收起，忽聽怪人大喝：「先殺你這賤婢也是一樣！」隨說數十百道火虹已電射而來，跟著怪人將手連揚，下面烈火又由分而合，暴湧上來將人圍住！

那火虹比電還急，內中一道已自上身，手中「六陽神火鑑」上，六道相連的青光還未飛起，吃火虹一射，忽轉紅色，知道不妙！幸是心靈相合之寶，應變又極機警，見勢不佳，「阿難劍」首先飛回與身相合。

覺那火勢熱得出奇，火虹中雜有無量細如牛毛的銀色光針，竟與「大五行絕滅神光線」的威力差不許多！再發「太乙神雷」和「牟尼散光丸」

想去震散時，已是無效。並且一擊之後，火勢略分即合，只有加盛。

易靜身在「阿難劍」光環護之下，雖然無礙，但是火力越來越盛，身上漸覺奇熱難耐。耳旁又聽英男傳聲急呼：「師妹先退！」

易靜自居幻波池以來初次遇敵，心終不甘就退，正在設法，忽聽一少女口音嬌呼：「易師姊，不要理這混蛋，到時自有對頭來收拾他，我們樂得看熱鬧，且同到下面一敘如何？」隨說，兩道青熒熒的箭形冷光已由斜刺裡衝焰分火而入，來人已到身前，正是上次和紅髮老祖鬥法時結識的方瑛、元皓。

那冷光是枯竹老人賜與二人的「太乙青靈箭」，所到之處，千尋烈火直如狂濤怒奔，已被衝開一條火衖。

易靜便將準備發放的兩件法寶停手不發，三人同道一聲「請」字，「青靈箭」光往下一指，便同衝火而下。

怪人見狀大怒，想運用玄功跟蹤追去，還未追近，冷不防一團形如璧月的寒光迎面打來！認出是「太陰月魄寒精」所煉之寶，心中一驚，待要退避，寒光已自爆散，化為千萬銀雨，四下激射！

同時，幾團三寸大小烏油油的墨色精光「波波」連響聲中，齊化玄雲炸裂，下面飛火遇上便即消滅，立時蕩開了一片空地，彩煙輕揚，閃得一閃，等到烈火重合潮湧而上，敵人已全數退下！

三人穿過「太乙五煙羅」，剛與英男見面，易靜還未及問起那怪人是什麼來歷，英男何以與他結怨，怪人已在上面厲聲喝道：「賤婢速即出門，免我火煉全山，多傷生靈。再不便將月兒島所得法寶還我，或可兩罷干戈，不與你計較！」

方瑛接口朝上罵道：「無恥妖孽，月兒島藏珍乃本門連山祖師所藏，理應為本門弟子所有。你已將《坎離神經》得到，妄想連寶取走，致犯神碑之誡，才被神雷震死，毀去軀殼，被困火穴之內。好容易參悟神經，煉成形體，見英男姊姊取走此寶，妄動貪嗔，尋仇到此，莫非那數百年火煉苦厄不夠你受，非要遭劫連元神一齊消滅才稱心麼？」

這幾句話一說，怪人似火上加油，急怒交加，厲聲喝道：「此寶明應為我所有，被賤婢撿了我的現成，又妄用『離火劍』引發火山下面埋伏，使我多受苦難，你們還敢花言巧語！休看你有法寶防禦，我這『太陽真火』最具威力，至多四十九日，任何法寶皆能煉化。那時連人帶山齊化劫灰，休怪我狠！」

方、元二人聞言，朝著上面扮一個鬼臉道：「你不怕吃苦頭，由你的便，我們同門至好許久不見，懶得和你這類孽畜廢話，要找地方談天去了！」

易靜見上空雖然佈滿千重烈火，下有寶網籠罩，連草木也未燒焦，此寶用來防身禦害真個神妙無方。

聞言想約大家回返幻波池，元皓已先說道：「聞說這裡有一靜瓊谷，我們谷中談心去，以便看這妖孽現眼。」易靜點頭稱好，眾人同往靜瓊谷去，才說起英男和那怪人結怨之事。

原來那怪人叫「火旡害」，本是人與大荒異獸火犴交合而生，其形如猿。後在東海大荒南星原左近得到一部道書，將周身紅毛化去，成了一個異派中的有名散仙。因是天生異秉，從小便能發火，成道以後更擅玄功變化。偶聽人言，月兒島火海之中藏有連山大師遺留的好些奇珍，並有一部火經，如能得到，便能吸取「太陽真火」，煉成火仙。他想起自己天賦異秉，正好合用，加以生來不畏烈火，不問火口是否發火時期，均可前往，一得信便趕了去。

事有湊巧，那月兒島經連山大師仙法封閉，常年烈火千丈，由火山口內噴出，上沖霄漢，全島堅如精鋼，便精於穿山地遁的人也休想入內。

這時剛巧嵩山二老取完法寶走去，火口未到封閉時候，火旡害身是火精，正好入內，立時衝焰冒火而下。

當時覺著火勢十分猛烈，運用全力才得勉強下降，彷彿奇熱之內另有一種威力。如換別人見此情形，必知戒懼，火旡害人極自恃，毫不為意，等到入內，又是容容易易將那火經得到。

火旡害明知火海禁忌，一任來人多大神通，每取法寶只憑各人福緣，取上一件，當時就走，方可無事。

但偏生在臨走時發現一座神碑，上有「**雙英並美，離合南明，以火濟火，玉汝於成**」十六字偈語，旁加小注，說碑中藏有一件至寶，名為「離合五雲圭」，乃大師昔年降魔鎮山之寶。

本是陰陽兩面合成的一道圭符，陽符另有藏處，尚未出世，大師所藏只是陰符，特意留贈有緣。來人得去如能合璧重煉，便具無上威力等語。

火旡害一看，以為出在自己身上。當時在碑下習那火經，不消數日，便自精通。正在施為，開碑取寶，上面火口忽然封閉，一聲雷震，斷了出路。火旡害自恃神通，又將火經煉會，妄以為從此「太陽真火」便可隨意運用，取之不盡，顛山覆嶽易如反掌，毫未放在心上，仍在烈焰中化煉神碑。煉到四十九日過去，忽然滿洞金光雲霞，似萬道金蛇閃得一閃，驚天動地一聲大震，當時把全身震成粉碎！

元神雖能保住，但被陰陽相生的五行真火包圍，四面更有千萬根奇亮如電的七色銀光針環身亂射，只當中留有一個大圓空洞，元神被困在內。不想衝出還好一些，那千萬光針近身即止。只一想逃，立由上下四外猛射過來，元神立被擊散！認出是「大五行絕滅神光線」，威力之大，不可思議。不知吃了多少苦頭，元神屢被擊散，後來實在受不住那苦痛，只得停止。始而藏身中心空處忍苦待機，後被悟出玄機，竟在裡面修煉起來。連經數百年，居然將元神煉成形體。

末兩年靜中修悟，得知大師禁法再有數年便解。到時碑已被煉開，中現一洞，「離合五雲圭」便藏在內。因碑上有「**以火濟火**」之言，認定此寶為他所有，便在裡面苦心耐守。

英男本也不知月兒島火海之中有怪人被困一事，在外獨自行道，一日追殺二妖人，那二妖人卻深知火旡害底細，自知不是英男敵手，想將英男引往火旡害處，借他之力卻敵。

英男一直追到月兒島上，妖人已無蹤影。為防逃遁，將太清玄門禁制施展出來，先將全島暗中罩住，然後降落。

到地一看，那島自經上次嵩山二老帶了金鬚奴末次取寶，發生過一次地震，四面斷崖零落，宛如一個極大的破盤，中現一個數十丈方圓的大火口。環島波濤洶湧，駭浪如山，暗霧蒸騰，濕雲若幕，風卻靜得一點都沒有。島上滿地都是熔石漿汁所積的怪石，殘沙滿地，色紅如火，硫磺之氣，中人欲嘔。全島更無一隻生物，端的炎荒苦熱，無異地獄！

英男運用慧目查看，並無異兆，也知道自己身在月兒島上，想起昔年所聞，欲前往火口內連山大師藏真之所瞻拜遺容，求取藏珍，以冀不虛此行。

主意打定，便將法寶飛劍準備停當，隱身往火穴中降落。那火穴深達數百丈，自經地震之後形勢已變，到處滿是沸漿熔石，連山大師藏珍的洞府石門已然緊閉。

英男見下面仍無妖邪跡兆，大師為本門第一代開山二師祖之一，法力無邊，不可思議，自己身為本門弟子，既有機緣來此，決可無事，於是更放了心，一心取寶，把洞中所困妖人忘卻。

英男朝洞門下拜，通誠默祝道：「弟子余英男，追一妖邪到此，知仙府佳城就在當地，敬乞太師祖深恩垂憐，准許弟子入內瞻拜法身，並乞恩賜法寶，使弟子微末道行，以後仗以誅邪行道，為本門發揚德威，感恩不盡！」祝罷起立，正待行法開門，那兩扇大石門忽然無故開放，徐徐往兩旁分開，料知大師顯靈，許其入內，不禁大喜。

英男當下恭恭敬敬走了進去，入內一看，裡面乃是一座廣堂，石色如玉。正面壁上現出大師遺容影子，羽衣星冠，丰神俊秀，望如大羅金仙，神態如活。斷定此行不虛，越發心喜，第三次跪拜下去。

正在通誠祝告，忽見滿洞金霞亂閃，驚惶四顧中，似見大師手指左壁朝她微笑。方想左壁也許藏有法寶之類，欲往觀看，正面洞壁忽然不見，中現一洞，內裡紅光奇亮，精芒射目。

定睛一看，原來門內離地丈許，凌空懸著一個大火球，大約五丈，中有丈許空隙，內裡一個形似童嬰的紅人，通體精赤，安穩合目而坐。上下四外都是烈火包圍，火中更雜有千萬絲其細如髮的七色光線，環身攢射。只是射離紅人兩三尺便即回收，毫光閃閃，閃爍不停。紅人似有警覺，面現怒容，但未睜眼說話。

英男看出那是傳聞中的「大五行絕滅神光線」，火中紅人身受禁制，不能為害，也就不去睬他。忽見左側有一神碑，上現「**雙英並美，離合南明，以火濟火，玉汝於成**」十六個朱書篆字，並有好些符籙。暗忖「雙英」、「南明」均與自己暗合，不禁狂喜，忙趕過去。

剛到碑前，碑上便發奇光，上面又現出兩行字跡。大意是說碑中藏有一件法寶，名為「離合五雲圭」，本是陰陽兩面，昔年連山大師只得到一面陰圭，仗以威震群魔。此圭本是前古至寶，那面陽圭藏在元江江心水眼金船以內，不曾出世。陽圭威力絕大，但是非將陰圭得到合璧，不能發生靈效，又注明取寶收用之法，字跡甚小，隨看隨隱，看完便自不見。

英男想起元江取寶時，曾得了一塊狀如黑鐵的寶物，一直不知是何異寶，如今看來，分明便是那「離合神圭」的陽圭無疑，當下不由驚喜過望。聽碑中雷聲隆隆，忙即謝恩起立，如法施為。先將陽圭取在手內，手掐太清訣印向碑立定，再將南明離火劍化為一道朱虹朝碑上輕輕落下。

劍光到處，只聽霹靂一聲，神碑立分為二，一幢墨綠色的圭形寶光突由內飛湧而出。初現時高才三尺，精芒萬道，耀目難睜，當中裹著六七寸長的一根圭形黑影，凌空直上！剛離碑頂，寶光大盛，其力奇大，劍光幾乎制不住！附近熔石吃墨光稍為掃中，立時粉碎消滅，無影無蹤！

英男見此圭威力大得出奇，不敢怠慢，指定劍光以全力將神圭緊緊裹住，一面按照仙示用元江所得陽圭，左手發訣，右手一揚，將陽圭朝墨光中打去。就這晃眼之間，墨光已自暴長好幾丈，洞頂已被攻陷一洞，碎石下墜，粉落如雨，南明離火劍幾乎制它不住，誰知那麼一根暗無光華的黑鐵打到裡面，只聽「噹」的一聲，墨光突收，化為七寸長短一柄寶圭，停立空中。再用「分光捉影」之法一招，立時隨手飛來。

仔細一看，原來陰圭和陽圭差不許多，只是較大，中有淺凹，彷彿正反兩面的古令符，陽圭正嵌其中，嚴絲合縫，成了一體。合璧以後，連陽圭也是寶光外映，精芒眩目。英男自是喜極，回顧火球中所困紅人，雙目怒睜，注定自己，咬牙切齒，好似憤怒已極，又無可奈何神氣。

英男深知「大五行絕滅神光線」的威力，人又謹慎，覺著法寶已然到手，師祖將此怪人困在這裡不殺不放，必有原因，仍以不理為妙。異寶初得，心想試它一試，念頭微動，立即如法施為。滿擬和初收時一樣容易，何況南明離火劍可以將其圈住。哪知兩圭合璧以後，威力大增，登時側顧火中紅人滿臉驚惶，張口亂喊，但為火球所阻，聽不真切。手微一動，上下四外的光雨，立即暴長亂射，紅人似吃不住，卻又萬分情急，無計可施。

英男自己名列「三英」，功夫獨次，法寶又沒幾件，平時想起便覺慚愧。得此至寶奇珍，正在志滿意足之餘，哪把紅人放在心上，仍舊如法施為。剛照碑上所傳用法，揚手發出神圭，猛覺出手時力大異常，疾逾電掣，虎口幾被震裂！

墨光暴長，精芒四射中，洞壁上下紛紛崩陷消熔，還在繼長增高，南明離火劍大有圈它不住之勢！寶光雖作墨綠色，但是奇亮無比，所到之處無堅不摧，如非應變神速，一面飛身縱避一面另取法寶防身，直非受傷不可！

英男見寶光如此強烈，晃眼便將後洞毀去了大半，地底又被寶光攻陷了一大個深坑。火中紅人悲憤莫名。心想此寶新得，妙用莫測，一個制不住，反而不美，心念一動，連人帶寶一齊朝洞頂衝去。

就這一剎那間，由寶光攻陷的深坑中一股濃煙激射出來，直射洞頂，晃眼由黑轉紅，化為百丈烈焰，其紅如血，火力又大又猛，耳聽轟轟怒鳴，火穴隨即加大，靠近穴口的地面，立即熔化成為沸漿。

緊跟著，火口越來越大，火勢越旺，略一回顧，洞頂也和地面一樣，著火便即消熔，火漿熔汁宛如瀑布飛泉，四下噴墮，映著火光亮晶晶的發為異彩，壯麗無儔。

英男因仗神圭護身，已然衝破洞頂超出火上。回顧下面聲勢強烈猛惡，耳鳴目眩，心神震悸。

猛覺腳底火頭上衝盪之力其大無比，往上衝來。總算寶光神奇，那麼堅厚的玉石洞頂吃寶光一衝，所到之處洞石直似殘雪遇上大火，挨著便即消滅，現出一個井形大洞，一直向上開去。

不多一會，便將那數百丈的地底攻穿，衝出島上，正忙著收回法寶想要飛走，腳底來路火口一股烈火濃煙已蕩射上來，晃眼升高數百丈。同時，先前下降的舊火口還有大股火煙，狂噴出來。兩火口前後對立，直似兩根沖天火柱矗立島上，地底異聲大作，宛如百萬天鼓驚霆，全島一齊搖撼，彷彿就要地震陸沉光景。

當地形勢險惡，本就霧暗雲愁，駭浪如山，再受烈火濃煙熱力鼓蕩，越發驚濤群飛，海嘯大作。那一座月兒島彷佛一葉孤舟飄行茫茫大海，突遇颶風，浮沉起伏於萬丈洪濤之中，眼看就要被海中惡浪捲去光景。

英男收寶回飛，忽聽圭上有人發話道：「大功告成，還不快走！百里以內不許回顧！」聽出是連山大師留音仙示，更不怠慢，縱遁光加急飛行，往來路馳去。

英男奉命在先，不敢回顧，心想太師祖的法體正藏火穴之內，萬一為火所化，豈非恨事？何況火山崩裂，必要發生海嘯地震，這一帶海水全被煮沸，至少千里方圓內海中生靈決無倖免，自己偏又無此法力挽救災劫，太師祖命不許停留回顧，必有原因，莫非仙機莫測，事前早有準備不成？心中尋思，飛遁神速，不覺飛出百里以外，忍不住停身回顧。

只見先前來處，滿空都是金光銀霞，將月兒島全島籠罩在內，宛如一口極大銀鐘，罩在茫茫黑海萬丈洪濤之上。中有兩股烈火濃煙由鐘頂透出，直射天心，空中愁雲慘霧，被衝開了兩個大洞。火柱特高，遠望過去，上半好似無數彩絹裹著兩枝奇大無比的紅燭，用盡目力也看不出到底有多高，料已直射九天高處。

正眺望間，先前所見羽衣星冠、丰神秀朗的仙人在一幢銀霞籠罩之下，懸空立在島上光鐘以內，手掐靈訣，用劍向那火柱連指。火勢越來越猛，突然連根拔起，朝空直上。

大師將手一揚，發出兩片金光，將那離地而起的火柱底層托住，緊跟著一聲雷震，鐘形銀光忽隱，連人帶火柱便同朝空飛起，一串霹靂之聲響過，便自無蹤。

再看月兒島已整個不見，海上波濤仍和初來時所見一樣，天心高處略有兩道赤虹由暗影中破霧衝雲刺空直上，晃眼高出重霄，幾非目力所及。才知連山大師對此災劫已早防到，由本身元神以極大神通，將這隱伏地底萬千年的烈火毒焰送往兩天交界之處，連同劫灰一齊化去。

法力之高，端的不可思議！師命不許停留，也未回身觀察那火旡害的生死存亡，便自回飛。

火旡害因元神逐漸凝煉，成道在即，又算出那「大五行絕滅神光線」不久便失靈效，正在靜心耐守。英男尋來，不特多年想望的至寶被人奪去，又將地火引發！如非來人只顧取寶，不與為難，幾乎送命！就這樣仍受了不少苦痛。

連山大師算定月兒島他年崩發，必要引起一場大劫，特意預為佈置，將那地火分成好幾次發洩，最後再以本身元靈將其送往天空消滅。

火發時威力絕大，火旡害人在火口以內，身外又有神光包圍，不能逃脫，事定之後，全島陸沉，海水倒灌而入，火球受了水力沖蕩，神光便生反應，人也同受苦難，越發把英男恨入骨髓，剛一脫困便尋了來！

當下易靜、方瑛、元皓等人，雖看出火旡害攻山之勢十分猛烈，但有「太乙五煙羅」防範，暫可無事，便同到谷中洞內落坐，先由英男說完取寶經過，元皓隨說來意。才知方、元二人隨了靈雲、輕雲、紫玲三女在外面行道，一日偶遇楊瑾，說起幻波池日內有一異人往犯，此人原秉丙火之精而在，天賦奇資，已然煉成火仙，得道多年。雖是旁道，性情剛烈，平素並不為惡。連山大師將他困入火海二百多年，火性尚未完全磨退，近始出困來向英男尋仇。英男所得那面陽圭，形似穿山甲，腹有十八隻九指利爪，便是制他之寶。

楊瑾還贈了芬陀大師一張靈符，可助英男重煉「離合五雲圭」之用，方、元二人這才趕來相助。那神圭用太清仙法加功重煉，約有五十五日，便可成功。

易靜、英男聞言大喜，立即如命行事，易靜帶英男先往幻波池，由英男設壇煉寶，易靜再回靜瓊谷防守待機。仙法神妙，來去無蹤，火旡害毫未看出。連用火攻，一晃多日，見下面始終被那一層五色淡煙護住，端的連草也未燒焦一根。急怒交加，暗忖：「我這真火任你法寶如何神奇，早晚連人帶山化為灰燼！」

火旡害猛力加功，不覺過了一個多月，幾次施展玄功變化，化為一道丈長許的烈焰混在火中，打算乘隙暗入谷中，猛發烈火裡外夾攻，均為寶網所阻，無隙可乘。見持久無功，忽想起幻波池乃敵人巢穴，何不一齊攻打？一發狠，便將那丈許大一團團的烈火連球也似朝下打去，整座依還嶺立時全成火山！一面又將輕不使用的「太陽神針」滿山亂放。此寶採用日華煉成，其細如針，發時一道亮若銀電的精光，所到之處，多麼堅固的山石挨著便即攻陷成一大洞，威力極猛！

哪知寶網神妙，無論飛往何處下手，均有五色淡煙護住。正在滿山飛舞怒火頭上，忽見一道純青色的長虹，帶著極強烈的破空之聲電射而來，晃眼臨近，現出一個貌相醜惡的矮胖妖道，見面便厲聲喝道：「何方道友，快些收手！敵人有『太乙五煙羅』防護，決攻不進，待我下手！」

這時火旡害已然犯了惡性，正在眼紅，一聽來人詞色狂傲，又看出是左道中人，不由怒火上撞。天性暴烈，也沒問來歷姓名，接口大喝：

「我得道千年，向不許人干預我事，敵人就在下面，你有法力只管施為罷，問我作甚？」

來人正是日前受傷，被沙紅燕、鄔勤救走的伍常山，又是一個猛惡任性的人。來時發現依還嶺上有一小紅人滿空飛舞，手發烈火朝下亂打，因懷盛怒而來，又急於收功，冒失上前，沒問對方來歷便喝停手，不料遇見對頭，聞言當時暴怒，口喝鼠輩無知，敢於口出不遜！揚手一道青色刀光發出去。

火旡害法力本高，更有天賦奇能，動作神速，只為易靜等所用法寶恰到好處，才落下風。一見伍常山，心早厭惡，揚手先是一團烈火，緊跟著一聲長嘯，飛身而起，又將「太陽神針」暗發出去。

伍常山沒想到對方乃是元神煉成，飛刀所不能傷。見刀光如電，已然上身，敵人好似躲不及的神氣，還想運用元神攝取敵人生魂時，忽見敵人化為一幢紅影飛起。百忙中看出底細，方覺不妙，紅影已迎面撲來，「嘶嘶」兩聲，腰間所佩葫蘆首先熔化。緊跟著身後奇熱奇痛，未容轉念，便自身死！

剛飛起想逃，滿空上下均是烈火包圍上來，眼看連元神也難保全，猛瞥見一道寒光，宛如飛星電射，直投火中。未及看清來人是誰，便被一片冷雲裹住，衝煙冒火而起，往回路逃去！

火旡害本想將他元神一起煉化，忽來救星，看出來人寒光冷雲不是尋常，已連妖魂逃去。方想今日又樹強敵，忽聽身後有一女子聲音笑罵道：「無知妖孽，竟敢將老怪丌南公的門人殺死，並將水母宮中奇珍『地寒鑽』毀去，還不快些投降我余師姊作個徒弟，真想形神俱滅麼？」

回頭一看，正是方瑛、元皓，不禁大怒，便將「太陽神針」打去。哪知二人早在下面看明虛實，故意來此誘敵收那六十四根太陽針，說完便在「青靈箭」冷光護身之下穿火逃去，一針也未上身。

火旡害好容易盼來兩個敵人，又是不戰而退，怒火難遏，忙即追去。本來就想隨著敵人跟蹤追入，再見敵人在火海中環山飛馳，並不下降，便把六十四根神針全數發出。滿擬針到必生威力。哪知宛如石投大海，毫無反應，方自驚疑，待要回收，已被寶網隔斷，最奇是連點影跡俱無！正自惶急無計，猛瞥見方、元二人穿網而出，同時神針在下面也有了感應，只是收他不回，忙往彩煙之中衝去。

那地方初看本是一個山凹，彩煙緊貼地上，剛隨敵人上升之勢分合飛揚還未復原，容容易易衝了下去。待將真火發出，猛覺眼前一花，青光耀眼，無數大木影子發出萬道青霞，四方八面而來，再看人已陷身乙木陣內。先覺木能生火，方想一試，未等施為，那青光閃閃的千萬根大木，互相磨擦激盪，忽發烈焰。心中大喜，忙將太陽真火發出助威，一片雷鳴之聲，丙火忽然化成戊土，萬丈黃沙挾著無量大小戊土神雷八面打到，威力猛惡，從所未見，太陽真火竟被擋住！

火旡害這才知道敵人「五行仙遁」先後天正反應用，如其五行合運，如何能擋？幸是煉就元神，精於玄功變化，否則直無生理。盛氣一餒，忙運玄功化為一條紅影，正要衝出陣去，身上一輕，光華塵沙忽然全隱，現出一片空地。對面一座山洞，洞前立著幾個少年男女，仇人余英男也在其內，與一未見過的少女並肩而立，旁一猿形怪人隨侍。

少女喝罵道：「你這無知火精，還不投降？你已身陷『五行仙遁』之內，為憐你千年修為不是容易，金、水二遁不曾施為。再要不知好歹，你師父已將神圭煉成，你就吃大苦了！」

火旡害仇人見面，早就眼紅，不等話完，便將「太陽神火」朝前打去。哪知還未近身，便似被什麼東西吸去，消滅無蹤。怒極前衝，想要拼命，不知怎的，相去數丈，竟衝不上前！看出敵人「五行大挪移仙遁」，方始有些驚惶，忽聽英男對少女喝道：「瓊姊，這廝如此凶橫，我不稀罕收甚徒弟，將他形神消滅，免留後害罷！」

英男話才出口，一條形似穿山甲，旁有十八條九指怪爪的墨綠色精光已飛起，突然暴長，宛如一個成形精怪。才一出現，來勢雖然不猛，吸力極大，方想閃避，身上一緊，已被那十八隻形似怪爪的光影連身抱住！一任施展玄功想要逃遁，無如身被極大潛力吸緊，休想逃脫。稍一掙扎，墨光便射出萬道精芒環身亂刺，痛苦非常，和月兒島火球中所受「絕滅神光」竟差不多，急得破口亂罵！

英男怒喝：「你這孽障，不教你嘗點厲害，也難悔過！」把手一揚，那面陰圭也自放起，又是一幢圭形墨光發出轟轟雷電之聲迎面飛來，那面陽圭便往前迎去。

火旡害識得此寶威力，陰陽二圭只一合璧，就是元神煉成，遲早也被消滅。心方一驚，兩圭相對，陰圭凹槽中墨色精光已直罩過來，當時元氣消爍，痛楚更甚！正自膽寒，忽聽旁立少女笑道：「師妹，這廝火性尚未磨淨，何必與他一般見識！」隨說揚手發出一團慧光，正照在陰陽二圭之中，身上立即一輕，雖未脫困，痛苦已然減少十之八九。

驚魂乍定，忽然想起得道千年，為一小女子所制，重又暴怒。剛一發威想罵，重又痛苦起來，試把心氣壓平，痛苦立止。雖知對方法力高強，這兩件法寶尤為神妙，身已受制，無計可施，無如賦性剛烈，怒火難消，只一動氣，立受奇苦，氣平便止。

似這樣時發時止，越是暴躁，所受越慘，沒奈何只得強捺氣憤，靜心忍受。

易靜先代眾人指名相告，然後笑道：「你休不知好歹，前殺妖人乃丌南公嫡傳妖徒，何況妖徒又與水母門人勾結，將水宮至寶『地寒鑽』借來，被你毀去。樹此兩個強敵，你便多高法力，也非對手！我本不難放你出去，但是此舉無異送死，現雖被困，老怪素來驕狂自大，決不肯撿這現成。念你修為不易，如知悔過，拜在我余師妹門下，以求正果，自是兩全其美。否則念你無知冒犯，素無惡跡，等我們日內事完也必將你放走。休看此時被困，實是助你脫難！」

火旡害聞言，猛想起丌南公果是神通廣大，決非其敵。先前連姓名也未聞便下毒手，那水母雖然坐關多年，但元神仍能出遊，門下兩女弟子法力頗高，所用法寶多半是自己的剋星，將來狹路相逢，實是凶多吉少！正在盤算，對面敵人已說笑走去。心想不屈服，看到時肯放不肯，又不知滿空烈火收去也未？抬頭一看，空中雲白天青，哪有絲毫火影！

原來到了五十多天上，英瓊、英男先後將法寶煉成，假手火旡害把伍常山除去，再由二人上去誘敵，易靜在下面主持五行仙陣，收去「太陽神針」，引使入伏。剛把火旡害困住，「白髮龍女」崔五姑忽令大弟子「白水真人」劉泉拿了「五嶽錦雲兜」、「七寶紫晶瓶」、「雷澤神沙」飛來，告知易靜事變將發，可速用神圭將火旡害困住，借此去激老怪，另由劉泉用所帶法寶將空中「太陽真火」一齊收去，以備將來之用。

易靜本意使火旡害知道眾人年紀雖輕，法力卻高，欲令心悅誠服。聞言知道事在緊急，不能再延，忙即分頭行事。等將火旡害擒住，癩姑已在上面傳聲相喚，便同飛去，劉泉也將「太陽真火」收完，恢復原狀，分別隱形埋伏，等候敵人到來。

剛停當不久，便聽遙天破空之聲甚是強烈。先是五道遁光橫空衝雲而來，晃眼飛墮，落在嶺上，現出三男二女。內中一個正是前在幻波池為妖屍邪法所敗，勉逃殘生的「金凫仙子」辛凌霄，同了「紫清玉女」沙紅燕，還有三人似是海外散仙一流。除一個面紅如火，身材高大，背插四柄烈焰叉，腰掛葫蘆，左肩上停著大小三個朱輪，一個套一個，火焰熊熊不住閃滅，像左道中人外，餘均不帶邪氣，貌相也頗古拙。

剛到依還嶺落下，離地丈許便不再降。先是紅面道人發話道：「幻波池中小狗男女速出答話，否則你那『太乙五煙羅』只能對付別人，對我無用！再若藏頭不出，惹我性起，全山人物齊化劫灰，悔之晚矣！」

另兩道人也同聲接口道：「我知你們不過仗了峨嵋隱形之法，藏頭縮尾，其實並無用處！我二人乃西海火珠原琪琳宮主留駢、車青笠，這位便是火龍礁主龐化成，我三人均是得道千年，久居海外，諒你們後生小輩也不知！」

另兩道人也同聲接口道：「如仗區區『五煙羅』，就想保住全山，豈非做夢！休說龐道友『日月五星輪』有顛倒乾坤之妙，萬丈高山彈指立成齏粉，便我兩人想破此寶也非難事，你們與其束手待斃，何不撤寶一拼，分個強存弱亡！」

請續看《紫青雙劍錄》第八卷　老怪・魔梭

天下第一奇書

紫青雙劍錄 7 寒蚿·啖魔

作者：倪匡 新著 ／ 還珠樓主 原著
發行人：陳曉林
出版所：風雲時代出版股份有限公司
地址：10576台北市民生東路五段178號7樓之3
電話：(02) 2756-0949
傳真：(02) 2765-3799
執行主編：朱墨菲
美術設計：許惠芳
業務總監：張瑋鳳
出版日期：2023年4月
版權授權：倪匡
ISBN ：978-626-7153-64-2
風雲書網：http://www.eastbooks.com.tw
官方部落格：http://eastbooks.pixnet.net/blog
Facebook：http://www.facebook.com/h7560949
E-mail：h7560949@ms15.hinet.net
劃撥帳號：12043291
戶名：風雲時代出版股份有限公司

風雲發行所：33373桃園市龜山區公西村2鄰復興街304巷96號
電話：(03) 318-1378　　　傳真：(03) 318-1378
法律顧問：永然法律事務所 李永然律師
　　　　　北辰著作權事務所 蕭雄淋律師

行政院新聞局局版台業字第3595號 營利事業統一編號22759935

定價：299元　

國家圖書館出版品預行編目資料

天下第一奇書之紫青雙劍錄／還珠樓主 原著；倪匡 新著. -- 臺北市：風雲時代出版股份有限公司，2022.11
冊；　公分.
ISBN : 978-626-7153-64-2（第7冊：平裝）

857.9　　　　　　111016918